Flintenweiber

Helga Bürster wurde 1961 in einem oldenburgischen Dorf geboren. Später verschlug es sie nach Süddeutschland, wo sie Theaterwissenschaft, Literaturwissenschaft und Geschichte studierte. Seitdem lebt sie vom Schreiben und Geschichtenerzählen. Mit ihrer Familie wohnt sie seit 1995 wieder in einem niedersächsischen Dorf und schreibt Kriminal- und historische Romane, Hörspiele, Theaterstücke und Reiseliteratur. Mit Norddeutschland verbinden sie der Wind, die Weite, das Meer, die wilde Geest, Grünkohl und der überaus trockene Humor.

HELGA BÜRSTER

Flintenweiber

NIEDERSACHSEN KRIMI

emons:

Bibliografische Information der Deutschen Nationalbibliothek
Die Deutsche Nationalbibliothek verzeichnet diese Publikation in der Deutschen Nationalbibliografie; detaillierte bibliografische Daten sind im Internet über http://dnb.d-nb.de abrufbar.

FSC www.fsc.org
MIX
Papier aus verantwortungsvollen Quellen
FSC® C083411

Umschlagmotiv: photocase.com/regulus56
Umschlaggestaltung: Tobias Doetsch
Gestaltung Innenteil: César Satz & Grafik GmbH, Köln
Lektorat: Lisa Bitzer
Druck und Bindung: CPI – Clausen & Bosse, Leck
Printed in Germany 2014
ISBN 978-3-95451-390-1
Niedersachsen Krimi
Originalausgabe

1

Thea wickelte die Strickjacke fester um sich. Der scharfe Novemberwind fuhr ihr trotzdem bis unter die Haut. Durch den Filz ihrer Hausschuhe drang Feuchtigkeit. Gefühlte Stunden stand sie schon mit ihrem neuen Parzellennachbarn in dieser Affenkälte herum. Bernd Sielmann hielt gerade einen seiner Lieblingsvorträge, nämlich über Hundekacke auf dem Grünstreifen vor seinem frisch gestrichenen Bonanzazaun.

»Das da«, er zeigte auf ein beigefarbenes Häufchen, das direkt neben dem Tor lag, »ist in den zwei Wochen, seitdem ich hier wohne, die neunzehnte Tretmine auf meinem Grundstück. Ich habe Buch geführt.« Er hielt Thea einen Ringordner unter die Nase und blätterte die Seiten wie ein Daumenkino durch. »Da steckt doch System dahinter, meinst du nicht? Das ist kein Zufall.«

Thea stöhnte innerlich auf. Eine Parzelle im Wildweststil stieß nicht bei allen auf Gegenliebe, vielleicht war das Bernd Sielmann nicht klar. Der eine oder andere Hundebesitzer unter den Altpächtern revanchierte sich möglicherweise mit kleinen Hinterlassenschaften für die exotische Ausgestaltung der Laube, vermutete Thea. Vielleicht hatten sich die Kleingärtner sogar zusammengetan, ohne dass sie es wusste, um es dem Neuling zu zeigen? Dann wäre das hinter Kubelkas Rücken geschehen, denn der verstand sich anscheinend prächtig mit dem Neuen. Thea verstand nicht, warum der Platzwart ausgerechnet Sielmanns Spleen duldete, ja sogar begrüßte. Aber vielleicht war Kubelka ein heimlicher Westernfan.

»Sieht die Scheiße denn immer gleich aus?«, fragte Thea.

Sielmann warf ihr einen irritierten Blick zu.

»Ich frage das«, fuhr sie fort, und es kostete sie einige Anstrengung, nicht genervt zu klingen, »weil ich herausfinden will, ob es immer derselbe Hund ist, der sein Geschäft hier hinmacht.«

Sielmann hob die Augenbrauen und lächelte hintergründig.

»Ah! Verstehe. Eine ermittlungstechnische Frage. Moment.« Er schlug seinen Ringordner auf und blätterte fieberhaft darin herum.

Thea schloss kurz die Augen. Sie hätte nicht für möglich gehalten, dass es einen Moment geben könnte, in dem sie sich wünschte, wieder am Telefon Fußdeo zu verkaufen, für fünf Euro die Stunde im Callcenter um die Ecke. Dieser Moment war nun gekommen.

»Hallo?«

Thea schreckte auf.

»Nicht ganz bei der Sache heute, was?« Sielmann hob mahnend den Zeigefinger und erinnerte sie in diesem Moment stark an Lehrer Lempel aus »Max und Moritz«. Ihr Nachbar war in der Tat genauso hager wie Buschs Figur. Nur der Cowboyhut und die Westernstiefel passten nicht ins Bild, seine gebückte Haltung dafür umso mehr.

Bernd Sielmann machte den Eindruck eines Mannes, der sich ständig verfolgt fühlte. Von Menschen, die ihre Hunde an seinen Zaun kacken ließen, oder von der Menschheit im Allgemeinen, denn er war ein Opfer der Gesellschaft. Gerade hatte er seinen Onlineversandhandel »Little Joe« schließen müssen, weil die Kundschaft für Lassos, Bowiemesser und Stiefelsporen eher rar gesät war, was er anscheinend nur schwer akzeptieren und erst recht nicht verstehen konnte. Sein altes Ladenschild vom Lagerverkauf baumelte wie eine Anklage am Rosenbogen über seinem Eingangstor.

»Zweimal war Durchfall dabei!«, rief er triumphierend.

»Bitte was?«

Sielmann hielt Thea den Ringordner unter die Nase. »Da steht es. Letzte Woche Montag und vorgestern.«

»Was war am Montag?«

»Durchfall. Gleich neben dem Tor. Beige Färbung, längliche Kotspuren, zwischen zehn und zwölf Zentimeter lang, mit Spritzflecken am Zaun. Zähflüssige Konsistenz. Ich hab es fotografiert.«

»Hast du es auch in die Hand genommen und daran gerochen?«

»Nein.« Sielmann runzelte irritiert die Stirn. »Hätte ich das tun sollen?«

Thea seufzte und warf einen flüchtigen Blick auf das Foto, das neben dem Eintrag klebte. Es war zum Mäusemelken. Sie war Ermittlerin und verstand ihr Handwerk. Erst vor wenigen Monaten hatte sie auf Spiekeroog einen kniffligen Mord aufgeklärt und war dann mit dem Plan nach Oldenburg zurückgekehrt, eine eigene Detektei zu eröffnen. Auf ihrer Parzelle unter der A 28, wo sie seit ihrer Suspendierung lebte. Es sollte der Start in ein halbwegs geordnetes Leben werden, nachdem diese Sache mit ihrem Bruder passiert war. Er hatte sich mit ihrer Dienstwaffe das Leben genommen. Eine Katastrophe, in jeglicher Beziehung. Aber nun hatte sie ihr Leben wieder in die Hand genommen, indem sie sich von einer Arbeitsloseninitiative einen gebrauchten Computer besorgt und bei eBay einen Drucker mit Fax und Kopierer ersteigert hatte. Dann erstellte sie eine Seite bei Facebook: »Detektei Thading – Ermittlungen aller Art«. Das kostete nichts und wirkte irgendwie professioneller als das Pappschild über ihrer Klingel. Ihr Büro war einsatzbereit – und es passierte nichts. Niemand meldete sich, bis auf Little Joe, der mit einem Hundehaufenproblem zu ihr kam. Sie hätte ihn liebend gern abgewiesen, aber zwanzig Euro Vorschuss und ein knurrender Magen waren ein gutes Argument, den Auftrag anzunehmen.

»Hörst du mir eigentlich zu?«, fragte Sielmann empört.

Thea sah auf. »Ja, klar. Zähflüssige Konsistenz. Interessant. Hab nur gerade überlegt, wie ich diesen Fall anfasse. Also, im übertragenen Sinne, wenn du weißt, was ich meine.«

Thea verstummte. Sie trat von einem Fuß auf den anderen. Die Filzpuschen hatten sich inzwischen vollgesogen mit Nässe, und sie spürte ihre Zehen kaum noch vor Kälte.

»Ich mach mir jetzt einen schönen warmen Tee«, beschloss sie, »und dann lege ich mich auf die Lauer.«

Sielmann nickte zufrieden und wandte sich zum Gehen.

»Deine Aufzeichnungen. Könntest du sie mir überlassen?«, rief Thea ihm nach.

Er blieb stehen und betrachtete skeptisch den Ordner in seinen Händen. »Na ja. Ich geb das ungern weg. Ist schließlich wichtiges Beweismaterial.«

»Ich weiß, wie man mit so was umgeht, Bernd. Ich war mal Kriminalkommissarin.«

Sielmann riss die Augen auf. »Echt jetzt?« Er klang plötzlich heiser, als schnürte ihm etwas die Kehle zu.

»Ganz echt.«

Thea musterte ihn. War er nur überrascht oder erschrocken darüber, dass sie sich als ehemalige Gesetzeshüterin geoutet hatte? Wahrscheinlich Letzteres. Dass Sielmanns Weste nicht rein war, sah ein Blinder mit Krückstock.

»Also, wenn das so ist ...« Er räusperte sich und reichte ihr den Ordner.

Thea nahm ihn an sich. »Danke, Bernd. Sobald ich etwas herausgefunden habe, sag ich dir Bescheid.«

Sie ging in ihr Parzellenhäuschen zurück, zog die Tür hinter sich ins Schloss und atmete tief durch. Den Ringordner warf sie auf den Tisch. Dann schlüpfte sie aus den nassen Hausschuhen und rückte den schäbigen Sessel vor den kleinen Werkstattofen, in dem die Kohlen glühten und eine wohlige Wärme abstrahlten. Sie ließ sich in den Sessel fallen, streckte die Füße aus und schloss die Augen. Auf dem Ofen stand ein Wasserkessel, der leise summte. Wäre sie eine Katze, sie hätte augenblicklich zu schnurren angefangen.

Es hatte sie einige Anläufe gekostet, den Ofen genehmigt zu bekommen. Olaf Kubelka, der neue Platzwart, liebte es, die Pächter mit ihrer eigenen Vereinssatzung zu drangsalieren. Vielleicht war das seine Art, Rache an der Gesellschaft zu nehmen. Er achtete sehr sorgfältig auf die Einhaltung der Vorschriften: Outdoor-Öfen waren erlaubt in der Kleingartenkolonie »Kleines Glück«. Indoor waren sie verboten. Kubelka kontrollierte das. Er kontrollierte alles. Die Pächter murrten, allerdings verhalten, denn er tat nur das, was sie von ihm erwarteten. Eigentlich.

Dabei sah er ganz und gar nicht aus wie ein Prinzipienreiter mit seinem langen Zopf und den vielen Tätowierungen. Thea hatte ihn schon dabei beobachtet, wie er mit dem Zollstock die Beete nachgemessen hatte. Laut Satzung durfte nur ein Drittel der Grundstücke mit Gemüse bepflanzt sein, ein weiteres Drittel mit Blumen, der Rest blieb dem Rasen vorbehalten. Thea hatte nur Rasen, besser gesagt Moos, zwischen dem sich hier und da ein Grashalm mühsam an die Oberfläche kämpfte. Im Sommer blühte alles gelb vom Löwenzahn. Auf der letzten Mitgliederversammlung hatte Kubelka das zur Sprache gebracht, wobei Thea darauf bestanden hatte, dass Löwenzahn laut botanischem Lehrbuch als Blume *und* Wildgemüse galt. Kubelka hatte sie seitdem beobachtet, bis Thea ihn beim Kiffen erwischt hatte.

Die Genehmigung für ihren Indoor-Ofen war da kein Problem mehr gewesen. Kubelka persönlich hatte die Satzungsänderung befürwortet.

Sie rieb ihre erfrorenen Hände über der aufsteigenden Wärme des Ofens, und langsam kehrte das Gefühl in die Finger zurück. Dann stand sie vom Sessel auf, um sich einen Becher aus dem Küchenschrank zu holen und Tee aufzugießen. Ihr Blick streifte die friesische Hummel, die an der Wand lehnte, und ließ sie innehalten. Auf dem Instrument hatte der Windmann gespielt, bevor er umgekommen war auf Spiekeroog. Sie hatte die Hummel von ihm geerbt. Thea seufzte und strich über die Saiten. Der Klang jagte ihr eine Gänsehaut über den Rücken.

Draußen bewegte sich etwas.

Sie hob den Kopf und sah aus dem Fenster. Sielmann war wieder aus seiner Hütte herausgekommen. Mit gezücktem Smartphone schritt er den Bretterzaun seines Grundstücks ab, auf der Suche nach einem weiteren Corpus Delicti, das er fotografieren konnte, um es anschließend zu archivieren. Hin und wieder sah er auf und blickte zu ihr hinüber. Offenbar wollte er kontrollieren, ob sie auf der Lauer lag. Thea ging zum Fenster und winkte ihm zu. Er winkte zurück und verschwand wieder in seinem Saloon.

In diesem Moment klingelte Theas Handy. Ihr Herz schlug schneller. Vielleicht war das ein neuer Kunde? Sie klappte das vorsintflutliche Ding von einem Mobiltelefon auf und meldete sich, wie sie es geübt hatte: »Detektei Thading, was kann ich für Sie tun?«

»Mensch, Thea, du bist ja vollkommen bekloppt! Detektei Thading, wie sich das anhört!«, schrie jemand in den Hörer.

Theas Herz tat einen Hüpfer. »Wilma. Dass du dich mal meldest. Mensch, ich freu mich. Du glaubst nicht, wie ich dein zartes Stimmchen vermisst habe.«

»Und ich erst. Wie läuft's?«

»Na ja«, Thea holte tief Luft, »ich fange gerade erst an. Aber ich bin an was dran.«

»Du hast einen Fall? Erzähl.«

»Also … Eigentlich ist das … Wie soll ich sagen …« Sie blies verlegen Luft aus.

»Nun rück es schon raus, Mädchen!«

»Na ja. Es ist ein ziemlich verkackter Fall, um ehrlich zu sein.«

Ihre Freundin am anderen Ende der Leitung seufzte tief. »Ja, das kenn ich. Nichts geht voran, die Zeugen schweigen, der Täter ist unauffindbar, und der Geschädigte sitzt dir im Nacken.«

»So ist es.« Bevor Wilma weiterfragen konnte, drehte Thea den Spieß um. »Jetzt erzähl du mal. Wie geht es dir? Was treibst du? Jagst du Verbrecher?«

»Ich überführe fleißig Verkehrssünder und muss nicht in Supermarktcontainern nach alten Brötchen wühlen.«

Wilma Menkens lachte laut, und Thea hörte, wie sie sich auf die Schenkel schlug.

»Sag mal, Miss Marple, hast du an diesem Wochenende schon was vor?«, fragte Wilma, als sie sich wieder eingekriegt hatte.

»Nein. Doch. Wie gesagt, ich bin an diesem Fall dran«, stammelte Thea, der heiß wurde bei dem Gedanken, Wilma könnte auf die Idee kommen, sie zu besuchen. Sie würde sehen, wie sie hier hauste: in einer schäbigen Holzhütte mit einem altersschwachen Computer auf dem Küchentisch. Thea kam sich plötzlich vor wie eine Hochstaplerin.

»Ist der Fall so dringend?«, hakte ihre Freundin nach.

»Warum fragst du?«

»Na ja, ich bin Damenkönigin in meinem Schützenverein.«

»Du bist im Schützenverein? So richtig mit Schießen und Pokalen und Königswürde?«

»Höre ich da Überraschung?«

»Nein!« Thea schluckte. »Glückwunsch. Das ist toll. Aber was hat das mit mir zu tun?«

»Ich muss in diesem Jahr den Jahresausflug für unsere Damenschießgruppe organisieren und hab ein Erlebniswochenende im Gasthof ›Wilder Eber‹ in Bruchbäke gebucht. Das Kaff liegt doch ganz in deiner Nähe, oder? Bei der Gelegenheit hab ich gedacht, wir gucken mal bei dir rein. Die Flintenweiber sind ganz heiß darauf, eine echte Detektivin kennenzulernen.«

»Welche Flintenweiber?«

Wilma lachte verlegen. »Na ja, so nennen wir uns eben. Also, die Damengruppe. Wir wollten uns einen unverfänglichen Namen geben. Schützenvereine haben ja irgendwie kein gutes Image.«

»Da ist euch ja 'ne echt tolle Tarnung eingefallen.«

»Findest du? Wir haben lange überlegt, was Passendes zu finden.«

Thea ging nicht darauf ein.

»Also, was ist jetzt?«, fragte Wilma. »Wir kommen morgen so gegen Mittag und könnten vor dem Einchecken bei dir einen Kaffee trinken.«

»Ähm, ja. Das ist …« Thea rang nach Worten. Sie würde Wilma Menkens zu gern treffen. Sie mochte die ruppige Kommissarin, die ihr immerhin das Leben gerettet hatte. Aber außer ihr noch eine ganze Truppe Schützenfrauen zu empfangen, die sich unter einer Detektivin eine Art Lara Croft in einem coolen Büro vorstellten, das war zu viel des Guten.

Eine Weile war es still in der Leitung.

»Bist nicht gerade begeistert, was?«

Thea registrierte, dass Wilma enttäuscht klang. Sie gab sich einen Ruck. »Blödsinn. Natürlich habe ich Lust auf deinen Besuch. Was denkst du denn? Es ist nur … wegen dem Fall.«

Wilma brummte etwas in den Hörer. »Na ja, wenn das so ist. Ich will dich nicht stören.«

Thea schluckte und gab sich einen Ruck. »Ach was! Sollen doch alle Hunde dieser Welt vor Little Joes Ponderosa kacken, mir soll's egal sein. Ich freu mich riesig, dich zu sehen. Allerdings ist meine Hütte ein bisschen zu klein für einen ganzen Trupp Flintenweiber.«

2

Als Thea einen Tag später ihr Fahrrad aus dem Schuppen holte, wartete Sielmann bereits am Zaun. »Na? Gibt es schon Erkenntnisse?«

Der hatte ihr gerade noch gefehlt. Sie wollte sich eben auf den Weg nach Bruchbäke machen, denn sie war mit Wilma übereingekommen, dass sie sich besser im Gasthof trafen.

»Nein«, antwortete sie knapp, stieg auf und ließ ihren Nachbarn einfach stehen.

»He! Warte doch mal! Wohin fährst du? Hat das mit meinem Fall zu tun?«, rief er ihr nach.

Sie bremste hart, kam schlingernd zum Stehen und drehte sich zu ihm um. »Entschuldige mal, aber es geht dich nichts an, wo ich in meiner Freizeit hinfahre.«

Sielmann joggte zu ihr hin. »Das geht mich sehr wohl was an«, motzte er. »Wie kommst du darauf, dass du Freizeit hast? Ich hab dir einen Vorschuss gezahlt. Da kannst du nicht einfach alles stehen und liegen lassen am helllichten Tag und blaumachen.«

»Vielleicht muss ich mal was einkaufen?«

»Und wenn in dieser Zeit der Täter vorbeikommt?«

»Dann gibst du ihm was zu fressen und bindest ihn so lange an, bis ich zurück bin, um ihn zu verhaften.« Thea stieg wieder auf und trat so wütend in die Pedale, dass der Kies spritzte.

Sie schätzte, dass sie bis nach Bruchbäke eine gute halbe Stunde brauchte. Eigentlich musste sie nur an der Autobahn entlangfahren, denn die führte direkt durch das ehemalige Bauerndorf am Rande der Stadt hindurch. Als Kind war Thea des Öfteren im Bruchbäker See baden gegangen, zusammen mit Friedjof, ihrem missratenen Zwillingsbruder, der in die rechte Szene abgedriftet war, während sie Polizistin wurde. Das Leben schlug manchmal seltsame Kapriolen. Aber das war alles lange her. Von ihrer Familie lebte niemand mehr.

Sie ließ die Stadt hinter sich und fuhr über Feldwege an Weiden und Waldstücken vorbei. Zwischen den Bäumen entdeckte sie den See. Um diese Jahreszeit war er verlassen. Ohne den Autobahnlärm wäre es hier fast idyllisch gewesen. Hier und da tauchten alte Bauernhäuser auf, einige mit Reet gedeckt, andere halb verfallen und unbewohnt. Tiefe Gräben, die das feuchte Gelände entwässerten, säumten die Wege. Schlaglöcher so tief wie der Grand Canyon zwangen Thea zu wilden Slaloms, und einige Male wäre sie fast gestürzt. Das Oldenburger Land war eine Sache für sich, und Bruchbäke war einer der vielen vergessenen Orte, von denen eigentlich nur noch der Name existierte. Thea wunderte sich, was Wilma Menkens bewogen hatte, einen Ausflug ausgerechnet in diese Einöde zu machen. Sie hatte sogar von einem Erlebniswochenende gesprochen. Was um Himmels willen gab es zwischen Maisfeldern, Kuhweiden und Autobahn zu erleben?

Als Thea vor dem Gasthof vom Rad stieg, verstand sie jedoch, was die Flintenweiber hierhergeführt hatte. Mitten in der Pampa, zwischen alten Eichen und Buchen, stand ein auf den ersten Blick gepflegtes Gasthaus. Die weiß verputzte Fassade konnte jedoch, wenn man genau hinsah, dringend frische Farbe gebrauchen. Den Eingang säumten zwei riesige Blumenkübel, in denen Koniferen wuchsen, dazwischen ein Standaschenbecher, stiller Zeuge davon, dass sich Gäste in diese gottverlassene Gegend verirrten. Eine riesige Werbeplane, die am Balkon im ersten Stock angebracht war, verriet, warum das so war. Sie zeigte einen Kerl, grobschlächtig und mit Jägerhut und Kochschürze bekleidet. In der einen Hand hielt er eine Flinte, in der anderen einen toten Fasan. Er lächelte wie Hans Albers, spöttisch und ein wenig überheblich.

Thea las, was daneben geschrieben stand:

Der wilde Willi
Wirt und Alleinunterhalter im Gasthof »Wilder Eber«
Wildgerichte aus eigener Jagd
Erlebniswochenenden während der kulinarischen Wildwochen vom 15. Oktober bis zum 30. November

Noch während Thea den wilden Willi betrachtete, wurde die Eingangstür aufgerissen, und jemand stürzte auf sie zu. Thea ließ das Rad los, es fiel auf den Boden, denn sie fand sich in einer Umarmung wieder, die ihr sämtliche Luft aus den Lungen quetschte.

»Wilma«, keuchte sie, nachdem die große Frau sie losgelassen hatte.

»Mensch, Thading!« Ihre Freundin schlug ihr so heftig auf die Schulter, dass Thea fast in die Knie ging. »Pünktlich wie die Bahn. Ich freu mich so, dich zu sehen.« Sie grinste über das ganze Gesicht.

»Darum musst du mich nicht gleich zermalmen und in den Boden stampfen«, keuchte Thea und richtete ihre Jacke.

»Du bist einfach zu spiddelig. Hast nix auf den Rippen, Mensch!«

»Kannst mir ja was von dir abgeben.« Thea wusste, dass Wilma ihr die Bemerkung nicht verübelte, denn die Kommissarin gehörte zu der Sorte von Frauen, die ihre Leibesfülle mit Stolz trugen.

»Du siehst tatsächlich aus, als könntest du eine richtige Mahlzeit gebrauchen«, bemerkte Wilma und musterte Thea von oben bis unten. Die bückte sich etwas beschämt und hob ihr Fahrrad auf.

»Du bist mager wie eine verhungerte Katze.«

»So bin ich eben.«

»Und ich bin Queen Mum. Sei ehrlich. Die Detektei läuft nicht so, wie du gehofft hast, oder?«

Thea zuckte nur mit den Schultern.

»Brauchst du Geld?«

»Nein«, log sie und sah dabei zu Boden. »Ich komme klar.«

»Weißt du was?«, sagte Wilma. »Wir laden dich zum Essen ein. Die Flintenweiber sind schon ganz gespannt auf dich. Du magst doch Wildschwein?«

»Ja, schon …«, murmelte Thea und deutete auf die Werbeplane über ihren Köpfen. »Hat der Willi da das Wildschwein erlegt?«

»Natürlich.«

»Ziemlich wilde Angelegenheit hier, was?«

»Deshalb sind wir gekommen. Je wilder, desto besser.«

Vielleicht hätte ich die Flintenweiber doch zu mir einladen sollen, schoss es Thea durch den Kopf. Schließlich wohnte sie gleich neben Little Joes Ponderosa, die hätte ihnen sicher gefallen. Zumindest denjenigen, die »Bonanza« noch aus dem Fernsehen kannten. Thea vermutete, dass die Flintenweiber allesamt in diesem Alter waren, also um die fünfzig. Thea seufzte. In zwei Jahren würde sie das halbe Jahrhundert auch voll haben.

Ohne weiter zu fragen, zog Wilma sie in die Gaststätte hinein und schob sie durch einen langen, düsteren Flur in Richtung Clubzimmer. Sie kamen an der Küche vorbei, aus der ein Duft von Rotkohl und Braten drang. Theas Magen zog sich schmerzhaft zusammen, und ihr wurde kurz schwindlig. Sie blieb stehen, um sich zu sammeln.

»He! Passen Sie doch auf!«, blaffte sie jemand an.

Thea sprang erschrocken zur Seite und ließ einen Schrank von Kerl vorbei, der ein Bierfass schleppte.

»Ist das der wilde Willi?«, flüsterte sie.

Wilma nickte. »Ja, das ist der Inhaber hier. Willi Kieske. Moment mal. He, Chef!«, rief sie ihm nach. »Bei uns kommt noch 'ne Portion mehr dazu. Für die Flintenweiber aus Wittmund. Sie wissen schon.«

Der Wirt brummte etwas in seinen Bart, nickte und verschwand dann eilig mit dem Fass in der Gaststube.

»Der alte Bruddelpott will Alleinunterhalter sein?«, fragte Thea skeptisch.

»Er war immerhin schon im Fernsehen mit seinen Döntjes. Beim NDR. Hast du das nicht gesehen?«

»Nein. Ich hab nur Radio.«

Wilma öffnete die Tür zum Clubraum. Lautes Frauenlachen brandete ihnen entgegen. An einem festlich gedeckten Tisch saßen die Flintenweiber aus Wittmund. Dem Lärm nach mussten es mindestens hundert sein, aber es waren nur zehn, wie Thea zählte. Sie amüsierten sich offenbar gerade köstlich. Als Wilma mit Thea hereinkam, blickten sie auf und sahen ihnen erwartungsvoll entgegen.

»Das hier«, sagte Wilma stolz und schob Thea vor sich her, »ist Thea. Ich hab euch von ihr erzählt. Ihr wisst schon. Die Meisterdetektivin.«

Thea spürte, wie ihr die Röte ins Gesicht stieg. Sie hob beschämt die Hand. »Na ja, das mit der Detektivin kommt hin, aber der Meister davor, der ist ein bisschen übertrieben.«

Wilma legte den Arm um sie, was Thea fast zu Boden warf. »Sie ist immer so bescheiden. Was ist, Mädels? Ich hab sie eingeladen, mit uns zu essen. Seid ihr einverstanden? Gibt unsere Kasse das her?«

Eine der Frauen stand auf. Sie überragte Wilma, die nicht eben klein war, um einen Kopf. Thea fiel auf, dass die übrigen Frauen ebenfalls nicht gerade zierlich waren. »Club der Walküren« hätte auch als Deckname gepasst, dachte sie.

»Wilmas Freunde sind auch unsere Freunde«, dröhnte die Stimme der Riesin durch den Raum. »Die Flintenweiber aus Wittmund begrüßen Thea mit einem dreifachen«, an dieser Stelle stimmten die Übrigen schmetternd in den Schlachtruf der Schützen ein, »gut Schuss! Gut Schuss! Gut Schuss!«

Bevor sich Thea versah, hatte Wilma sie auf einen freien Stuhl gedrückt und an den Tisch geschoben. Sie wollte protestieren, aber Wilma ließ ihr keine Zeit.

»Wir brauchen noch ein Gedeck!«, rief sie der Bedienung zu.

»Kommt sofort«, antwortete die junge Frau, die mit ihrem Outfit genauso wenig in das rustikale Ambiente vom »Wilden Eber« passte wie Kubelka in einen Kleingartenverein. Zwar trug sie Gesundheitsschuhe und eine Kellnerschürze, aber auch Piercings im Gesicht und ein Tattoo am Hals. Es war eine rote Rose. Sie hatte anscheinend versucht, ihre dünnen Haare blau zu färben, was irgendwie misslungen war, jedenfalls schillerten an vielen Stellen grüngräuliche Flecken durch. Ihre Augen hatte sie mit Kajal dick umrandet, doch sie lächelte schelmisch, was Thea gefiel. Als sie aus dem Raum hinauseilte, um noch ein Gedeck zu holen, wäre sie fast gegen den Türrahmen gerannt. Die Frauen kicherten.

»Ist die auch Alleinunterhalterin?«, fragte Wilma.

»Ne. Die übt noch«, sagte die Riesin, »ich glaub, das ist die Tochter vom Chef.«

»Scheint 'n bisschen Stress zu haben gerade.«

»Nebenan ist noch 'ne Wildgesellschaft.«

»Läuft wohl gut, der Laden«, mischte Thea sich ein.

»Kennst du den ›Eber‹ nicht?«, fragte Wilma überrascht. »Du wohnst doch ganz in der Nähe.«

»Ich gehe selten essen.«

Die Bedienung kam zurück und schob ihr einen Teller unter die Nase. »Gläser kommen gleich.«

»Messer und Gabel wären auch hilfreich.«

»Oh, ja! Sorry.«

Thea lächelte ihr mütterlich zu. »Tut mir leid, dass ich hier einfach so reingeschneit bin.«

»Ist schon okay.«

»Nun erzähl mal. Wie ist das so als Detektivin?«, fragte eine Stimme, als die Bedienung wieder fort war.

Thea zuckte zusammen. Es war die Riesin, die sie das fragte. Als sie in die Runde blickte, bemerkte sie, dass auch die anderen Flintenweiber erwartungsvoll zu ihr herschauten. Sie sollte jetzt etwas Cooles sagen. Dass sie an einem Entführungsfall dran war oder einen VIP beschattete, weil seine Frau vermutete, dass er fremdging. So was in der Art. Thea spürte, wie ihr die Luft wegblieb. Wahrscheinlich war es tausendmal spannender, auf dem Schießstand auf Pappschildchen zu zielen, als auf die Halter kackender Hunde zu warten. Sie lachte amüsiert auf und wusste selbst nicht genau, warum.

Die Flintenweiber deuteten ihre Zurückhaltung falsch. »Du brauchst keine Angst zu haben, dass wir es irgendjemanden weitererzählen.«

»Nein. Wir schweigen wie ein Grab.«

Als ob sie dies beweisen wollten, fingen sie schon mal damit an. Stumm und voller Erwartung saßen sie da und warteten auf Theas spektakulären Bericht.

Die Sekunden verrannen, und ihr fiel rein gar nichts ein, was sie ihnen erzählen konnte. Kalter Schweiß trat ihr aus den

Poren. Nach langer Zeit rührte sich wieder das Angsttier. Die alte Panik hob den Kopf und brüllte. Wenn Thea zuließ, dass es sich befreite, würde es sie vor aller Augen in ein Häufchen Elend verwandeln. Und das vor einer Truppe Flintenweiber, die eine Heldengeschichte von ihr hören wollten.

»Scheiße. Ich glaub … ich muss mal«, würgte sie hervor und stemmte sich vom Stuhl hoch.

In diesem Moment kam die Bedienung mit einem Glas und dem Besteck. Thea war so schnell auf den Füßen, dass sie es ihr aus der Hand schlug.

»Pass doch auf!«, rief die Blauhaarige, als Messer und Gabel zu Boden fielen.

»Entschuldigung«, nuschelte Thea und rannte hinaus.

»Bringen Sie uns eine Runde Jägermeister«, hörte sie Wilma sagen. Sicher ahnte die, was mit ihr los war. Sie hatte die Panikattacken schon auf Spiekeroog miterlebt.

Thea lief den düsteren Flur entlang und entdeckte am Ende die beiden Türen mit den Zeichen für Männlein und Weiblein. Sie stürzte in die Damentoilette und beugte sich über eines der Waschbecken. Gott sei Dank war sie allein hier. Ein bisschen kaltes Wasser ins Gesicht, das würde das Tier besänftigen.

Sie atmete ein paarmal tief durch und suchte den Wasserhahn. Eigentlich war es eher ein einsames Rohr, ohne Drehknauf und Hebel. Wo zum Henker stellte man hier das Wasser an? Hektisch suchte Thea das Becken und die Umgebung nach einer Vorrichtung ab, die Wasser zum Fließen bringen konnte, aber da war nichts.

Sie kniete sich auf den Boden. Vielleicht gab es ein Pedal, wie früher in der Bahntoilette, auf das man treten musste? Fehlanzeige. Sie stand wieder auf und beugte sich tief in das Becken, um den Wasserhahn von unten abzusuchen. Der Strahl traf sie mitten ins Gesicht.

»Das funktioniert mit Sensor. Du musst nur die Hand drunterhalten, dann läuft's«, erklärte jemand.

Thea richtete sich langsam auf. Die Haare klebten ihr nass

im Gesicht, und sie triefte. Aber das Tier war in seinen Käfig zurückgeflohen. Dafür sah sie jetzt aus wie eine Vogelscheuche.

Wilma reichte ihr einen Streifen Kaugummi. »Hier. Das hilft doch, oder? Hab ich so in Erinnerung.«

»Danke. Nicht mehr nötig.«

Wilma schob ihr dennoch die Packung in die Hosentasche. »Fürs nächste Mal.«

Thea rieb sich mit dem Ärmel notdürftig das Gesicht trocken, denn der Handtuchspender sah ebenfalls sehr modern aus, und sie wollte sich nicht noch einmal blamieren. Aber Wilma hielt ihre Hand für sie schon vor einen unsichtbaren Sensor. Der Spender begann zu summen und spuckte ein winziges Papiertuch aus. Thea nahm es vorsichtig an sich. Wie sollte sie sich damit abtrocknen?

»Ich glaub, ich werde zu alt für diese Welt«, seufzte sie und wischte sich damit über das Gesicht. Das Tüchlein schrumpfte sofort zu einem Pappmascheeklumpen zusammen.

Wilma zog einen Kamm aus ihrer Hosentasche. Sie reichte ihn Thea. »Hier. Mach dich hübsch. Die Suppe ist im Anmarsch, und die Damen warten auf uns.«

»Tut mir leid, dass ich dir den Nachmittag versaut habe.«

Wilma Menkens lachte auf. »Da gehört schon mehr dazu als ein kleiner Schwächeanfall. Und jetzt komm. Nach dem Hauptgang tritt der wilde Willi auf. Das musst du sehen. Du machst dich nass vor Lachen, das verspreche ich dir.«

»Schon erledigt«, knurrte Thea leise und kämmte sich die Strähnen aus dem Gesicht.

Die Suppe stand in einer riesigen Terrine mitten auf dem Tisch und dampfte. Neben den Tellern fand sich jeweils ein Schnapsglas, das mit einer dunkelbraunen Flüssigkeit gefüllt war, die nach Kräutern duftete.

»Wir haben auf euch gewartet«, empfingen die Flintenweiber sie ungeduldig.

»Bist du ins Klo gefallen?«, fragte die Riesin und musterte Thea ausgiebig.

»Lass gut sein, Gisela«, unterbrach Wilma sie und hob ihr Schnapsglas, »wir wollen endlich anstoßen.«

»Nicht lang schnacken, Kopp in ’n Nacken!«, kam es wie aus einer Kehle. Alle kippten den Likör hinunter. Als das erledigt war, taten sich die Frauen Suppe auf.

Thea zögerte. Der Geruch von fetter Brühe und Fleisch drang ihr in die Nase. Ihr ausgehungerter Magen knurrte laut.

»Nun mach schon, wird ja alles kalt«, sagte Wilma, die sich gerade den eigenen Teller füllte. »Lang zu!«

Sie tat, wie ihr geheißen. Die Gespräche erstarben. Löffel klapperten auf Porzellan. Thea blickte unentschlossen auf ihren Teller. In der Brühe schwammen Fleisch, Porree und Eierstich. Sie tunkte den Löffel hinein und nippte vorsichtig daran. Sie war so hungrig, dass sie Angst hatte, sich übergeben zu müssen, wenn sie jetzt aß, aber es schmeckte herrlich. Und was noch besser war: Mit jedem Bissen hob sich ihre Laune. Ihre anfängliche Zurückhaltung schmolz dahin. Der eine oder andere Likör tat sein Übriges, und schließlich beteiligte sich Thea ausgiebig an dem Gespräch der Frauen.

Nach der Suppe gestand sie den anderen, dass sie verbotenerweise auf einer Parzelle im Kleingartenverein lebte, und beim köstlichen Wildgulasch mit Pfifferlingen berichtete sie von ihrem Nachbarn Little Joe und seiner Ponderosa. Als sie beim Herrenpudding angekommen waren, gab sie einige Details aus dem Hundekotfall zum Besten. Die Flintenweiber fanden das urkomisch und amüsierten sich prächtig. Als schließlich der wilde Willi auf die Bühne trat, waren sie fast ein wenig enttäuscht. Er würde es schwer haben, Theas Geschichten zu toppen.

Vielleicht griff er deswegen gleich zu Beginn seiner Darbietung zu drastischen Maßnahmen und warf einen toten Fasan auf den Tisch. Einige Frauen kreischten auf, die Übrigen nahmen es eher gelassen, so wie Thea, die mit derlei Scherzen wenig anfangen konnte. Er trug einen grünen Jägerhut mit Gamsbart und altmodische Kniebundhose mit Gamaschen, was wohl komisch sein sollte, und die Flintenweiber fassten es auch so auf.

»Habt ihr alle schön aufgegessen?«, fragte er in die Runde.

Thea fühlte sich unangenehm berührt von dieser Ansprache. Sie war kein Kindergartenkind mehr.

»Dann habt ihr jetzt alle gute Laune?«, fuhr der wilde Willi fort.

Die Frauen bejahten.

»Ich hab auch gute Laune«, bestätigte der Wirt, »und wisst ihr, warum? Weil ihr brav die Teller leer gegessen habt.«

»Deshalb scheint morgen die Sonne!«, rief Gisela laut.

»Wisst ihr denn, warum euer Braten keine Federn hatte?«

»Ist das hier ein Quiz?«, warf Wilma ein.

Der wilde Willi überging den Einwurf. »Na? Weiß es jemand von den Damen?«

»Weil du das Wildschwein vorher gerupft hast?«

»Nein, weil ich kurzsichtig bin.«

Die Frauen hielt es kaum auf den Stühlen, aber Thea verstand den Witz nicht. Dennoch lachte sie mit und trank ausgiebig vom Korn, der im Kreis herumgereicht wurde, und mit jedem Schluck wurde der wilde Willi lustiger. Ganz unvermittelt griff er nach seiner Flinte und legte an. Die Frauen juchzten, und er nahm sie ins Visier.

»Hier scheinen mir ein paar schöne Mastputen dabei zu sein, wenn ich das richtig sehe.«

»Setz deine Brille auf«, gluckste Wilma.

»Jetzt sag schon! Warum hatte das Schwein keine Federn?«, wollte Gisela wissen.

Der wilde Willi ließ das Gewehr sinken. »Na gut. Ich will's euch erzählen, Mädels. Ich hab heute einen Fasan geschossen. Bei der Treibjagd. Was soll ich euch sagen? Als ich die Beute einsammeln will, ist der Fasan nackig, stellt euch das vor.«

»Haste wohl den Vogel beim Vögeln erwischt!«, rief eine.

Die Frauen kreischten auf, und Thea machte mit.

Gisela schob ihr eine frisch geöffnete Schnapsflasche hin. »Trink, damit du locker bleibst!«

Thea tat es.

In diesem Moment warf sich der wilde Willi in die Brust und setzte zur Pointe an: »Ich hab gedacht, ich hab dem Fasan wohl die Federn weggeschossen. Aber als ich ihn meiner Frau auf den Tisch lege, sagt sie: ›Wusste gar nicht, dass wir Froschschenkel auf der Speisekarte haben!‹«

Mehrere Sekunden lang war es still, dann fiel der Groschen, und das Gekreische war ohrenbetäubend. Thea liefen die Tränen über die Wange.

In dieser Art ging es weiter. Auf dem Höhepunkt des Programms führte der wilde Willi vor, dass er wie ein Hirsch röhren konnte. Einige der Flintenweiber waren kurz davor, ihm ohnmächtig in die Arme zu sinken, aber bevor das geschah, verabschiedete er sich mit einer weiteren Runde Schnaps und eilte zur nächsten Gruppe, um sie in ähnlicher Weise zu bespaßen. Das Haus war schließlich voll.

Wenn Thea richtig gezählt hatte, war es ihr sechster Kurzer, den sie in sich hineinkippte. Sie hatte innerhalb kürzester Zeit zwei Jägermeister und mehrere Gläschen Korn getrunken. Zwischendrin hatte sie überlegt, wie sie nach Hause kommen sollte, den Gedanken aber schnell beiseitegeschoben, denn so langsam fühlte sie sich hier richtig wohl.

Allerdings wurde es bald Zeit, aufzubrechen, denn der Nachmittag war fortgeschritten, und es war schon fast dunkel. Im November waren die Tage kurz. Und in der Dunkelheit würde sie die Schlaglochpiste mit dem Fahrrad kaum heil überstehen.

Thea sah aus dem Wirtshausfenster, das mit allerlei Dekoration zugestellt war. Hin und wieder knallte draußen ein Schuss, denn es war Treibjagd. Auf dem Weg zum »Wilden Eber« hatte sie die Warnschilder am Weg gesehen. Sie lehnte sich zurück. Vielleicht war es vernünftiger, das Ende der Jagd abzuwarten und dann erst loszuradeln, bevor sie ein Jäger in der Dämmerung noch mit einem Wildschwein verwechselte. Das kam immer mal wieder vor. Zur Not muss ich mir hier ein Zimmer nehmen und es dann abarbeiten. Ich könnte Wildschweine rupfen, dachte sie und kicherte.

Wilma unterbrach ihren Gedankenfluss, indem sie den Stuhl geräuschvoll nach hinten schob und sich hochstemmte. Sie blieb eine Weile so stehen, auf die Tischkante gestützt, als müsste sie ihre Standfestigkeit prüfen. Sie wirkte angestrengt und sah blass aus.

»Is was?«, fragte Thea.

»Ne. Ich muss nur mal kurz an die Luft.«

Thea musterte sie besorgt. »Soll ich mitkommen?«

Wilma schüttelte den Kopf, stieß sich von der Tischkante ab und ging mit schweren Schritten zum Ausgang.

Thea lehnte sich zurück und ließ sich treiben. Der Raum war überheizt und dampfig. Vollkommen entspannt und ordentlich angeschickert blickte sie in die Runde. Die Frauen erzählten sich ausgelassen die Witze nach, die der wilde Willi gerade von sich gegeben hatte. Sie hörte nur mit einem Ohr hin, denn ihr fielen ständig die Augen zu. Wenn sie ihren Kopf doch nur einen kleinen Moment lang auf die Tischplatte legen könnte …

Jemand rüttelte sie an der Schulter. Thea schoss hoch. Im ersten Augenblick wusste sie nicht, wo sie war.

»Weißt du, wo Wilma hingegangen ist?« Gisela hatte sich über sie gebeugt und blickte ihr ins Gesicht.

»Wilma? Warum? Was ist mit ihr?«

»Die ist schon eine ganze Zeit weg. Über eine Stunde. Wir haben gerade beschlossen, dass wir gemeinsam noch einen Absacker trinken und dann auf unsere Zimmer gehen. Morgen früh ist doch der Waldspaziergang mit dem Jägermeister.«

»Mit wem?«

»Mit irgend so einem hohen Tier von den Jägern.« Sie rollte mit den Augen. »Gehört zum Programm vom Erlebniswochenende dazu. Um vier Uhr, in aller Herrgottsfrühe, müssen wir raus.«

Thea streckte sich. »Wird bestimmt gut«, sagte sie und gähnte. Ihr Mund fühlte sich pelzig an. »Wie spät ist es?«

Gisela sah auf ihre Armbanduhr. »Kurz nach sechs.«

»Was?« Thea warf einen panischen Blick aus dem Fenster. Es war stockduster draußen. »Scheiße!«

»Was ist denn?«

»Es ist dunkel.«

Die Schützenfrau sah sie verwirrt an. »Ja, und? Im November wird es immer früh dunkel. Also, was ist? Hast du eine Ahnung, wo Wilma hinwollte? Hat sie dir was gesagt?«

Thea schüttelte den Kopf. Sie hatte andere Sorgen, als sich darüber Gedanken zu machen, wo ihre Freundin sich herumtrieb, sie war schließlich erwachsen. »Die wollte mal vor die Tür«, sagte sie, »'n bisschen frische Luft schnappen.«

»Draußen isse aber nicht.«

»Dann vielleicht aufm Klo.«

»Da haben wir auch schon gesucht.«

»Na ja, vielleicht ist sie spazieren gegangen?«

Die Flintenweiber, die ihr am nächsten saßen, lachten auf. »Wilma und spazieren gehen? Eher wird sie zur Elfe.«

Die Frauen hefteten ihre Blicke erwartungsvoll auf Thea. Wie sie es hasste.

»Du bist doch Detektivin«, sagte Gisela und spielte mit dem Salzfässchen, das auf dem Tisch stand.

»Na und?« Theas Hals schnürte sich zu, und sie spürte, wie sie rot wurde. »Ich löse Fälle von illegalem Hundekotabwurf.«

»Aber du hast doch bestimmt eine Idee, wie wir Wilma finden, oder?«

»Hat sie kein Handy dabei?«

»Sie geht nicht ran, und langsam machen wir uns Sorgen.«

Thea seufzte ergeben und erhob sich. Immerhin hatten die Damen ihr das Essen und die Getränke spendiert. »Also gut«, stöhnte sie, »ich geh ja schon.«

3

Die kühle Abendluft traf sie wie ein Faustschlag. Der Himmel war glasklar und die Luft schneidend. Es würde Frost geben. Der Mond stand tief hinter den kahlen Baumkronen. Thea schlang ihre Jacke fester um sich und sah sich um.

Der Platz vor dem Gasthof war hell erleuchtet. Etwas abseits stand eine einsame Raucherin vor dem Standaschenbecher. Sie ging auf sie zu. »Entschuldigung. Darf ich Sie etwas fragen?«

»Nur zu«, sagte die Frau bibbernd. Sie stand ohne Jacke in einer Dampfwolke und nahm einen weiteren tiefen Zug von ihrer Zigarette, als könnte der Dunst sie wärmen.

»Haben Sie hier draußen eine Frau gesehen, ungefähr ein Meter achtzig groß, kräftig gebaut, dunkelblaue Jeans?«

Die Frau sog an ihrer Zigarette und dachte nach, dann schüttelte sie den Kopf. »Ne. Hier nicht. Aber da drinnen im Clubraum, da laufen ein paar Damen rum, die auf die Beschreibung passen.«

»Ja, ich weiß. Ich gehöre zu der Gruppe.«

Die Frau musterte Thea. »Da müssen Sie aber noch ein bisschen zulegen. Wir hatten Sauerbraten von der heimischen Wildsau. Total lecker!«

»Danke, ich bin satt. Wir hatten Wildschwein in Rotweinsoße.«

»Auch nicht schlecht.«

»Hier draußen ist also keine Frau rumgelaufen, die auf die Beschreibung passt?«

Die Frau inhalierte und zuckte bedauernd mit den Schultern.

Thea ließ sie stehen. Sie ging ein paar Schritte vom Gasthaus weg und sah sich um. Wilma war nirgends zu entdecken. Es war auch kaum anzunehmen, dass sie über eine Stunde lang einfach nur in der Kälte herumstehen würde. Dennoch suchte Thea die nähere Umgebung ab. Die Frau beobachtete sie frierend, schließlich drückte sie die Kippe aus und ging in den Gasthof zurück.

Thea blieb allein draußen. Sie fühlte sich nun bleischwer, denn sie war so viele Schnäpse nicht gewohnt. Außerdem hatte sie einen unangenehmen Geschmack im Mund. Anscheinend hatte sie eine ganze Weile mit dem Kopf auf dem Tisch geschlafen. Was mussten die anderen von ihr gedacht haben? Ihr fehlte eine ganze Stunde. Was war in dieser Zeit passiert? Lag Wilma am Ende längst in ihrem Bett? Das war eine plausible Erklärung. Warum war sie nicht gleich darauf gekommen? Erleichtert eilte Thea in den Clubraum zurück.

»Hat jemand auf dem Zimmer nachgeschaut?«, fragte sie Gisela, die ihr als Erste über den Weg lief.

»Beate guckt gerade«, erklärte die, »sie teilt sich das Zimmer mit ihr.«

Als besagte Beate kam, schüttelte sie jedoch den Kopf. »Hab alles durchsucht, sogar die Schränke und die Besenkammer auf dem Flur. Keine Spur von Wilma.«

»Sie wird doch nicht am Ende mit dem wilden Willi durchgebrannt sein?«, fragte Gisela.

Einige Frauen lachten verhalten, die meisten sahen aber eher besorgt aus.

»Was ist mit ihren Sachen? Sind die noch da?«, fragte Thea.

Beate nickte. Und dann sahen sie wieder alle erwartungsvoll an. Hab einen coolen Plan, dachte Thea, lass dir etwas Intelligentes einfallen! Sie klappte den Mund auf. »Also … ich geh noch mal suchen. Sie kann ja nicht weit sein.«

Was hatte sie sich da nur wieder eingebrockt? Thea umrundete fröstelnd das Gasthaus. Irgendwo musste Wilma ja stecken, wenn sie nicht entführt worden war, aber dieser Gedanke war so absurd wie ein Pferd, das Tango tanzte.

Auf der Rückseite des Gebäudes war es so dunkel, dass sie kurzzeitig fürchtete, blind geworden zu sein. Hierher hatte sich Wilma sicher nicht verkrümelt. Oder doch? Es war noch halbwegs hell gewesen, als sie nach draußen gegangen war. Vielleicht war sie, wie Thea, irgendwo eingeschlafen? Sie hatte auch viel getrunken.

Etwas quietschte.

»Wilma?«, flüsterte Thea in die Dunkelheit und tastete sich vorwärts. Sie wäre fast gegen eine Mülltonne gelaufen, wenn nicht plötzlich ein Halogenscheinwerfer aufgeflammt wäre und sie geblendet hätte. Ein Hund begann zu kläffen. Thea blieb wie angewurzelt stehen. In einem Zwinger, nur wenige Meter von ihr entfernt, tobte ein Jagdhund und sprang gegen die Gitterstäbe.

Vor dem Zwinger war jemand.

»Sitz, Caesar!«

Thea erkannte die Stimme des Wirtes sofort. Willi Kieske stand im Schatten des Hundekäfigs, in der Hand ein Gewehr. Er trug immer noch die dunkelgrüne Jagdkleidung. Nur die Knickerbocker hatte er gegen lange Hosen eingetauscht. Offenbar war er mit dem Hund unterwegs gewesen, denn er schloss gerade die Gittertür.

»Darf ich fragen, was Sie hier machen?«, blaffte er Thea an. »Das ist Privatgrundstück hier hinten.«

»Entschuldigung, ich bin auf der Suche nach –«

»Die Toiletten sind auf dem Flur.«

»Ja. Ich weiß. Ich suche auch nicht das Klo, sondern jemanden.«

»Hinter dem Haus?« Der Wirt kam auf sie zu. »Wen denn, wenn ich fragen darf?«

»Wilma Menkens.«

Er rieb sich das Kinn. »Die Chefin von den Flintenweibern da drinnen?«

»Genau die. Haben Sie sie gesehen? Sie ist schon seit über einer Stunde verschwunden.«

Der Wirt schulterte sein Gewehr und steckte die Daumen in den Hosenbund. »Hier verschwindet doch keiner«, sagte er und klang dabei ein wenig angespannt, wie Thea meinte.

In diesem Moment ging das Licht wieder aus, und Caesar begann zu kläffen. Thea wedelte mit dem Arm, und der Scheinwerfer sprang wieder an.

»Könnte sogar sein, dass ich sie gesehen hab«, bemerkte der Wirt nachdenklich.

»Wo denn?«

Er nickte in eine Richtung weg vom Hof. »Dahinten, im Maisfeld. Da hat jemand drin gesessen und gepinkelt.«

»Eine Frau?«

»Männer hocken sich nicht hin, oder?«

»Und Frauen pinkeln nicht freiwillig in die Natur, schon gar nicht bei diesen Temperaturen.«

Der Wirt verzog den Mund zu einem spöttischen Grinsen. »Die Toiletten waren wohl besetzt. Das Haus ist voll. Und wenn bei euch die Blase drückt, dann seid ihr doch nicht mehr zu halten. War schon mal mit einer Gruppe unterwegs im Reisebus nach Zwischenahn. Eine hatte so mächtig Druck«, er lachte auf, »da musste der ganze Bus von der Autobahn runter und einen Wald für sie suchen. Die Weiber sind dann alle raus und hinter den Bäumen verschwunden.« Er lachte noch lauter. »Mein lieber Herr Gesangsverein …«

»War die Frau, die Sie gesehen haben, groß und kräftig?«

»Die im Bus?«

»Nein! Die im Maisfeld.«

Der Wirt dachte einen Moment nach. »Könnte hinkommen. So genau hab ich nicht hingesehen. Man ist ja diskret.«

Der Scheinwerfer erlosch erneut. Diesmal wedelte der Wirt mit dem Arm, und es wurde wieder Licht. Er drehte sich um und stapfte in Richtung Hintereingang. »Ich muss hinter die Theke«, brummte er, ohne Thea weiter zu beachten.

»Wo waren Sie denn gerade?«, rief sie ihm nach.

»Caesar musste raus.«

»Und da nehmen Sie ein Gewehr mit? Wollten Sie Frösche schießen?«

Kieske hatte die Klinke der Tür schon in der Hand, drehte sich aber noch einmal zu Thea um. »Im Mais treibt sich ein Keiler rum, der ist gefährlich. Sie sollten auch besser reingehen.«

Thea registrierte, dass er seine Stimme erhoben hatte.

»Es ist also gefährlich hier draußen?«, hakte sie nach.

Kieske schwieg. Dann schüttelte er den Kopf und verschwand durch den Hintereingang.

Thea war mehr als mulmig zumute, wie sie da stand, allein in der Dunkelheit. Sie hatte in einem Fernsehbericht gesehen, dass Wildschweine in Berlin bis an die Häuser kamen, um in den Tonnen nach Essbarem zu wühlen. Wenn man sie reizte, konnten sie durchaus ungemütlich werden.

Es knackte, und Thea fuhr herum. Doch es war nur ein Vogel, der aus einem Busch aufgeflogen war, ein Käuzchen vielleicht. Sie sollte ins Gasthaus zurückgehen, aber die Flintenweiber erwarteten Ergebnisse. Die Auskunft, sie sei kurz hinter das Haus gegangen, ohne eine Spur von Wilma zu finden, machte sicher keinen Eindruck. Ihr blieb keine Wahl. Wenn sie sich nicht lächerlich machen wollte, musste sie zumindest noch am Maisfeld entlanggehen, dort, wo der Wirt angeblich jemanden gesehen hatte. Ihr wurde ganz flau bei dem Gedanken, dem Keiler über den Weg zu laufen. Schliefen Schweine eigentlich in der Nacht? Thea hoffte es, obwohl sie sich dunkel entsinnen konnte, irgendwo einmal gelesen zu haben, dass diese Tiere nachtaktiv und zudem äußerst intelligent waren.

Sie tastete sich vorsichtig um das Haus herum und stand schließlich wieder auf dem erleuchteten Platz vor dem Standaschenbecher. Die einsame Frau war auch wieder da und dampfte vor sich hin. Wie es schien, rauchte sie Kette, oder es war ihr einfach nur langweilig. Die Temperaturen waren inzwischen unter den Nullpunkt gesunken, und so dampfte sie bibbernd den Aschenbecher an, als müsste sie ihm ein Rauchopfer bringen.

»Na? Ist sie wieder aufgetaucht?«, fragte die Frau und inhalierte tief.

»Nein.«

»Wenn ich jemanden sehe, der verloren herumirrt, sag ich Bescheid.«

»Danke.«

Thea gab sich einen Ruck und schlug den Weg ein, der zum Maisfeld führte. Sie war ihn mit dem Fahrrad entlanggefahren, als sie gekommen war. Die Dunkelheit hatte sie schon bald verschluckt, allerdings gewöhnten sich ihre Augen schnell an die Nacht. Der Mond schien hell. Sie ließ den Blick schweifen.

In der Ferne entdeckte sie die Lichter eines Bauernhofes. Die Autobahn rauschte laut, obwohl man sie von hier aus nicht sehen konnte. Im Hintergrund erhob sich der Wald schwarz gegen den Horizont, der übersät war mit Sternen. Es war jetzt so klar, dass die Milchstraße am Himmel deutlich zu sehen war. Thea riss sich von dem Anblick los und ging weiter.

Hinter einer Viehweide begann das Maisfeld. Wie ein gigantischer Teppich breitete es sich in der Landschaft aus. Thea konnte sich kaum vorstellen, dass hier vor sechzig Jahren nichts als Wald und Moor gewesen waren. Und Stille. Jetzt hatten Landwirtschaft und Zivilisation die Natur fast gänzlich unterworfen. Aber sie war nicht hier, um sich darüber den Kopf zu zerbrechen, sondern um Wilma zu finden.

Thea nahm all ihren Mut zusammen. Das Maisfeld blieb ihr nicht erspart, Keiler hin oder her. Sie hatte Respekt vor großen Tieren. Auch vor Kühen, obwohl es hieß, dass die niemandem etwas taten, aber das stimmte nicht. Diese sanften Riesen konnten ganz schön sauer werden, wenn man ihnen querkam. Wie gut, dass sich um diese Jahreszeit zumindest kein Vieh mehr auf den Feldern befand.

Das Gatter stand offen. Sie ging hindurch, und nach wenigen Minuten hatte sie die Weide überquert. Am Ende trennte sie ein Stacheldrahtzaun vom Maisfeld. Zwischen Weide und Feld verlief ein halb zugewucherter Weg, den Thea erst jetzt entdeckte. Sie blickte zurück. Das Wirtshaus konnte sie noch sehen, aber es war mindestens einen halben Kilometer entfernt. War Wilma tatsächlich so weit gegangen, nur um in Ruhe zu pinkeln? Es wäre zumindest ungewöhnlich. Sie wandte sich wieder dem Zaun zu. Es gab weder ein Gatter noch eine marode Stelle, durch die sie sich durchschieben konnte. Ihr blieb nichts anderes übrig, als rüberzuklettern.

Sie suchte sich einen möglichst stabilen Pfahl und kletterte hinüber. Als sie auf der anderen Seite hinuntersprang, blieb sie mit der Hose an einem Stachel hängen. Stoff riss. Am linken Hosenbein klaffte in Höhe der Kniekehle ein Loch.

»Mist«, schimpfte Thea leise und besah sich den Schaden.

Im Maisfeld knackte es.

Sie blickte erschrocken auf, aber es war nur ein Kaninchen, das davonhuschte.

»Wilma?« Thea horchte. Wie ein Hornissenschwarm surrten die Reifen der Lastwagen über die Autobahn. Ansonsten rührte sich nichts. Sie machte einen großen Schritt und überquerte den Feldweg, dann blieb sie vor dem Maisfeld stehen. Die Maisstangen überragten Thea um einiges. Als Kinder hatten sie und ihr Bruder die Kolben abgerissen, den Bart und die rauen Blätter entfernt und dann die gelben Körner abgeknabbert. Meistens hatten sie mehlig geschmeckt und waren noch hart und unreif gewesen. Um diese Zeit waren sie buttrig und süß. Ihr lief das Wasser im Mund zusammen. Sie griff nach einem Kolben, um ihn abzureißen, aber dann fiel ihr ein, dass sie von genmanipuliertem Mais gelesen hatte, der demnächst in Niedersachsen angebaut werden sollte. Thea ließ den Kolben los. In diesem Moment hörte sie vor sich ein Geräusch, das sie nicht einordnen konnte.

»Wilma?«

Es raschelte laut im Feld, etwas Großes war auf dem Weg in ihre Richtung. Das konnte nur ihre vermisste Freundin sein.

»Hier bin ich! Wilma!«, rief Thea erleichtert und bahnte sich einen Weg ins Feld hinein, um ihr entgegenzukommen.

Ein tiefes Grunzen ließ sie nach wenigen Schritten erstarren. Vor ihr erzitterten die Maisstangen.

»Wilma! Das ist nicht lustig. Du machst mir Angst!«

Aber es war keine Wilma, die da herangetrampelt kam, sondern ein Wildschwein. Es stürmte an Thea vorbei auf den Feldweg, blieb schnaubend vor dem Zaun stehen, drehte um und trabte den Feldweg hinauf.

Thea meinte, den Atem des Tieres gespürt zu haben, so nahe war es ihr gekommen. Lange blieb sie so da stehen und wagte kaum, sich zu bewegen. Der Schreck saß ihr tief in den Knochen. Dem Tier hatten mächtige Eckzähne aus dem Maul herausgestanden. Wenn es sie damit aufgespießt hätte, dann gute Nacht. Aber sie war nicht hier, um wie zur Salzsäule erstarrt herumzustehen.

»Wilma?«, rief sie leise.

Keine Antwort. Sie war drauf und dran, umzukehren. Sie hatte ihr Bestes gegeben, selbst den Kampf mit einem wilden Eber nicht gescheut. Aber was würden die Flintenweiber von ihr denken, wenn sie ergebnislos zurückkehrte? Sie seufzte tief und zwang sich weiterzugehen. Wenigstens noch ein paar Meter, dachte sie, dann kann mir keiner vorwerfen, ich hätte mich nicht bemüht.

Thea nahm allen Mut zusammen und schob sich tiefer ins Feld hinein, obwohl sich ihr bei jedem Schritt die Nackenhaare aufstellten. Wenn ich hier die Orientierung verliere, schoss es ihr durch den Kopf, werde ich gehäckselt in der Biogasanlage landen. Eine gute Methode, jemanden unbemerkt loszuwerden.

Sie blieb stehen.

Etwas huschte vorbei. Sie stolperte erschrocken zurück, fiel über ihre eigenen Füße und landete auf dem Hinterteil, einige Maisstangen mit sich reißend. Ihr Herz schlug so laut, dass es fast den Autobahnlärm übertönte.

»Mäuse!« Sie keuchte vor Schreck, und dieser Laut kam, zu ihrer Überraschung, als leises Echo zurück.

»Das ist unmöglich«, flüsterte sie. Ein Echo im Maisfeld? Niemals! Sie hatte sich ganz sicher getäuscht. Um das nachzuprüfen, hustete sie leise. Wieder gab es ein Echo, wenn auch verzerrt.

Thea lief ein eisiger Schauer über den Rücken. Wollte sie jemand zum Narren halten? Oder befand sie sich tatsächlich in einem Versuchsfeld mit besonders manipuliertem Genmais?

»Blödsinn!« Sie reckte sich. »Sei nicht albern«, sagte sie laut.

Und da hörte sie es wieder: erst ein Keuchen, dann ein Husten. Es klang, als würde jemand verletzt in ihrer Nähe liegen. Theas Knie wurden weich.

»Wilma? Bist du das?«

Weiter drinnen im Maisfeld rührte sich etwas. Thea riss die hohen Stangen auseinander und folgte dem Geräusch. Warum zum Kuckuck hatte sie keine Taschenlampe mitgenommen? Und wenn es gar nicht Wilma war, die da vor sich hin stöhnte, sondern ein Sittenstrolch?

»Quatsch!« Da hätte er sich einen denkbar schlechten Platz ausgesucht.

Thea kam nur langsam voran. Schritt für Schritt kämpfte sie sich vorwärts. Und dann wäre sie fast auf sie getreten.

Wilma Menkens lag zusammengekrümmt am Boden. Sogar im schummrigen Mondschein erkannte Thea deutlich, dass ihre Freundin blutüberströmt war. Sie drehte den Kopf in Theas Richtung.

»Das ist doch wirklich eine Scheiße«, flüsterte sie angestrengt, »aber ich glaube, ich sterbe.«

»Nein, das lässt du gefälligst bleiben. Reiß dich zusammen, Wilma!«, schnauzte Thea sie an und kniete sich neben sie. »Was ist passiert?«

»Weiß nicht. Jemand hat geschossen.«

Thea riss sich die Jacke vom Leib und breitete sie über ihrer Freundin aus. »Keine Sorge, ich rufe Hilfe.« Sie fummelte nervös ihr Handy aus der Hosentasche. Dabei fiel ihr die Packung Kaugummis heraus, die Wilma ihr in der Toilette zugesteckt hatte. Sie riss hastig einen Streifen auf und schob ihn sich in den Mund. Ihr Herzschlag beruhigte sich ein wenig.

Dann wählte sie den Notruf und betete inbrünstig, dass ein Balken Empfang und ein rot aufleuchtendes Akkusignal nichts zu bedeuten hatten.

4

Es dauerte nicht lange, da hörte Thea Motorengeräusche. Ein Auto näherte sich, es fuhr den Feldweg hoch. Sie hatte sich eng an die schlotternde Wilma gepresst, um sie ein wenig zu wärmen. Jetzt sprang sie auf.

»Ich bin gleich wieder da!«, rief sie aufgeregt und stürzte davon, froh, endlich etwas tun zu können. Sie orientierte sich an dem lauten Brummen, das die Stille um sie herum zerriss, und stolperte schließlich auf den Feldweg hinaus.

Scheinwerfer blendeten sie. Thea sprang erschrocken zurück und landete ein weiteres Mal unsanft auf dem Hosenboden. Der Wagen bremste scharf und kam schlingernd zum Stehen. Eine Wagentür öffnete sich, jemand stieg aus und lief zu ihr hin.

»Ich hab Sie nicht gesehen! Sind Sie verletzt?« Die Stimme war angenehm. Ein warmer Bass. Der Mann klang kompetent und beruhigend.

Thea wandte den Kopf. Er hatte sich über sie gebeugt. Unter seinem Hut quoll schulterlanges, gewelltes Haar hervor. Er trug einen dunklen Lodenmantel. Viel mehr konnte Thea nicht erkennen, denn das Scheinwerferlicht blendete sie. Allerdings nahm sie den Hauch eines Rasierwasser wahr. Es roch teuer.

»Wer sind Sie?«, fragte sie verwirrt.

Der Mann reichte ihr die Hand und zog sie auf die Füße. »Eugen Huntemann«, er räusperte sich, »um genau zu sein: Hauptkommissar Huntemann.«

»Huntemann?« In Theas Gedächtnis klingelte etwas. Sie klopfte sich den Sand von der Hose. Dann fiel es ihr ein. Sie war ihm während ihrer Ausbildung in Flensburg schon einmal begegnet. Er hatte an der Polizeiakademie einen Vortrag über Profiling gehalten, und alle weiblichen Auszubildenden, sie eingeschlossen, waren dahingeschmolzen, obwohl er schon damals nicht mehr jung gewesen war. Er musste jetzt kurz vor der Rente stehen, schätzte Thea.

»Kennen wir uns?«, fragte der Kommissar.

Thea nickte. »Ist lange her. Ich war mal bei der Polizei. Mein Name ist Thading.«

Der Kommissar gab einen überraschten Laut von sich. »Thea Thading? Die suspendierte Kommissarin? Was machen Sie denn hier im Maisfeld?«

Thea bereute sofort, sich geoutet zu haben. Ihre Entlassung klebte an ihr wie ein alter Kaugummi an der Schuhsohle.

Die Autotür öffnete sich ein zweites Mal. Ein weiterer Mann stieg etwas umständlich aus dem Wagen. Unschlüssig blieb er neben der offenen Wagentür stehen. »Was ist denn nun, Chef? Ist das die verletzte Person?«

Thea kam die Stimme vage bekannt vor.

»Haben Sie den Notruf gewählt?«, fragte der Kommissar in ihre Richtung.

»Ja. Da drinnen, im Maisfeld, liegt meine Freundin. Sie braucht dringend einen Krankenwagen.«

»Der ist unterwegs. Was ist denn passiert?«

»Ja, was ist denn los hier?«, echote der Kollege, der immer noch die offene Wagentür festhielt.

»Wilma, also … Frau Menkens liegt, wie gesagt, im Maisfeld. Sie ist mit den Flintenweibern im ›Wilden Eber‹. Die machen so ein Erlebniswochenende. Weil sie ja Schützenkönigin ist. Und jetzt wurde sie angeschossen.«

»Aha«, machte Huntemann, »haben die hier Räuber und Gendarm gespielt, die Flintenweiber?« Er schien Thea nicht ernst zu nehmen.

»Jetzt kommen Sie doch endlich!«, fuhr Thea ihn an. »Wilma liegt da drin und verblutet. Wie es aussieht, hat sie eine Kugel in der Schulter.«

»Moment«, hielt der Kommissar sie zurück. »Sie wollen also behaupten, Ihre Freundin wurde *angeschossen*? Also so richtig mit einem Gewehr?«

Thea schluckte ihre aufsteigende Wut hinunter. Warum glaubte der Kerl ihr nicht? »Was denken Sie denn, warum ich Sie angerufen habe? Sie ist schwer verletzt und braucht endlich Hilfe!«

Huntemann schüttelte den Kopf. »Ein echtes Kapitalverbrechen. Und das in meinem Bezirk.« Er klang, als ob er schon seit Ewigkeiten auf so etwas gewartet hätte.

»Schön, dass Sie sich darüber freuen können, aber dahinten liegt eine Frau und verblutet oder erfriert oder beides zusammen, und Sie sind schuld!«

»Nun mal langsam mit den jungen Gäulen«, mischte sich der Kerl am Auto ein.

»Was haben Sie denn dazu zu sagen? Wer sind Sie überhaupt?«

Bevor er den Mund aufmachen konnte, stellte Kommissar Huntemann ihn vor: »Verzeihung. Das ist mein Kollege Polizeiobermeister Frank Schandau. Wir beide kommen gerade von der Jagd. Wir sind eigentlich nicht im Dienst heute. Wir haben über Polizeifunk von dieser Sache gehört. Da sind wir natürlich sofort hergekommen.«

»Sie fahren mit einem Polizeiwagen zur Jagd?«, fragte Thea fassungslos.

»Ich habe das Gebiet gesichert«, erklärte Schandau wichtigtuerisch.

Sie war nun den Tränen nahe. »Könnten wir uns nun endlich um meine Freundin kümmern?«

»Natürlich.« Der Kommissar wandte sich seinem Kollegen zu. »Hol den Verbandskasten und die Rettungsdecke aus dem Wagen, Frank.«

»Jawoll, Chef.« Schandau öffnete den Kofferraum und begann darin herumzukramen, während sich der Kommissar, der, wie Thea feststellte, tatsächlich immer noch ganz ansehnlich war, wieder ihr zuwandte.

»Bleiben Sie ganz ruhig, wir kümmern uns um Ihre Freundin.« Er legte ihr die Hand auf die Schulter. Fürsorglich. Durch den dünnen Pullover spürte sie die Wärme seiner Haut.

Einen winzigen Moment lang war Thea versucht, sich an diesen Mann zu lehnen, der wie George Clooney klang, wenn der im Fernsehen Kaffee schlürfte. Sie rief sich zur Räson, und endlich kam Schandau mit dem Verbandskasten.

»Ich weiß auch nicht, wo die Rettungsdecke abgeblieben ist«, sagte er etwas außer Atem.

Thea verlor die Geduld und riss ihm den Kasten aus der Hand. »Ist doch auch egal jetzt! Sie bleiben hier und warten auf den Krankenwagen und Sie«, sie pikte Huntemann mit dem Finger in die Schulter, »folgen mir, und zwar auf der Stelle!«

Sie war schon im Mais verschwunden, da hörte sie, wie Schandau ihnen nachrief: »Aber Chef! Du kannst doch gar kein Blut sehen!«

»Na toll«, dachte Thea, während sie sich vorwärtskämpfte. Da bin ich ja genau an den Richtigen geraten.

Kurz bevor sie bei Wilma ankamen, hörte Thea von Weitem mehrere Martinshörner aufheulen. Das Geräusch näherte sich schnell.

Sie atmete erleichtert auf.

Wilma Menkens war bewusstlos, als die Sanitäter sie in einem Bergungstuch aus dem Maisfeld schleppten. Gerade wurde sie in den Krankenwagen geschoben. Der Notarzt meinte jedoch, sie werde es auf jeden Fall überleben.

Erleichtert saß Thea im Polizeibulli und trank in kleinen Schlucken von dem heißen Kaffee, den ihr irgendjemand gereicht hatte. Sie sah durch die Scheibe nach draußen. Das Maisfeld glich jetzt einer Filmkulisse. Es wimmelte von Leuten, die allesamt sehr beschäftigt waren. Scheinwerfer leuchteten den Tatort aus, und eine Reihe von Beamten in weißen Overalls untersuchte die unmittelbare Umgebung. Polizisten durchkämmten zudem das Feld auf der Suche nach der Tatwaffe oder anderem Beweismaterial. Immerhin war eine Kollegin angeschossen worden, da wurde schon mal das ganz große Programm abgespielt.

Thea stellte den Kaffeebecher auf dem Tischchen ab, das sie von Huntemann trennte. Der Kommissar saß ihr gegenüber und betrachtete sie mit einer Mischung aus väterlicher Sorge und professionellem Interesse. Seine Hände lagen übereinander. Thea musste immer wieder darauf gucken. Die Finger waren lang und schmal, der Handrücken sehnig, die Nägel gepflegt und ohne Trauerrand. Sie fragte sich nicht zum ersten Mal in ihrem Leben, wie Leute es schafften, immer saubere Hände zu haben. Ihre eigenen waren schwielig, die Nägel oft eingerissen vom Holzhacken, Abwaschen oder sonstigen groben Arbeiten, die sie auf ihrer Parzelle verrichten musste.

»Frau Thading? Kann ich Ihnen irgendetwas Gutes tun?«

Sie schreckte hoch. Huntemann lächelte und entblößte ein makelloses Gebiss. Theas Mund wurde trocken. Sie spürte, dass sie knallrot wurde. Schnell senkte sie den Blick und trank viel zu hastig von dem Kaffee, natürlich verschluckte sie sich. »Haben Sie schon eine Vermutung?«, fragte sie hustend. »Wer könnte denn so was getan haben und warum?«

Eugen Huntemann lächelte immer noch. »Sie glauben an einen gezielten Anschlag?«

Thea schüttelte den Kopf. »Nein. Eigentlich nicht. Ich meine, hier kannte sie doch niemand. Wilma ist –«

Der Kommissar unterbrach sie. »Wenn Sie meine Meinung hören wollen, dann gibt es nur eine Erklärung. Frau Menkens ist bei der Treibjagd angeschossen worden. Ein klassischer Jagdunfall. So was passiert.«

»Dürfen die Jäger denn so nah an dem voll besetzten Gasthaus jagen?«, fragte Thea.

Huntemann hob entschuldigend die Hände. »Der Mais hier ist so hoch, dass man schon mal die Orientierung verlieren kann. Außerdem: Die Warnschilder für die Passanten stehen überall gut sichtbar herum. Wer ein bisschen Grips im Kopf hat, latscht nicht in den Mais, wenn in der Nähe Treibjagd ist. Als Kommissarin sollte Ihre Bekannte das wissen.«

Thea musste dem Kommissar recht geben. Sie wusste selbst nicht, was Wilma hier zu suchen gehabt hatte. Sie musste doch auf der Herfahrt auch die Schilder gesehen haben, oder nicht? Vielleicht war sie ja abgelenkt gewesen?

»Wann ist Ihre Freundin denn verschwunden?«, fragte Huntemann.

Thea dachte kurz nach. »Das war nach dem Auftritt vom Wirt.

So gegen siebzehn Uhr? Oder später. Ich hab nicht auf die Uhr gesehen.«

»Hat sie gesagt, was sie vorhatte?«

»Sie wollte nur mal an die Luft. Ihr war nicht gut.«

Huntemann nickte bedächtig. »Wir haben die Jagd gegen halb sechs wegen Dunkelheit abgebrochen.«

»Haben Sie denn jemanden bemerkt, der in der Nähe des Maisfeldes rumgeballert hat?«

»Wir ballern nicht rum«, empörte sich der Kommissar. »Was denken Sie denn von uns?«

In diesem Moment wurde die Tür des Busses aufgerissen, und Schandau steckte seinen Kopf herein. »Die haben da was gefunden, Chef.«

»Schön. Ich komme gleich. Wir sind hier gerade in einer Besprechung, Frank. Das siehst du doch, oder?«

Der Beamte zuckte zurück. »Oh. Tut mir leid. Aber ich glaube, das ist wichtig.« Er holte hinter seinem Rücken einen Asservatenbeutel hervor, in dem sich ein winziger Gegenstand befand.

»Was ist das?«, fragte Huntemann mäßig interessiert.

»Eine Patronenhülse. Sie lag in der Nähe vom Fundort des Opfers. War gar nicht leicht zu finden in der Dunkelheit. Eher ein Zufall. Ist doch toll, dass die Spusi die trotzdem entdeckt hat, oder?« Schandau blickte beifallheischend zu seinem Chef, aber der reagierte nicht.

Thea wunderte sich über Huntemanns Desinteresse. »Darf ich mal?«, fragte sie und streckte die Hand nach dem Beutel aus.

Huntemann kam ihr jedoch zuvor. Er riss Schandau das Tütchen aus der Hand und betrachtete den Inhalt. Dann steckte er es wortlos in seine Jackentasche.

»Was ist es denn für eine Patrone?«, fragte Thea.

»Kleinkaliber. Typische Schützenvereins-Munition.« Huntemann schnaubte verächtlich. »Stammt wahrscheinlich vom letzten Schützenfest.« Widerwillig erhob er sich und schob die Wagentür ganz auf. Er stieg aus und stellte sich vor Schandau. »Gute Arbeit, Frank.« Es klang wenig überzeugend.

»Aber was heißt denn das?«, rief Thea ihm nach.

Huntemann drehte den Kopf. »Das heißt alles Mögliche. Die Damen vom Schützenverein könnten zum Beispiel dahinterstecken. Wie haben die sich denn so vertragen? Gab es Streit zwischen ihnen?«

»Nein, so ein Quatsch!«, empörte sich Thea. »Die waren alle gut gelaunt. Und keine ist Wilma nachgeschlichen. Die waren doch im Gasthaus. Ich war mit ihnen zusammen, die ganze Zeit. Was ist denn mit der Theorie vom Jagdunfall?«

»Wenn diese Patronenhülse von der Tatwaffe stammt, dann sind die Jäger raus aus der Sache.«

»Warum?«

Huntemann lachte verächtlich. »Glauben Sie, wir gehen mit solchen Spielzeuggewehren auf die Jagd? Das tun höchstens Wilderer.«

Thea hielt es nicht mehr auf ihrem Sitz. Sie kletterte aus dem Bulli und baute sich neben Huntemann auf. »Sie glauben, Wilma wurde von Wilderern angeschossen? Ich dachte, so was gibt's nur im Film. Oder in Bayern.«

Der Kommissar verzog skeptisch das Gesicht. »Na ja, nun mal ganz langsam. Kann ja auch sein, dass die Patronenhülse mit dem Fall gar nichts zu tun hat. Ich will mich nicht zu Spekulationen hinreißen lassen.«

Thea hob den Kopf. Im Maisfeld suchte immer noch eine ganze Horde Polizisten nach Beweisstücken. Die Idee mit den Wilderern gefiel ihr, sie klang abenteuerlich. »Mein Opa hat immer davon erzählt, wie er im Krieg und kurz danach gewildert hat. Aus Hunger. Aber heute …«

»Sie werden lachen, ich hab erst letzte Woche ganz in der Nähe im Wald ein paar Fallen gefunden.«

»Fallen? Aber Wilma wurde angeschossen.«

»Genau. Wir sollten nicht weiter im Dunkeln herumstochern. Warten wir das Ergebnis der KTU ab, dann wissen wir mehr.«

In diesem Moment fuhr der Krankenwagen los. Thea sah auf. Sie hätte Wilma gern begleitet, aber Huntemann, der die Sache in die Hand genommen hatte, wollte sie nicht weglassen, da sie eine wichtige Zeugin war.

Als der Wagen an ihnen vorbeifuhr, erkannte sie durch die Heckscheibe den Schemen eines Rettungsassistenten, der gerade einen Infusionsbeutel an einem Haken an der Decke befestigte. Mit flauem Gefühl sah sie dem langsam fortfahrenden Wagen nach.

5

Die Untersuchungen am Tatort zogen sich in die Länge. Thea dachte mit Grausen an den Heimweg, der ihr noch bevorstand. Es war halb zwölf, als Huntemann sie endlich entließ. »Wie kommen Sie denn jetzt zurück in die Stadt?«, fragte er.

»Wie schon? Mit dem Rad. Es steht noch vor dem ›Wilden Eber‹.«

»Soll ich Sie mitnehmen? Ich muss auch in die Richtung.«

Schandau war mit den Kollegen schon vor ihnen abgefahren, jetzt saß Thea neben Huntemann in dem Polizeiwagen. Fast die ganze Fahrt über schwiegen sie, worüber Thea nicht traurig war, denn sie war hundemüde. Ihr fielen immer wieder die Augen zu. Als sie nach Oldenburg hineinfuhren, riss sie sich zusammen und lotste den Kommissar in eine Seitenstraße ganz in der Nähe der Kleingartensiedlung.

Huntemann half ihr, das Rad auszuladen, und stellte keine Fragen zu der ungewöhnlichen Nachbarschaft, in der Thea wohnte. Auch er schien erschöpft zu sein. Eine Kirchenglocke schlug Mitternacht.

»Na dann, bis die Tage«, sagte er und reichte ihr die Hand. »Wenn ich Fragen habe, wie kann ich Sie erreichen?«

»Auf meinem Handy. Die Nummer habe ich Ihrem Kollegen gegeben.«

Er nickte und stieg wieder in den Wagen. »Passen Sie auf sich auf«, sagte er und fuhr los.

Thea wartete, bis er außer Sichtweite war, dann stieg sie auf ihr Rad. Das Licht funktionierte genauso wenig wie die Handbremse. Thea hatte den Drahtesel vor einem Jahr aus einem Sperrmüllhaufen gezogen. Bisher hatte er ihr gute Dienste geleistet, was konnte sie mehr verlangen? Sie war Huntemann dankbar, dass er keinen weiteren Kommentar zum Zustand ihres Gefährts gemacht hatte. Er war seltsam, aber er hatte Eindruck bei ihr hinterlassen, selbst wenn sie sich nicht erklären konnte, warum. Sie musste zugeben, dass sie ihn in gewisser Weise interessant fand, auch wenn er ein arroganter Schönling war. Du hast dich nur in sein hübsches Gesicht verguckt, rief sie sich zur Ordnung. Thea schüttelte den Kopf. Warum musste sie sich in ihrem Alter noch wie ein Backfisch aufführen?

Nach wenigen Minuten stand sie vor dem Eingangstor zur Kleingartenanlage. Es stand sperrangelweit auf, was Thea wunderte. Um diese Zeit war es sonst immer geschlossen. Kubelka überwachte das streng. In seinem Parzellenhäuschen gleich hinter dem Eingang brannte kein Licht mehr, was kein Wunder war, schließlich war es bereits spät. Sicher schlief er schon. Sie schloss das Tor hinter sich und schob das Rad die letzten Meter bis zu ihrer Parzelle. Alles war ruhig, bis auf die übliche Geräuschkulisse von der Autobahn. Die meisten Lauben waren jetzt verlassen. Im Garten gab es im November kaum noch etwas zu tun, und das Wetter lud weder zum Grillen noch zum Kaffeetrinken zwischen Kompost und Gemüsebeeten ein. Ganzjährig lebten sowieso nur sie, Kubelka und der Cowboy hier. Eigentlich war das in Deutschland illegal, aber das scherte nicht einmal den Platzwart – vermutlich, weil er selbst davon profitierte.

Als Thea ihrer Behausung näher kam, sah sie Licht. Es brannte in Sielmanns Ponderosa, er war also noch wach. Sie hoffte, dass er nicht auf der Lauer lag, denn sie hatte wenig Lust, mit ihm nach diesem turbulenten Abend über den Fortgang der Ermittlungen in Sachen Hundeklo zu diskutieren. Sie versuchte, auf dem Kiesweg möglichst wenig Geräusche zu machen, was nicht ganz einfach war.

Als sie an Sielmanns Hütte vorbeikam, hörte sie drinnen gedämpfte Stimmen. Offenbar hatte er Besuch, wahrscheinlich war es der Kubelka. Was tat der um kurz nach Mitternacht noch bei ihrem Nachbarn? Feuerwasser trinken?

Thea öffnete so leise wie möglich das Gartentor und schob das Rad unter den Dachüberstand ihres Holzschuppens. Sie kettete es sorgfältig fest, man konnte nicht wissen, wer sich hier in der Nacht herumtrieb. Manchmal brachen Obdachlose in die leer stehenden Parzellenhäuschen ein, wenn das Wetter allzu schlecht wurde.

Sielmann jedenfalls war beschäftigt und würde sie in Ruhe lassen. Sie schloss die Tür zu ihrer Hütte auf und trat ein. Im Öfchen glomm noch ein Rest Glut. Thea zog die Jacke aus und schlüpfte in die Filzpuschen, die ordentlich vor dem Ofen standen und auf sie warteten. Ah, trocken und warm. Herrlich.

Sie legte einen Scheit Holz nach und ließ sich in den Sessel fallen. Dann atmete sie tief durch. »Was für ein Tag«, sagte sie zu sich selbst und ließ die Ereignisse Revue passieren. Sie machte sich Sorgen um Wilma, aber jetzt konnte sie nichts für sie tun. Morgen würde sie sich nach ihr erkundigen. Und sie würde sich noch einmal in Bruchbäke umsehen und mit den Flintenweibern reden. Vielleicht wusste die eine oder andere etwas, das zur Klärung dieser Sache beitrug.

Ihr Handy begann zu vibrieren. Sie spürte es deutlich in ihrer Hosentasche. Bevor sie es herausgefummelt hatte, ging der Klingelton los. Klaus und Klaus sangen »An der Nordseeküste«. Als Detektivin sollte ich mir beizeiten einen neutraleren Klingelton zulegen, dachte sie und meldete sich.

»Ja?« Einen langen Moment war es still in der Leitung. Dann hörte sie, wie jemand laut atmete. Scheiße, dachte Thea, nicht auch noch so ein bekloppter Stalker. Nicht heute Nacht.

»Wer sind Sie, und was wollen Sie? Ich bin von der Polizei. Entweder reden Sie, oder ich lasse Sie festnehmen!«, fauchte sie ihr Handy an.

»Witzig«, krächzte jemand am anderen Ende der Leitung.

Jetzt war Thea diejenige, die schwieg.

»Thea?«

»Meine Güte, Wilma! Du?«

»Kannst du herkommen?« Ihre ansonsten unerschütterliche Freundin klang so kläglich wie ein aus dem Nest gefallenes Vogeljunges.

»Weißt du, wie spät es ist?«

»Ja. Schon bald ein Uhr.«

»Wie geht es dir?«

»Beschissen.«

»Was haben die mit dir gemacht?«

»Mich zusammengenäht. Ist nur ein Durchschuss.«

Es folgte ein weiteres lang anhaltendes Schweigen. Thea suchte fieberhaft nach tröstenden Worten.

»Was mache ich hier?«, fragte Wilma. Es hörte sich an, als ob sie weinte.

Thea räusperte sich. »Kannst du dich nicht erinnern, was passiert ist?«

»Nur sehr vage.« Wilma sprach langsam und schleppend. Sie hatte sicher Beruhigungsmittel bekommen.

»Ich habe dich angeschossen im Maisfeld gefunden, ganz in der Nähe vom ›Wilden Eber‹«, sagte Thea und machte eine Pause, denn sie spürte, wie auch ihr die Tränen in die Augen schossen. »Hab gedacht, du stirbst. Da war alles voller Blut.«

»Ich bin total benebelt«, stöhnte Wilma, »die haben mir was gegeben, diese Dummbratzen.«

»Die mussten dich schließlich zusammenflicken.« Thea schnäuzte sich. »Wenn du schon wieder telefonieren kannst, haben sie ihren Job wohl ganz gut gemacht.«

»Die pumpen mich voll mit irgendwelchen Flüssigkeiten. Morgen geh ich nach Hause.«

»Das lässt du schön bleiben. Du musst erst mal wieder auf die Beine kommen.«

Thea hörte, wie Wilma stockend Luft holte. »Ich, also …« Sie schnäuzte sich noch einmal. »Ich … hab solche Angst in Krankenhäusern.«

»Entspann dich, Wilma. Morgen sieht die Welt schon anders aus. Du musst jetzt schlafen.«

»Hast du noch Kaugummi?«

»Was? Nein.« Thea schwieg. Eigentlich war sie ein Profi am Telefon, jeder Situation gewachsen. Sie hatte lange im Callcenter gearbeitet, und der alte Chef hatte ihre unkonventionelle Gesprächsführung geschätzt, weil sie fast immer zum Ziel führte. Aber jetzt war sie ratlos. »Sag mal, Wilma«, begann sie vorsichtig, »du hast nicht zufällig gesehen, wer auf dich geschossen hat?«

»Ne. Ich hab einen totalen Filmriss. Das Letzte, an das ich mich erinnere, ist der Auftritt vom Wirt und dass ich ziemlich viel getrunken hatte.«

»Dir war nicht gut, und du wolltest frische Luft schnappen. Wohin bist du gegangen?«

Wieder schwieg ihre Freundin. Als Thea schon dachte, sie sei eingeschlafen, sagte sie: »Ich weiß es nicht. Ich kann mich nur erinnern, dass da was Helles war.«

»Was Helles? Aber es war stockdunkel. Denk nach, Wilma. Was war das? Warum bist du so weit weg vom ›Wilden Eber‹ mitten ins Maisfeld gelaufen?«

»Ich weiß nicht.« Sie begann zu schluchzen, und Thea schwieg. Sie war so erleichtert, dass es Wilma besser ging, andererseits fielen ihr keine tröstenden Worte ein.

Sie erhob sich aus ihrem Sessel. Mit dem Handy am Ohr ging sie zum Fenster und sah auf den Weg hinaus. Die einsame Laterne spendete kein Licht mehr, denn sie erlosch pünktlich um Mitternacht. Vielleicht half es ja, wenn sie ihrer Freundin eine Weile beim Heulen zuhörte.

»Bist du noch da?«, fragte Wilma irgendwann.

»Ja. Wenn du willst, lass ich das Handy die ganze Nacht an.«

»Ich geh dir auf die Nerven, oder?«

»Nein. Tust du nicht.«

Draußen bewegte sich etwas und lenkte Thea von dem Telefongespräch ab, aber Wilma war sowieso wieder in Schweigen verfallen. Sie schluchzte leise vor sich hin.

Thea reckte den Hals. Eine Gestalt stand an Sielmanns Zaun. Sie schätzte, dass es ein Mann war. An der Leine führte er einen großen Hund. Der hockte sich gerade breitbeinig vor den Bonanzazaun, und zwar in eindeutiger Kackstellung.

»Scheiße.« Thea warf das Handy auf die Fensterbank und rannte hinaus. »He! Was tun Sie da?«, schrie sie den Typen an.

Der Hund sprang auf, fing an zu bellen und riss an der Leine. Er fletschte die Zähne und wollte sich auf Thea stürzen, aber der Kerl zerrte ihn hastig mit sich fort. Thea rannte ihm nach. Sie stürzte hinter dem Fremden her, der den schmalen Kiesweg zwischen den Parzellen entlangflüchtete. Leider hatte er viel längere Beine als sie. Außer Atem beobachtete sie, wie er das Tor der Kleingartensiedlung aufriss und dahinter verschwand. Thea blieb stehen und hielt sich die Seite. Sie hatte so heftiges Seitenstechen, dass sie die Verfolgung aufgab. Ich muss eindeutig mehr trainieren, dachte sie.

»Hast du den Kerl etwa entwischen lassen?«, fuhr sie jemand von hinten an. Es war Bernd Sielmann. Die Fäuste in die Hüften gestemmt, stand er da wie das wandelnde Jüngste Gericht.

Thea richtete sich auf. Der Tag war zu beschissen gewesen, als dass sie sich jetzt noch Sielmanns Genöle anhören wollte. »Der hatte einen riesigen Köter dabei«, fuhr sie ihn wütend an.

»Na und? Ich dachte, du warst mal Polizistin.«

Thea winkte ab. Sie hatte definitiv genug. Wortlos drehte sie sich um und stapfte den Weg zurück zu ihrer Parzelle. Sollte Sielmann seinen bekackten Fall doch allein lösen. Die zwanzig Euro Vorschuss konnte er sich ihretwegen in den Allerwertesten stecken, sie würde das Geld einfach zurückzahlen.

In ihrem Rücken hörte sie Schritte. Sielmann folgte ihr, aber sie reagierte nicht. Er kam näher. Stur blickte sie geradeaus, bis sie schließlich meinte, seinen Atem im Nacken zu spüren. Da blieb sie stehen und drehte sich nach ihm um. »Hör zu, du Möchtegern-Cowboy, es ist spät, ich hab einen harten Tag hinter mir. Ich will jetzt verdammt noch mal ins Bett, kapiert?«

Sielmann wich erschrocken einen Schritt zurück. »Okay, okay. Alles gut. Wir reden einfach morgen.«

Thea ließ ihn stehen, stampfte durch ihren Garten in die Hütte und knallte die Tür hinter sich zu. Sie ging wütend zum Fenster. Ihr Nachbar stand schon wieder an seinem Zaun und fotografierte mit dem Smartphone das frische Häufchen.

Sie griff nach ihrem eigenen vorsintflutlichen Klapphandy, das offen auf der Fensterbank lag. Siedend heiß fiel ihr ein, dass sie die aufgelöste Wilma einfach abgewürgt hatte. Langsam hob Thea das Handy ans Ohr. »Wilma?«

»… um diese Zeit. Es tut m… mir leid. Erst besaufe ich mich, und dann bin ich zu blöd, aus der Schussbahn zu gehen. War doch Jagd. Ich hab einfach nicht darüber nachgedacht. Das ist echt peinlich.«

Fassungslos hörte Thea zu. Anscheinend hatte Wilma das Gedächtnis wiedergefunden und ihre Abwesenheit nicht bemerkt. Sie lachte erleichtert auf.

»Ja, lach mich aus. Ich bin selbst schuld«, jammerte Wilma, »du hältst mich jetzt bestimmt für bekloppt.«

»Nein! Ich lach dich nicht aus. Es ist verrückt. Da war gerade dieser Typ. Der mit dem Kackhund. Direkt vor Little Joes Ponderosa. Ich hab versucht, ihn zu schnappen, aber er ist weg mit dem Köter.«

»Was?« Wilma hickste in den Hörer.

»Das hat mit dem Fall zu tun, von dem ich dir erzählt habe.«

»Aha.« Wilma stieß ein seltsames Keuchen aus.

»Wilma? Geht es dir gut?«

»Au, verdammt!« Wilma hatte ein Lachen versucht. »Ich sabbel mir hier den Mund fusselig, und du rennst kackenden Hunden hinterher?«

»Tut mir leid. Lass uns einfach morgen weiterreden, ja?«

»Wenn ich keine verletzte Schulter hätte, sollte ich mir jetzt vor Lachen in die Hose machen, oder? Aber ich hänge an tausend Strippen und komm nicht aus dem Bett. Ich muss so dringend pinkeln, Thea.«

»Es gibt da so einen Knopf. Wenn du auf den drückst, kommt die nette Krankenschwester mit der Bettpfanne.«

»Kannst du nicht kommen? Ohne Bettpfanne?«

»Morgen.«

6

Die Sonne stand hoch am Himmel, als Thea aus den Federn kroch. An den Scheibenrändern des Hüttenfensters tauten die Reste zarter Eisblumen. Der Teil des Gartens, der noch im Schatten lag, sah aus wie mit Puderzucker bestäubt. Nebenan rührte sich nichts. Sielmann schlief noch. Bei ihm hatte bis zum frühen Morgen das Licht gebrannt. Thea hatte nicht einschlafen können nach allem, was passiert war, und hatte noch eines ihrer heiß geliebten Jerry-Cotton-Hefte gelesen. Jetzt hockte sie vor dem Ofen und stocherte in der kalten Asche. Da war kein Fünkchen Glut mehr. Sie musste das Feuer neu anfachen. Also schlüpfte sie in ihre Puschen und ging vor die Tür.

Die Sonne stand tief und blendete sie. Thea beschattete ihre Augen und warf einen verstohlenen Blick hinüber zum Anwesen des Nachbarn, aber dort rührte sich immer noch nichts. Sie stapelte einige Holzscheite und legte sie sich auf den Arm, dann noch ein wenig Kleinholz obendrauf und eilte zurück. Anschließend kniete sie vor dem kalten Ofen und schob das Kleinholz hinein, legte einen Würfel Grillanzünder darauf und zündete ihn an. Der Anzünder fing erst Feuer, als das Streichholz schon fast abgebrannt war. Thea wischte sich die Hände an der Hose ab, schloss die Ofentür und setzte Wasser auf.

Während sie sich anzog, dachte sie über Wilma nach. Sie musste herausfinden, was passiert war. Auf jeden Fall würde sie sie heute noch besuchen. Vielleicht war die Erinnerung ja vollständig zurückgekehrt.

Es klopfte.

»Wer ist da?«

»Ich bin's. Bernd.«

»Bleib draußen, ich bin nackt!«

Die Tür öffnete sich, und Sielmann steckte den Kopf herein. Er blickte sich neugierig um. »Ich wollte nur mit dir besprechen, was du weiter unternehmen willst in unserem Fall.«

»Kannst du mich nicht mal in Ruhe frühstücken lassen?«, fuhr Thea ihn an. »Geh zum Platzwart, wenn du dich einsam fühlst.«

»Du bist ja gar nicht nackt«, sagte er und klang enttäuscht.

»Das ist ja wohl meine Sache.«

Sielmann zog den Kopf zurück und schloss wortlos die Tür. Er schlenderte zum Bonanzazaun zurück und sah sich prüfend um. Anscheinend entdeckte er heute keinen weiteren Haufen.

»Kubelka hab ich übrigens schon seit vorgestern nicht mehr gesehen!«, rief er zu Thea hinüber, als er von seinem Kontrollgang zurückkam.

Aber wer war dann so spät noch bei Sielmann gewesen?

Thea graute vor dem Besuch im Krankenhaus. Nicht, dass sie Wilma sich selbst überlassen wollte, aber sie hatte schon immer eine regelrechte Phobie vor diesen Einrichtungen gehabt. Allein der Geruch bereitete ihr Übelkeit. Deshalb konnte sie Wilmas Nervenzusammenbruch am Telefon mehr als gut nachvollziehen. Sie beschloss, zunächst einmal nach Bruchbäke zu fahren, um sich dort noch einmal umzuschauen und mit den Flintenweibern zu reden. Vielleicht war einer von ihnen doch noch etwas eingefallen. Nun lag Bruchbäke zwar in der entgegengesetzten Richtung, und sie würde sich furchtbar abstrampeln müssen, wenn sie beide Besuche schaffen wollte, aber sie brauchte schließlich Training. Im tiefsten Inneren musste sie sich jedoch eingestehen, dass der Plan einzig und allein dazu diente, den Krankenbesuch möglichst lange aufzuschieben.

Die Sonne hatte den Reif weggetaut und verbreitete milde Wärme. Es würde ein schöner Herbsttag werden. Der Himmel war blau bis auf wenige zerfledderte Kondensstreifen. Thea wurde es schnell warm. Zu warm. Sie riss sich die Mütze vom Kopf und öffnete den Reißverschluss ihres Anoraks. Die frische Herbstluft tat gut. Je weiter sie aus der Stadt herauskam, desto leichter wurde ihr zumute. Vielleicht sollte sie doch irgendwann wieder aufs Land ziehen, in eines dieser kleinen und kuscheligen Geestdörfer. Statt Hundehalter zu ermitteln, würde sie Hühner und Schafe züchten. Oder Bilder malen. Sie war so vertieft in ihre Gedanken, dass sie ein Schlagloch übersah. Sie fuhr mit Karacho drüber hinweg, kam ins Schlingern und rutschte von den Pedalen, wobei sie mit dem Schritt auf den harten Sattel donnerte. Einen Moment lang wurde ihr schwarz vor Augen. Das Land war vielleicht doch keine so gute Idee.

Als sie vor dem »Wilden Eber« ankam, sah sie Huntemanns Dienstwagen quer vor dem Eingang stehen. Sie hatte den Rest des Weges zu Fuß zurückgelegt. Nun stellte sie ihr Rad ordnungsgemäß in den Ständer. Der Platz vor dem Gasthaus war leer bis auf den Standaschenbecher, sogar die Kübel mit den Koniferen waren weg.

Thea ging in die Gaststätte hinein. Im Flur roch es immer noch nach Rotkohl und Braten. An zwei Tischen in der Gaststube saßen Paare, beide in fortgeschrittenem Alter. Sie arbeiteten sich schweigend an wagenradgroßen Tellern ab, die bis zum Rand mit Schnitzel und Bratkartoffeln gefüllt waren. Thea lehnte sich über die Theke, hinter der die Wirtstochter herumhantierte. Sie hatte die Haare heute zu einem züchtigen Pferdeschwanz zusammengebunden. Mit Kajal und Lidschatten hatte sie jedoch wieder nicht gespart. In das rustikale Ambiente dieses Gasthofes passte sie so gut wie ein Bild von Picasso.

»Entschuldigung … Nina.« Thea las den Namen der jungen Frau von dem kleinen Schildchen ab, das an ihrer Bluse heftete. »Können Sie mir sagen, wo ich den Chef finde?«

Nina Kieske sah auf. Sie lächelte etwas verlegen und kaute dann kurz an dem Ring in ihrer Lippe. »Meinen Vater? Der spricht gerade mit diesem Kommissar.«

»Wo denn?«

»Die sind nebenan im Clubraum.«

»Danke.« Thea kannte sich hier inzwischen einigermaßen aus. Sie lief über den Flur und wollte gerade die Tür zum Clubraum öffnen, da rief Nina sie zurück.

»Entschuldigung, aber Sie können da jetzt nicht rein!«

Thea, deren Hand schon auf der Klinke lag, hielt inne. »Und warum nicht?«

»Der Kommissar hat gesagt, ich soll dafür sorgen, dass er ungestört bleibt. Er will sich mit Papa allein unterhalten.«

Es hörte sich seltsam an, das Wort »Papa« aus ihrem Mund zu hören. Wie alt mochte sie sein? Das war unter der Schminke schlecht zu erkennen. Thea schätzte sie auf zweiundzwanzig.

»Warum starren Sie mich so an?«

»Ich würde gern wissen, wie alt Sie sind.«

»Siebzehn. Und nun gehen Sie bitte.«

»Nein.« Thea drückte die Klinke herunter und trat in den Clubraum.

Polizeiobermeister Frank Schandau und Willi Kieske saßen an einem Tisch und steckten die Köpfe zusammen. Die übrigen Tische waren zusammengeschoben, die Stühle hatte man umgedreht darauf gestellt.

Thea schloss die Tür hinter sich. Das Gespräch verstummte.

»Sie?«, fragte Thea, die Huntemann erwartet hatte.

Schandau lief rot an im Gesicht, und Kieske blickte wütend auf.

»Was wollen Sie? Hat meine Tochter Ihnen nicht gesagt, dass wir ungestört bleiben wollen?«

»Doch, das hat sie.«

Der Wirt war von seinem Stuhl aufgestanden. »Was fällt Ihnen ein, hier einfach so reinzuplatzen?«

Er klang ertappt. Auch Schandau kratzte sich verlegen am Kopf.

»Ich dachte, ich treffe hier auf Eugen Huntemann.« Sie trat an den Tisch und setzte sich kurzerhand dazu. »Was haben Sie denn so Wichtiges zu besprechen?«

Der Wirt stand etwas unschlüssig da, dann ließ er sich wutschnaubend wieder auf seinem Stuhl nieder. »Du bist hier die Polizei, Frank«, fuhr er Schandau an, »kannst du sie nicht einfach rausschmeißen?«

Der Polizeiobermeister blickte unglücklich zu Thea.

Die lächelte. »Respekt, Herr Schandau. Ich wusste nicht, dass Sie über Nacht zum Kommissar befördert worden sind. Haben Sie schon etwas Tatrelevantes herausgefunden?«

Schandau schnaubte trotzig. »Wat schall dat!« Er war so verwirrt, dass er ins Plattdeutsche fiel.

»Bannig veel«, konterte Thea, die das ebenso gut beherrschte. Und plötzlich fiel ihr ein, woher sie den hochgewachsenen Mann kannte. »Du warst zwei Klassen über mir, oder? Bei Herrn Mangold. Der hatte das Melodikaorchester …«

Schandau starrte sie an. Seine Verwirrung war jetzt vollkommen. »Du bist doch nicht etwa die Schwester von Friedjof?«

Thea nickte.

Der Wirt brummelte etwas in seinen Bart, holte schweigend ein weiteres Schnapsglas und stellte es dazu. Er goss ein und hob sein Glas. »Na dann, prost. Auf das Wiedersehen.« Es klang spöttisch.

Nachdem sie angestoßen hatten, entspannte sich die Lage ein wenig. Thea lehnte sich zurück und zeigte auf die halb volle Kornflasche. »Weiß Huntemann davon?«

»Wovon?«

»Alkohol im Dienst. Und das am frühen Morgen.«

Schandau und Kieske lachten gleichzeitig auf.

»Gegen das, was Huntemann wegsäuft, ist unser braver Schandau hier ein Waisenknabe«, stellte der Wirt fest.

»Gut, lassen wir das«, lenkte Thea ein, »ich hätte nur ein paar klitzekleine Fragen, dann bin ich auch schon wieder verschwunden.«

»Was für Fragen?«, wollte Kieske wissen und kniff misstrauisch die Augen zusammen.

»Fragen, die meine Freundin Wilma Menkens betreffen.«

»Wie geht's der denn? Hast du was von ihr gehört?«, fragte Schandau.

Thea nickte erneut. »Ich habe gestern noch mit ihr telefoniert.«

»Dann ist sie wieder auf dem Damm?« Der Wirt klang überaus erleichtert, und Thea musterte ihn überrascht.

»Es wundert mich, dass Sie so großen Anteil nehmen. Sie kennen Frau Menkens doch kaum.«

»Ich bin immer besorgt, wenn es um meine Gäste geht.«

»Rührend.« Thea wandte sich wieder Schandau zu. »Hast du Herrn Kieske hier schon gefragt, was er gestern Abend zur Tatzeit mit Hund und Gewehr da draußen gemacht hat?«

Schandaus Gesichtsfarbe wechselte im Bruchteil einer Sekunde von Karmesinrot zu Eierschalenweiß. Er schüttelte den Kopf.

Auch nicht schön für einen Polizisten, wenn man seine Gefühlsregungen so offenkundig vor sich herträgt, dachte Thea und wagte einen Schuss ins Blaue. »Sag mal, Frank, was hast *du* eigentlich gestern Abend so alles getrieben?«

In seinem Gesicht bildeten sich hässliche Flecken. »Also … das … muss ich dir nicht sagen. Weil ich doch Polizist bin. Und du nicht mehr«, schnappte er.

»Meine Güte. Das ist ja mal ein stichhaltiges Alibi.«

»Alibi?«, schnaubte Schandau, »so wat bruuk ick nich!«

»Sind Sie überhaupt befugt, solche Fragen zu stellen, oder fühlen Sie sich einfach nur schlauer, als die Polizei erlaubt?«, warf der Wirt spitzfindig ein.

»Letzteres.«

Die Feindseligkeit zwischen Kieske und Thea war nun mit Händen greifbar. Schandau holte mehrmals Luft, als wenn er etwas sagen wollte, ließ es dann aber bleiben. Das Schweigen wurde schwer wie Blei. Schließlich beugte sich der Wirt über den Tisch. Er kam Thea so nah, dass sie die Krümel, die vom Frühstück in seinem Bart hängen geblieben waren, deutlich erkennen konnte.

»Mach, dass du Land gewinnst, Mädchen«, zischte er sie an, »oder ich hol den Chef. In zwei Sekunden ist der da. Der ist nämlich hier und befragt die Flintenweiber. Da kann er dich gleich einkassieren.«

»So is dat!«, bestätigte Schandau.

Thea erhob sich. »Es war sehr aufschlussreich, mit Ihnen ein bisschen zu plaudern.« Mit diesen Worten drehte sie sich um und ging durch die Flügeltür wieder hinaus.

Als sie an der Gaststube vorbeikam, warf sie einen Blick hinein und sah, dass eines der Paare den Kampf gegen das Wagenrad bereits für sich entschieden hatte. Erschöpft bestellten sie gerade zum Nachtisch ein Eis.

»Guten Appetit«, rief Thea und wandte sich Nina zu. »Wo ist denn der Kommissar mit den Flintenweibern?«

»Im Saal.«

Thea drehte sich um und ging den Flur wieder hinauf. Sie folgte den Wegweisern durch das Labyrinth des Gasthofs und fand schließlich, was sie suchte. Vor einer geschlossenen Tür saßen die Schützenfrauen auf Stühlen in einer langen Reihe an der Wand, wie im Wartezimmer eines Arztes. Gerade kamen zwei von ihnen aus dem Saal.

»Hallo«, begrüßte Thea sie überrascht, »vernimmt Huntemann euch hier zu zweit?«

Sie nickten. »Dann geht's schneller, hat er gesagt. Die Nächsten sollen jetzt reinkommen.«

Die beiden Frauen, die direkt am Saaleingang saßen, standen auf, zupften ihre Kleidung zurecht und verschwanden hinter der Tür.

Thea setzte sich neben Gisela. Sie wirkte bedrückt und hatte dunkle Augenringe. »Hast du was von Wilma gehört?«, fragte sie.

Thea nickte. »Ich hab in der Nacht mit ihr telefoniert. Ich soll schön grüßen.«

»Dann ist sie übern Berg?«

»Sieht so aus.« Thea beugte sich vor. »Sagt mal«, fragte sie in die Runde, »hat eine von euch irgendeine Erklärung, warum Wilma gestern so weit weggegangen ist vom Gasthof? Hat sie zu einer von euch etwas gesagt?«

»Warum hast du sie das nicht selbst gefragt, als du mit ihr telefoniert hast?«, fragte Beate.

»Hab ich ja. Aber sie war total durch den Wind. Ich denke mal, sie stand unter Schmerzmitteln. Auf jeden Fall konnte sie sich an nichts erinnern.«

Gisela schüttelte den Kopf. »Da wird nichts Besonderes gewesen sein. Das macht die nämlich öfter, diese Solotouren. Aufm Schützenfest, wenn sie ein bisschen zu viel getankt hat, haut die ab und geht spazieren. Nach einer halben Stunde kommt die dann nüchtern wieder, als wenn nichts gewesen wäre.«

Beate nickte. »Ja, so isse, unsere Wilma.«

»Ist eine von euch gestern auch mal unterwegs gewesen?«, fragte Thea und blickte in die Runde.

Alle schüttelten den Kopf.

»Ne. Außer dir waren wir alle im Gasthaus«, sagte Gisela. »Du verdächtigst uns doch nicht etwa?«

»Nein.«

Die Frauen schwiegen bedrückt. Es nahm sie sichtlich mit, was mit Wilma passiert war.

»Was will Huntemann eigentlich von euch wissen?«, fragte Thea nach einer Weile und war überrascht über die Reaktion, die folgte. Diejenigen, die schon bei ihm gewesen waren, begannen albern zu kichern.

»Ach, so dies und das«, antwortete eine der Frauen vage und warf ihrer Nachbarin einen vielsagenden Blick zu.

»Geht's auch ein bisschen konkreter?«

»Na ja, was einen Mann eben so interessiert.«

»Eure Körbchengröße?«

»Nein! So was doch nicht«, prustete die Frau neben Gisela, deren Namen Thea schon wieder vergessen hatte.

Sie beschloss, nicht weiter darauf einzugehen. »Fragt er euch denn nichts zur Sache?«

»Doch, tut er. Zum Beispiel, ob Wilma Feinde im Schützenverein hatte, ob uns was aufgefallen ist und so.«

»Aha. Und, hatte sie Feinde?«

Die Frauen blickten Thea mit großen Augen an.

Gisela hatte die ganze Zeit schweigend zugehört. Jetzt mischte sie sich empört ein. »Wer kann Wilma denn böse sein? Die ist doch eine Seele von Mensch. Jeder mag sie.«

Thea musste unwillkürlich an die erste Begegnung mit ihr denken. Ein Mann war gerade in ihren Armen gestorben, und die Kommissarin war so feinfühlig aufgetreten wie ein wütendes Nilpferd. Zumindest zu Beginn ihrer Bekanntschaft hatten sie und Thea sich gehasst. Am Ende hatte Wilma sie jedoch aus der Nordsee gefischt. Ohne sie würde Thea heute nicht hier sitzen.

»Hat eine von euch den Wirt nach seinem Auftritt noch mal gesehen?«, fragte sie nun.

»Den wilden Willi? Ne.« Die Frauen schüttelten alle den Kopf, bis auf eine.

»Ich schon. Der wollte gerade weg, in voller Jägermontur. Wollte wohl noch das Ende der Treibjagd mitkriegen.«

»Wann war das?«

»Das war um zwei Minuten nach fünf.«

»Woher weißt du das so genau?«, fragte Thea überrascht.

»Meine Armbanduhr piept immer Punkt fünf. Also genau gesagt: um siebzehn Uhr. Dann muss ich nämlich meine Tabletten nehmen. Ich hab's an der Schilddrüse. Bin in die Gaststube, um mir ein Glas Wasser zu holen, und da ging er gerade weg, mit Hut, Mantel und Gewehr.«

»Durch den Vordereingang?«

»Ne, hinten raus.«

»Na, dann war er mindestens eine Stunde weg«, stellte Thea fest. »Und dieser Schandau? Hat den irgendjemand gestern hier gesehen?«

»Meinst du den Assistenten von Huntemann? Der so aussieht wie Karl Valentin?«

Thea nickte anerkennend. Der Vergleich war ihr nicht eingefallen, aber er passte. »Genau den.«

Die Frauen sahen sich an und schüttelten die Köpfe.

»Warum willst du das eigentlich alles so genau wissen?«, fragte Beate. »Ermittelst du auch in diesem Fall?«

Bevor Thea antworten konnte, öffnete sich die Tür zum Saal, und die beiden Frauen, die vor ein paar Minuten hineingegangen waren, verließen den Raum. Ihre Wangen glühten rot, und sie gluckste wie überdrehte Teenies. Huntemann stand hinter ihnen, die Klinke in der Hand. Er lächelte und sah wieder verdammt gut aus. Thea konnte es nicht verhindern, ihr Herz begann zu flattern wie ein Schmetterlingsflügel.

»Heute Abend um neun. In der Gaststube. Ich freu mich auf euch, Mädels«, sagte er und winkte zum Abschied. »Wer will noch mal, wer hat noch nicht?«, rief er dann leutselig und breitete die Arme aus. »Die Nächsten, bitte!« Sein Blick fiel auf Thea, und für einen kurzen Moment entglitt ihm das Lächeln. »Frau Thading! Hatte ich Sie auch eingeladen zur Befragung?«

»Nein. Ich glaube, ich bin nicht Ihr Typ.«

»Was?«

»Sie stehen eher auf groß und stattlich?«

Huntemann ließ die Arme sinken und schnappte nach Luft. Er schien aber nicht die richtigen Worte zu finden.

Thea ließ ihn stehen und wandte sich den wartenden Frauen zu, die der Szene mit offenbar wachsendem Interesse lauschten. »Ich hab was mit dem Kommissar zu besprechen. Darf ich mich vordrängeln? Dauert auch nicht lange.«

Alle nickten, und Thea schob sich an Huntemann vorbei, der immer noch völlig perplex im Türrahmen lehnte.

Im Saal war es schummrig. Thea blieb stehen und sah sich um. Sie hörte, wie der Kommissar leise die Tür hinter ihr schloss. Gestern hatte hier eine Gesellschaft gefeiert, es roch noch leicht nach abgestandenem Bier, und es war ungemütlich kalt hier drin. Der Raum war nur spärlich beleuchtet, bis auf die Bühne, die von zwei Scheinwerfern angestrahlt wurde. Eine komplette Wohnlandschaft inklusive Eichenschrankwand stand dort oben. Offenbar hatte die hiesige Speeldeel gerade Saison mit ihrem alljährlichen plattdeutschen Schwank. Was die Kulisse anging, vermutete Thea, dass einer der Laienschauspieler kürzlich neue Möbel bekommen und die ausgedienten für das Bühnenbild gespendet hatte.

»Setzen wir uns?«, fragte Huntemann.

Thea zuckte leicht zusammen. Sie war so vertieft in ihre Beobachtungen gewesen, dass sie ihn fast vergessen hatte. »Wohin?«, fragte sie.

Die Stühle standen aufgestapelt an der Wand, die Tische waren verschwunden, hier hatte nach dem Fest jemand gründlich aufgeräumt, ähnlich wie im Clubraum.

»Folgen Sie mir.« Huntemann ging voraus und stieg wie selbstverständlich die Stufen zur Bühne hinauf. Er ließ sich in die Polster der Wohnlandschaft fallen und streckte die Beine von sich.

Thea sah ihm von unten dabei zu, wie er im Scheinwerferlicht seine Fingernägel betrachtete.

»Ich spiele Theater«, klärte er sie auf, »in dieser Saison bin ich wieder der jugendliche Liebhaber.«

»Was sonst?«

Huntemann fuhr sich durch die Haare. »Uns fehlt der Nachwuchs. Von den Jungen spricht ja kaum noch einer Platt. Dabei haben wir dieses Jahr ein aktuelles Stück. ›Dat Djungelcamp‹.«

»In der Kulisse?«

»Die haben wir immer. Hätten Sie nicht Lust? Sie können doch Platt, oder?«

»Ich bin eine lausige Schauspielerin.«

»Ach, kommen Sie!« Huntemann breitete pathetisch die Arme aus. »Das hier sind die Bretter, die die Welt bedeuten. Wer einmal Blut geleckt hat, kommt nicht mehr davon los.«

Thea lächelte gequält.

»Probieren Sie's doch mal aus. Kommen Sie hoch. Hier ist es bequem und vor allem warm. Und ich beiße nicht.«

Thea folgte zögernd seiner Aufforderung und setzte sich in einen der Bühnensessel. Die Scheinwerfer heizten die Luft hier oben tatsächlich ordentlich auf.

»Und? Wie kann ich Ihnen helfen?«, fragte Huntemann breit lächelnd.

Thea blickte in den Saal, aber die Scheinwerfer blendeten so stark, dass sie den Eindruck hatte, in ein schwarzes Loch zu starren.

»Keine Sorge, wir sind allein. Schießen Sie los. Was wollen Sie wissen?«

»Ich frage mich, aus welchem Grund Sie die Flintenweiber so ausgiebig verhören.«

»Ich mache nur meine Arbeit. Wir müssen jeder Spur nachgehen«

»Gestern meinten Sie, es sei möglicherweise ein Jagdunfall. Gibt es neue Erkenntnisse diesbezüglich? Haben Sie die Jäger schon überprüft, die bei der Jagd dabei waren?«

Huntemann beugte sich vor. »Wollen Sie meinen Job machen, Frau Thading?«

»Würde ich wirklich gern. Aber Sie wissen ja, ich bin suspendiert.«

»Stimmt. Ich hab das damals verfolgt. Tragische Geschichte mit Ihrem Bruder. Und ich kann Sie irgendwie verstehen, dass Sie weitermachen wollen, auf Teufel komm raus. Aber als Privatermittlerin dürfen Sie sich nicht in polizeiliche Ermittlungen einmischen. Das wissen Sie.«

»Und was ist mit wichtigen Informationen? Die darf ich Ihnen auch nicht geben?«

Huntemann musterte sie. Diese Augen! Sie waren so tiefblau, dass Thea das Gefühl hatte, von ihnen aufgesogen zu werden, wenn sie zu lange hineinsah. Er hatte etwas von einem Husky in der Arktis oder besser noch: von einem einsamen Wolf in den Wäldern des Oldenburger Landes. »Frau Thading? Ist was?«

Thea riss sich vom Anblick der Augen los. »Was? Nein, nein. Ich … hab nur schlecht geschlafen.« Sie strich sich verlegen über die Stirn.

»Sie sagten gerade, Sie hätten wichtige Informationen«, nahm Huntemann den Faden wieder auf.

Thea räusperte sich. »Ja, habe ich. Eine der Schützenfrauen hat den Wirt am späten Nachmittag gesehen, wie er mit einem Gewehr aus dem Haus gegangen ist, so als wenn er noch zur Jagd wollte.«

»Wann genau?«

»Um siebzehn Uhr.«

»Zur Jagd? Um die Zeit noch?« Huntemann strich sich nachdenklich über das Kinn. »Kann ich mir nicht vorstellen.«

»Können Sie sich denn vorstellen, was er stattdessen wollte?«

»Nein. Keine Ahnung. Vielleicht war das nur die Vorbereitung für einen neuen Auftritt?«

»Ich bin später um das Haus gegangen, weil ich Wilma Menkens gesucht habe, und da ist er mir begegnet. Er kam gerade zurück und hat seinen Jagdhund im Zwinger eingesperrt. Das Gewehr trug er bei sich.«

»Interessant. Haben Sie erkannt, was es für eine Waffe war?«

»Nein. Ich habe leider nicht darauf geachtet.«

»Hat er Ihnen gesagt, wo er war?«

»Er meinte, er habe seinen Hund Gassi geführt.«

Huntemann ließ sich mit einem Seufzen wieder ins Sofa zurückfallen und lächelte. »Na, dann ist die Sache doch klar, oder? Was hätte Willi für ein Motiv, auf die Kommissarin zu schießen? Die kannten sich doch gar nicht.«

»Er sagte, er hätte eine Frau im Maisfeld hocken sehen. Eventuell war es Wilma Menkens.«

»Eventuell?«

»Ja.« Thea strich sich verlegen die Haare aus dem Gesicht. »Sie hat wohl ins Maisfeld gepinkelt.«

»Ach so«, lachte Huntemann. »Na, das kommt wohl mal vor bei so vielen Gästen, wenn die Toiletten besetzt sind. Oder wenn es oben und unten gleichzeitig rausdrängt. Die Schützendamen haben ausgesagt, Frau Menkens war ganz gut abgefüllt, und sie wollte raus, um frische Luft zu schnappen.«

Thea seufzte. »Ja. Das stimmt.« Sie merkte selbst, wie belanglos das alles klang.

Huntemann sah auf die Uhr. »Frau Thading«, begann er und setzte eine Miene des Bedauerns auf, »ich würde mich wirklich gern länger mit Ihnen unterhalten. Ihre Erkenntnisse sind sehr hilfreich, aber die Zeit drängt. Ich muss hier weitermachen, das verstehen Sie doch bestimmt.« Er erhob sich und reichte Thea förmlich die Hand zum Abschied.

»Gibt es schon Ergebnisse von der KTU?«, hakte sie noch einmal nach, ohne sich große Hoffnungen zu machen, dass Huntemann sie preisgeben würde.

Er schüttelte den Kopf. »Das dauert noch.«

Sie schälte sich nun ebenfalls aus dem Sessel, und Huntemann bugsierte sie mit einer Geste zur Bühnentreppe. »Ich bin froh, dass es Frau Menkens besser geht. Grüßen Sie sie von mir.«

Thea blieb stehen. »Sie haben Sie noch gar nicht befragt?«

Huntemann hob die Augenbrauen und schüttelte den Kopf. »Das hat doch Zeit.«

»Bis wann? Ich meine, sie ist die Hauptzeugin.«

Er verzog das Gesicht. »Ich denke, ich beherrsche meinen Job. Ich werde in aller Ruhe das Ergebnis der ballistischen Untersuchung abwarten, dann sehen wir weiter. Im Übrigen ist ja nicht wirklich viel passiert, oder? Wir wollen die Angelegenheit nicht unnötig aufblasen. Das kostet den Steuerzahler nur Geld und führt zu nichts.«

»Nicht viel passiert?« Thea glaubte, ihren Ohren nicht zu trauen. »Eine Kommissarin wurde angeschossen, in Ihrem Revier!«

Huntemann seufzte bedauernd. »Ja, davon bin ich gestern auch ausgegangen.«

»Und wovon gehen Sie heute aus? Von einem Sadomaso-Spielchen im Freien?«

Huntemann blieb unbeeindruckt. »Ich verstehe Ihre Aufregung, Frau Thading. Aber das ist nicht Ihre Baustelle. Beherzigen Sie das, sonst gibt es Ärger. Ich kann nämlich auch ungemütlich werden, wenn es sein muss.«

Thea horchte auf. Huntemann klang plötzlich nicht mehr wie ein Versicherungsvertreter, sondern wie Marlon Brando in »Der Pate«.

7

Schöne Männer haben immer einen Haken, dachte Thea wütend, während sie den Gasthof verließ. Der Kommissar schien nur noch wenig Interesse an der Lösung dieses Falls zu haben. Er machte vielmehr den Eindruck eines Mannes, der sich kurz vor der Rente ungern mit langweiliger Routine herumschlug wie einem Jagdunfall oder was immer hinter der Sache mit Wilma steckte. Stattdessen flirtete er lieber mit den Flintenweibern.

Dennoch hätte Thea gern gewusst, wer ihr und Wilma das Wochenende versaut hatte. Und von Huntemann würde sie es nicht erfahren. Grollend zog sie ihr Rad aus dem Ständer und schob es auf die Straße. Sie hatte Wilma versprochen, im Krankenhaus vorbeizuschauen, und es wurde Zeit. Mit dem Rad dauerte es mindestens eine Stunde bis dorthin. Sie musste einmal quer durch die Stadt, am Staatstheater vorbei und dann weiter in Richtung Wechloy. Mehrere Baustellen lagen auf ihrem Weg, außerdem die Hubbrücke über den Küstenkanal. Es war höchste Zeit, sich auf den Weg zu machen.

Thea sah sich noch einmal um. Das Gasthaus machte einen friedlichen und einladenden Eindruck. Wer sollte es ausgerechnet hier auf ihre Freundin abgesehen haben? Und überhaupt, Wilma war doch eine Seele von Mensch, wenn man sie erst mal kennengelernt hatte. Thea musste sich eingestehen, dass Huntemann mit seiner Einschätzung, es wäre nur ein blöder Zufall, höchstwahrscheinlich richtiglag. Vielleicht sollte sie einfach froh sein, dass nichts Schlimmeres passiert war.

Dennoch befriedigte sie diese Antwort nicht. Einen Menschen schwer zu verletzen war kein Kavaliersdelikt, und das Oldenburger Land war nicht der Wilde Westen, auch wenn ihr Nachbar das gern so gehabt hätte. Überdies gingen ihr hundert offene Fragen im Kopf herum, und sie spürte ein deutliches Unbehagen. Etwas stimmte hier nicht, das roch sie förmlich, und bisher hatten ihre Sinne sie selten getrogen.

Thea stieg aufs Rad. Sie wollte sich, bevor sie in die Stadt fuhr, zumindest die Stelle im Maisfeld noch einmal ansehen, an der Kieske Wilma angeblich beim Freiluftpinkeln entdeckt hatte. Sie fuhr bis zu der Weggabelung, an die das Maisfeld grenzte, stieg ab und legte das Rad auf den Grünstreifen nieder. Sie sprang über den Graben und ging ein paar Schritte ins Feld hinein. Hier sah sie sich um. Überall lagen zerknüllte Papiertaschentücher herum. Der Boden war übersät mit diversen Hinterlassenschaften inklusive unterschiedlichster Schuhabdrücke. Thea hob den Fuß und sah, dass sie auf ein benutztes Kondom getreten war. Sie wandte sich schaudernd ab. Es sah hier fast so schlimm aus wie in den Büschen von Autobahnraststätten. Thea beneidete die Spusi nicht um ihren Job, sollte sie gezwungen sein, aus ermittlungstechnischen Gründen diesen Ort zu untersuchen.

Sie richtete sich auf und ließ den Blick schweifen. Hätte der Wirt Wilma vom Weg aus überhaupt sehen können, wenn sie hier tatsächlich gehockt hatte? Wohl kaum. Thea bahnte sich den Weg noch ein wenig tiefer ins Feld hinein und konnte nur knapp einem Haufen mit Erbrochenem ausweichen. Angewidert verzog sie das Gesicht. Sie hatte einiges gesehen in ihrer Laufbahn als Kommissarin der Mordkommission: Blutlachen, zerschundene Leichen, Körperteile. Aber Kotze, das war das Allerschlimmste. Ihr Magen zog sich mehrmals zusammen und beförderte Säure nach oben. Thea würgte und wandte sich ab. Alles in ihr schrie danach, diesen Ort zu verlassen, aber da meldete sich ihr kriminalistischer Instinkt. Sie wusste aus langjähriger Erfahrung, dass es oft die Details waren, die einen Fall weiterbrachten. Zu diesen Details gehörten auch menschliche Hinterlassenschaften.

Sie zwang sich, hinzusehen. Das ist kein Wildgericht gewesen, dachte sie. Das sah vielmehr nach vorverdauter Currywurst und Pommes aus. Es war sicher nicht schwer, herauszufinden, wer statt Rehragout Fast Food im »Wilden Eber« gegessen hatte. Wenn das überhaupt eine Rolle spielte.

Sie wollte gerade zu ihrem Fahrrad zurück, da fiel ihr noch

etwas anderes ins Auge. An einem der Maisstangen hing ein grüner Wollfaden, leicht zu übersehen. Thea ging hin, um ihn genauer in Augenschein zu nehmen. Den Faden hatte niemand verloren. Jemand hatte ihn hier angeknotet, wie eine Markierung. Sie kniff die Augen zusammen und scannte die Umgebung. Keine zehn Schritte entfernt entdeckte sie ein weiteres Bändchen und dahinter noch eines.

Sie untersuchte den Boden und erkannte Schuhabdrücke und einen Pfad, der, wenn man genau hinsah, an den Markierungen entlangführte. Thea folgte ihm.

Der Pfad war sehr schmal und schwer zu erkennen. Unterwegs scheuchte sie eine Fasanenhenne auf, die laut schimpfend vor ihr davonlief. Solange es kein Wildschwein ist, dachte Thea und unterdrückte das mulmige Gefühl, das sie dabei überkam.

Sie ging weiter. Der Weg war beschwerlich. Thea war kurz davor umzukehren, da drang ein herb-süßlicher Geruch in ihre Nase. Sie wusste sofort, was das zu bedeuten hatte, aber ihr Hirn weigerte sich, dies zu begreifen. Das konnte nicht sein. Nicht hier in Bruchbäke. Ein Mord, gut – vielleicht. Aber das? Thea schüttelte den Kopf. Als Kommissarin war sie des Öfteren mit diesem Geruch in Berührung gekommen. Er rief Erinnerungen wach, die sie lieber verdrängte, Bilder von früher, als sie in pubertärer Selbstüberschätzung auf der Fete einer Freundin den ersten Joint geraucht hatte, um Friedjof zu imponieren. Das Ergebnis war verheerend gewesen. Sie hatte sich ausgezogen und war nackt durch die fremde Wohnung getanzt, bis die Eltern der Freundin eingriffen und sie, in eine Decke eingewickelt, nach Hause gefahren hatten. Die Erinnerung an diese Peinlichkeit bereitete ihr heute noch Bauchschmerzen.

Thea gab sich einen Ruck und folgte dem Geruch dennoch. Bis zu der Stelle, wo sie Wilma gefunden hatte, waren es mindestens zweihundert Meter. Kaum zu glauben, dass Wilma von hier aus so weit durch den Mais gelaufen war – es sei denn, sie hatte die Orientierung verloren. Während Thea darüber nachdachte, lichtete sich ganz unvermittelt das Feld, und sie betrat eine freie Fläche. In der Mitte dieser kleinen Lichtung hatte jemand mit Hasendraht ein Quadrat eingezäunt. Thea schätzte, dass es ungefähr zwei Meter lang und zwei Meter breit war. Auf der Fläche wuchs kein Mais, sondern Cannabis. Allerdings schien mehr als die Hälfte bereits abgeerntet zu sein. Thea pfiff durch die Zähne. Das hier war sicher kein Nutzhanf, den ein Ökofreak gepflanzt hatte, um sich daraus ein Hemd zu weben. Das hier war eine illegale Plantage, nicht üppig, aber immerhin.

Sie zückte das Handy und machte einige Fotos in der Hoffnung, sie würden etwas taugen. So umrundete sie das Feld und war ganz in ihre Arbeit vertieft, als ihr Fuß gegen etwas stieß. Sie wäre beinahe gestolpert. Thea ließ das Handy sinken und sah zu Boden.

Da ragte ein Stiefel aus dem Mais heraus. In dem Stiefel steckte ein Bein, das wiederum zu einem Menschen gehörte, der sehr tot aussah. Er lag auf dem Rücken zwischen den Maisstangen und starrte überrascht in den Himmel. Zwischen seinen Augen klaffte ein Loch, aus dem Blut in die Haare und ins Gesicht gesickert und dort schwarz angetrocknet war. Der Hinterkopf des Toten sah nicht gut aus. Thea war dankbar, dass er mit dem Gesicht nach oben lag. Der Boden unter seinem Kopf war getränkt von seinem Blut und anderem, das Thea nicht näher in Augenschein zu nehmen gewillt war.

Am linken Bein hatte er eine weitere Verletzung, der Stoff seiner Jeans wies ein kleines Loch auf, aus dem es ebenfalls stark geblutet haben musste. Offenbar war er zweimal getroffen worden, an Kopf und Knie. Der Tote umklammerte mit der rechten Hand eine prall gefüllte Plastiktüte, in der anderen hielt er eine Schere. Es hatte ihn offenbar beim Ernten eiskalt erwischt.

Thea schluckte, denn sie kannte den Mann. »Kubelka.«

Eine Weile stand sie nur da und starrte ratlos den toten Platzwart an. Dass er kiffte, wusste sie, aber dass er heimliche Cannabisplantagen in Maisfeldern anlegte, hätte sie ihm nicht zugetraut.

Und nun lag er tot vor ihr. Ganz eindeutig ermordet. Das hier war sicher kein blöder Unfall oder Zufall wie bei Wilma. Das hier war eindeutig Mord. Sie stolperte einige Schritte zurück und hockte sich auf den Boden, die Arme um die Knie geschlungen. Sie musste ihre Gedanken ordnen. Wer macht denn so was?, fragte sie sich. Sie hatte Kubelka nie leiden können und ihm manches Mal die Pest samt Cholera an den Hals gewünscht, wenn er seine Macht als Platzwart allzu offensichtlich ausspielen musste. Aber dass ihm jemand den Schädel wegschoss, war eine andere Sache. Das war die Handschrift eines eiskalten Mörders. Vielleicht die der Drogenmafia? Thea lachte auf. Kubelka und Mafia, das verhielt sich zueinander wie Dosenbier und Champagner. Kubelka hatte kein Format. Der taugte höchstens zum Kleindealer oder Handlanger. Möglicherweise war er jedoch in etwas verwickelt gewesen, das eine Nummer zu groß für ihn gewesen war, und Wilma war rein zufällig zwischen die Fronten geraten. Möglich war das. Allerdings hieß das auch, dass ihr mutmaßlicher Unfall keiner gewesen war.

Thea rappelte sich hoch. Was sollte sie jetzt tun? Schandau und Huntemann informieren? Ja, sicher. Aber bevor die kamen, wollte sie sich ein wenig umschauen. Blöd nur, dass sie weder Einweghandschuhe noch Gefrierbeutel dabeihatte. Als Detektivin war sie denkbar schlecht ausgerüstet, das musste sie zugeben. Allerdings hatte sie auch nicht damit gerechnet, eine Leiche zu finden. In der Zukunft wollte sie besser ausgestattet vor die Haustür gehen.

Sie klaubte ein Stöckchen vom Boden und stocherte damit in Kubelkas Taschen herum. In einer der Jackentaschen fand sie einen Zettel. Sie zog ihn mit spitzen Fingern heraus und faltete ihn auseinander. Er enthielt eine Liste mit Namen. Hinter den Namen standen Zahlen. Thea vermutete, dass es Grammangaben waren, die Kubelka notiert hatte. Thea erkannte seine ungelenke Schrift sofort.

»Sieh an«, flüsterte sie, »eine Kundenliste. Wie praktisch.« Sie überflog sie. Es waren insgesamt sieben Namen, zwei kannte sie: Nina Kieske und Bernd Sielmann.

Sie steckte den Zettel in die Hosentasche. Es hatte keinen Sinn, weiter hier herumzustiefeln und Spuren zu verwischen. Sie hatte fürs Erste genug gesehen. Jetzt war die Polizei an der Reihe, also griff sie zum Handy und wählte seufzend Huntemanns Nummer. Sie konnte sich bildlich vorstellen, wie seine Brust anschwoll, wenn sie ihm jetzt einen echten Mordfall servierte.

Nach dem dritten Klingeln nahm er das Gespräch an. »Ich bin mitten in einer Vernehmung!«, schnauzte er. Im Hintergrund hörte Thea zwei Frauen kichern.

»Sitzen Sie immer noch auf der Bühne?«, fragte sie.

»Wer will das wissen?«

»Thea Thading.«

Sie hörte, wie er leicht genervt aufstöhnte. »Ich hoffe für Sie, dass es wichtig ist, mich bei der Arbeit zu stören.«

»Ist es. Und es hat mit Ihrer Arbeit zu tun. Sitzen Sie bequem?«

»Ja. Was soll die Frage?«

»Was würden Sie zu einer echten Leiche sagen?« Thea machte eine Kunstpause. Sie stellte sich genüsslich vor, wie Huntemanns Kiefer nach unten fiel, was nicht sehr vorteilhaft wirken musste.

»Eine Leiche?«

»Hier liegt eine. Direkt vor mir. Sie können Sie haben, wenn Sie wollen.«

»Eine Leiche?« Er schluckte so laut, dass sie es hörte. »Was meinen Sie damit?«

»Mit Leiche meine ich einen Menschen, der tot ist. In diesem Fall handelt es sich mit allergrößter Wahrscheinlichkeit um Mord, sollte er sich nicht selbst zuerst ins Bein und dann in den Kopf geschossen haben.«

Es dauerte eine kleine Weile, bis Huntemann antwortete. Seine Stimme zitterte, und Thea meinte, eine Spur von Gier darin zu hören. »Mord? Tatsächlich?«

»Der halbe Hinterkopf fehlt.«

»Wahnsinn.«

»Sie sagen es. Es handelt sich übrigens um einen gewissen Olaf Kubelka. Er war Platzwart in der Kleingartenanlage ›Kleines Glück‹ in Oldenburg.«

»Hab ich Sie nicht gestern da hingebracht?«

Thea seufzte. »Ja. Ich wohne da. Aber wollen Sie denn gar nicht wissen, wo ich die Leiche gefunden habe?«

»Doch. Wo sind Sie denn?«

»Im Maisfeld. Ein paar hundert Meter hinter der Weggabelung, wenige Schritte von dem Platz entfernt, wo der wilde Willi die unbekannte Frau beim Wildpinkeln gesehen haben will. Man muss nur den grünen Wollfäden folgen.«

Es dauerte nicht lange, da wimmelte es wieder von lauter weißen Männchen. Die Spurensicherung sperrte das Feld großflächig ab und machte sich an die Arbeit, während Huntemann Thea im Bulli ins Verhör nahm. Diesmal bekam sie weder Kaffee noch eine Decke.

»Wie kommt es, Frau Thading, dass Sie zweimal hintereinander in Bruchbäke in Verbrechen verwickelt sind?«

Thea machte eine empörte Geste. »Moment mal! Ich bin nicht *verwickelt*, ich habe die Opfer gefunden. Vielleicht hätten Sie gestern ein bisschen sorgfältiger suchen müssen? Der liegt schon länger da rum, da bin ich mir sicher. Aber Sie waren ja so schnell bei der Hand mit Ihrer Theorie vom Jagdunfall.«

»Das ist nach wie vor eine Option, auch in diesem Fall.«

Thea starrte ihn an. »Das glaube ich jetzt nicht!«

»Das sollten Sie aber. Andernfalls steigen Sie in der Rangordnung der Verdächtigen ganz nach oben, Frau Thading, das sollte Ihnen klar sein.«

»Ich?«

Huntemann erhob sich von seinem Sitz, stieß mit dem Kopf an die Decke des Kleinbusses und setzte sich gleich wieder. »Sie kannten beide Opfer«, erklärte er, bemüht um Fassung, »und eine Waffe haben Sie auch schon mal in der Hand gehabt. Außerdem haben Sie kein Alibi.«

Thea schnaubte. »Ich war nachweislich zur Tatzeit im Gasthaus, zumindest, was Wilma Menkens angeht. Haben die Flintenweiber Ihnen das nicht bestätigt?«

»Doch. Aber die haben auch gesagt, dass Sie gegen achtzehn Uhr raus sind, um nach Frau Menkens zu suchen.«

»Die haben mich geschickt!« Thea schlug mit der flachen Hand auf die Tischplatte, die sie von Huntemann trennte. »Da war doch schon alles passiert. Oder glauben Sie, ich habe erst Kubelka abgeknallt und bin dann Wilma suchen gegangen?«

»Aber Sie kannten Kubelka?«

»Ja.«

Huntemann schob das Aufnahmegerät zurecht und lehnte sich zurück, wobei er Thea mit zusammengekniffenen Augen musterte.

Sie legte die Hände auf die Tischplatte und atmete tief ein und aus. Sie hatte Mühe, ihren hochkochenden Zorn zurückzuhalten. »Dass die beiden Sachen zusammenhängen könnten, auf die Idee sind Sie noch nicht gekommen, oder?«, fragte sie angriffslustig.

»Das wird sich noch zeigen.« Huntemann erhob sich nun endgültig von seinem Sitz und öffnete die Tür des Polizeibullis, um Thea hinauszulassen. »Halten Sie sich zur Verfügung, Frau Thading. Ich komme ganz sicher auf Sie zurück.«

Als Thea aus dem Bus stieg, grinste Polizeiobermeister Schandau siegessicher. Er kam gerade aus dem Feld und hielt wieder einen Plastikbeutel in der Hand.

»Hast du noch eine Patronenhülse gefunden? Fein gemacht! Da wird dich dein Herrchen bestimmt ganz doll loben«, fuhr Thea ihn an, immer noch wütend über Huntemanns ignorantes Verhalten.

»Ne. Was anderes«, verkündete Schandau trotzig.

»Guter Bulle. Platz.«

In Schandaus Mundwinkeln zuckte es. Er stieg hocherhobenen Hauptes zu seinem Chef in den Wagen und schob die Tür mit Wucht hinter sich zu.

Thea wandte sich ab. Sie steckte die Hände in die Jackentaschen, ihr war kalt. Dabei stieß sie auf den Zettel mit der Kundenliste, den sie unterschlagen hatte. Sie warf einen Blick zurück. Durch die Scheibe des Wagens sah sie den Kommissar, der Schandau gerade wohlwollend die Hand auf die Schulter legte. Sie schob den Zettel tiefer in die Tasche.

In diesem Moment begannen Klaus und Klaus lautstark, von der Nordseeküste zu singen. »Ja?«

»Ich bin's. Wilma. Wo bleibst du denn? Hast du mich vergessen?«

Thea betrachtete einen Moment lang ihr Handy. Wieder war sie sprachlos, denn Wilma klang maßlos enttäuscht, und sie hatte recht damit. Thea sackte der Magen ein Stück tiefer. »Wilma! Tut mir echt leid, ich … also, hier ist der Teufel los.«

»Schon gut. Ich weiß, du hast diesen Fall.«

»Nein, das meine ich nicht. Da ist was anderes.« Sie holte tief Luft. »Ich hab hier eine Leiche gefunden.«

»Was?« Einen Moment lang hörte Thea ihre Freundin wieder nur atmen. »Wo?«, fragte sie schließlich scharf.

»Wieder im Maisfeld. Nicht weit weg von der Stelle, an der du –«

»Erschossen?«, unterbrach sie Wilma fassungslos.

»Ja.«

Thea hörte Wilma schlucken.

»Dann war das gestern also doch ein Mordanschlag auf mich?«

»So weit würde ich noch nicht gehen, aber es ist möglich. Auf jeden Fall stinkt die Geschichte gewaltig.«

»Ich komme sofort zu dir«, sagte Wilma entschlossen.

Thea richtete sich auf. »Einen Teufel wirst du tun! Durch deine Schulter kann man Zeitung lesen.«

Wilma lachte. »So schlimm ist es nicht. Ich bin schon wieder auf den Beinen.«

»Na und? Das ist gar nicht dein Revier. Die Polizei ist schon hier.«

»Leitet *er* die Ermittlungen?«

»Wer?«

»Na, er!« Es klang ungeduldig. »Eugen Huntemann, der schönste Kommissar nördlich der Donau.«

Thea seufzte. »Ja. Zusammen mit Frank Schandau.«

»Ach du lieber Himmel. Und wer ist das Opfer?«

»Olaf Kubelka. Ich kenne ihn. Er war der Platzwart vom Kleingartenverein. Jemand hat ihm den Hinterkopf weggepustet und sein Bein perforiert.«

»Ich komme sofort zu dir.«

»Tust du nicht! Ich bin in einer Stunde im Krankenhaus. Und dann erzähle ich dir alles.«

Wilma schnaubte. »Deine Leichenrate ist um einiges höher als meine. Was denkst du, woran liegt das?«

Thea lachte. »Bist du etwa neidisch?«

8

Das Kugellager knackte bei jeder Umdrehung. Thea trat dennoch kräftig in die Pedale. Sie hatte sich sofort auf den Weg in die Stadt gemacht, um ihr Versprechen einzulösen. Der Nachmittag war schon fortgeschritten, und sie musste sich beeilen, wenn sie das Krankenhaus noch vor der Dämmerung erreichen wollte.

Den Zettel mit Kubelkas Kundenliste trug sie immer noch bei sich. Sie hatte sich vorgenommen, ihn zuerst einmal Sielmann unter die Nase zu reiben. Sollte Huntemann doch im Dreieck springen, wenn er es erfuhr. Der Kommissar hatte sich mit seinen bisherigen Ermittlungen, wenn man das überhaupt so nennen konnte, nicht gerade mit Ruhm bekleckert. Thea traute ihm einfach nicht. Aber Sielmann wusste vielleicht mehr über Kubelkas Geschäfte, schließlich waren sie dick befreundet gewesen. Zudem stand Sielmann auf der Kundenliste.

Je länger Thea über alles nachdachte, desto deutlicher schälte sich noch ein anderer Gedanke heraus: Kubelka hatte auch die Wirtstochter mit Stoff versorgt, oder er hatte es zumindest vorgehabt. Was, wenn der wilde Willi davon erfahren hatte? »Das wäre doch mal ein lupenreines Mordmotiv«, murmelte Thea. Ein Vater, der seine Tochter vor einer Drogenkarriere schützen will.

Sie wich hastig einem Schlagloch aus.

»Wenn er Kubelka das Licht ausblasen wollte, hat er in der Dämmerung möglicherweise Wilma mit ihm verwechselt und deshalb auf sie geschossen. Aber dann müsste doch irgendwer die Schüsse gehört haben.«

Thea bremste hart.

»Die Raucherin!« Sie drehte um und jagte zum »Wilden Eber« zurück.

Völlig außer Atem kam sie an, warf ihr Rad gegen die Hausmauer und rannte ins Wirtshaus hinein. Nina schob gerade einen Rollwagen mit Geschirr in den Saal, in dem die große Gesellschaft gestern gesessen hatte. Wahrscheinlich wollte sie neu eindecken für das nächste Wildessen, das am Abend stattfinden sollte. Auf der Tafel vor dem Eingang hatte Thea etwas von »Wildgulasch mit frischen Pfifferlingen und Kräuterseitlingen« gelesen, und ihr war trotz der Eile das Wasser im Mund zusammengelaufen.

Thea hielt sie am Ärmel fest. »Wo sind die Wildesser von gestern?«, stieß sie keuchend hervor.

»Wer?«

»Die Gesellschaft im Saal. Da war eine einsame Raucherin dabei.«

Nina sah Thea verständnislos an. »Hä?«

»Mädchen, stell dich nicht so blöd! Es ist wichtig.« Thea wischte sich den Schweiß von der Stirn und atmete schwer. Sie stützte sich auf den Knien ab. Der Spurt hatte ihre letzten Kraftreserven gekostet, aber Nina schwieg. Vielleicht war es falsch gewesen, so mit der Tür ins Haus zu fallen.

»Entschuldigung«, japste Thea. »Das habe ich nicht …«

Aber sie kam nicht dazu, den Satz zu Ende zu bringen, denn Nina ließ den Rollwagen los und griff Theas Arm. »Kommen Sie«, zischte sie leise und zog sie mit sich in den Saal hinein. Sie schloss die Tür und wandte sich ihr zu. »Wenn mein Vater mitkriegt, dass ich mit Ihnen rede, brennt hier die Hütte. Was wollen Sie eigentlich von mir?«

»Ich … Also, eigentlich wollte ich nur wissen, wo die Leute von gestern abgeblieben sind.«

»Was denn für Leute?«

»Die Raucherin, die dauernd draußen stand. Die kam aus diesem Saal, ich hab sie ein paarmal gesehen gestern.«

»Woher soll ich das wissen? Wir hatten das Haus voll.« Nina warf den Kopf nach hinten. »Raucherin! Ist 'ne klasse Beschreibung. Davon gibt es viele. Und warum wollen Sie das überhaupt wissen? Papa sagt, Sie sind nicht von der Polizei.«

»Ich bin Privatermittlerin.«

Nina musterte Thea misstrauisch, und ihre Zunge spielte wieder mit dem Lippenpiercing.

»Ist das nicht furchtbar unbequem?«, fragte Thea.

»Was?«

»Dieser Ring da in Ihrer Lippe.«

Nina schnaubte. »Hören Sie, ich muss den Saal eindecken. Heute Abend ist hier ein großes Wildessen. Ich muss arbeiten, sonst reißt mir mein Vater den Kopf ab.«

»Arbeiten Sie eigentlich gern hier?«

Nina lachte bitter. »Klar! Ich liebe es, nörgelnde Tussen zu bewirten und mich von alten Opas angrapschen zu lassen. Aber es ist besser als nichts. Und wenn die Leute nett sind, macht es sogar manchmal Spaß.«

»Haben Sie keine eigenen Pläne?«

Nina seufzte tief und sah aus dem Fenster. »Ich arbeite hier nur so lange, bis ich genug Geld zusammenhabe, um abhauen zu können, da können Sie Gift drauf nehmen.«

»Wie gut kennen Sie eigentlich Olaf Kubelka?« Thea zog den Zettel aus der Tasche und zeigte ihn Nina. »Sie stehen auf seiner Kundenliste. Wussten Sie das?«

Nina warf einen flüchtigen Blick auf das Papier. »Was denn für eine Kundenliste?«

»Ich denke mal, Kubelka hat hier seine Cannabisbestellungen notiert. Er hat Ihnen auch hin und wieder was verkauft, stimmt's?«

»Ja, ich hab ihm ab und zu ein paar Gramm abgenommen. Schlimm?«

»Wussten Sie von der Plantage im Maisfeld?«

Ninas Augen flackerten leicht. »Ne. Wusste ich nicht. Ist aber 'ne Superidee, oder? Die Kühe freuen sich bestimmt auch über so 'n bisschen Gras im Silofutter.«

»Tja, aber das wird jetzt alles rausgerissen. Ist schließlich illegal.«

Nina drehte nervös eine Haarsträhne um den Finger. »Verraten Sie das meinem Vater?«

»Weiß er das denn nicht längst?«, fragte Thea und beobachtete Nina scharf.

Sie schien ehrlich überrascht. »Nein. Woher denn? Glauben

Sie, ich geh zu dem hin und sag: ›He, Papa, ich geh nur mal schnell vor die Tür, mein Drogendealer kommt gerade von der Ernte?‹«

»Sind Sie sicher, dass er ahnungslos ist?«

»Ja. Warum fragen Sie mich das überhaupt?«

»Ach, nur so.«

Nina riss die Augen auf. »Jetzt verstehe ich«, sagte sie. »Sie verdächtigen meinen Vater, Olaf erschossen zu haben?«

»Wäre doch möglich, oder? Er hat ein Motiv, er hatte die Gelegenheit und die Mittel.«

Nina lachte auf. »Wie bekloppt ist das denn? Mein Vater, der Rächer der Witwen und Waisen? Entschuldigung, aber das ist wirklich gut.«

»Warum ist das denn so witzig?«

»Ganz einfach. Für so was ist mein Vater viel zu feige. War's das jetzt?«

»Fast. Sie haben meine Frage von vorhin noch nicht beantwortet. Woher kam die Gruppe, die hier im Saal das Wildessen hatte?«

»Das war der Kegelverein ›Alle Neune‹ aus Ganderkesee. Die Vorsitzende heißt Heidrun Kühne. Ich glaube, sie raucht sogar. Die Adresse finden Sie bestimmt im Telefonbuch.«

»Stand die gestern öfter mal draußen?«

»Na, hier drinnen ist Rauchen ja schon lange verboten, oder? Kann ich jetzt weiterarbeiten?«

»Eine Frage noch, bitte.«

Nina, die sich schon an Thea vorbeigeschlängelt hatte, blieb stehen.

»Wissen Sie zufällig, ob hier gestern Abend jemand eine Currywurst bestellt hat?«

»Currywurst?« Nina schüttelte langsam den Kopf. »Gestern bestimmt nicht. Warum?«

»Weil ich Reste einer solchen Mahlzeit am Tatort gefunden habe.«

»Kann ich mir vorstellen. Hier halten öfter mal Autos, die kommen vom Drive-in an der Autobahnauffahrt. Die essen ihren

Fast-Food-Scheiß im Auto, dann wird gepoppt, und bevor die wieder abhauen, werfen sie ihren Müll aus dem Fenster.«

»Was sind das für Leute?«

»Keine Ahnung. Irgendwelche Deppen halt.«

»Danke, Sie haben mir ein ganzes Stück weitergeholfen«, sagte Thea und wandte sich zum Gehen. Es wurde höchste Zeit, zu Wilma zu fahren, bevor die tatsächlich abhaute, um mitzuermitteln.

Mit letzter Kraft erreichte Thea das Krankenhaus. Als sie vor Wilmas Zimmer ankam, wurde die Tür aufgerissen, und ein Pfleger stürmte heraus. Thea wich hastig zurück, um ihn vorbeizulassen, aber sie war nicht schnell genug. Der Pfleger rempelte sie an.

»Was machen Sie denn?«, schimpfe er und durchbohrte Thea mit einem bitterbösen Blick.

»Ich wollte gerade da reingehen, wo Sie rausgekommen sind. Meine Freundin liegt hier.«

»Die mit der Schulter?«

»Ja. Genau die.«

»Vielleicht können Sie die gute Dame überreden, dass sie sich wieder hinlegt«, schnappte der Pfleger, »sie will sich selbst entlassen und einen Mord aufklären. In ihrem Zustand! Die ist vollkommen verrückt, wenn Sie mich fragen.«

»Ich weiß.«

Der Pfleger starrte sie an. »Na, dann ist es ja gut. Und was wollen Sie bei der?«

»Frau Menkens hat mich angerufen. Ich bin gekommen, um sie zu beruhigen, aber ich wurde aufgehalten. Darf ich jetzt zu ihr?«

Der junge Mann trat zur Seite. »Viel Spaß. Wenn Sie Hilfe brauchen, drücken Sie den Knopf. Ich informiere jetzt den Stationsarzt. Die tickt doch nicht richtig.«

»Sind Sie da nicht ein bisschen zu streng? Sie wurde immerhin erst gestern angeschossen.«

Der Pfleger schien einige Sekunden darüber nachzudenken. Dann machte er eine wegwerfende Geste. »Machen Sie sich selbst ein Bild. Gehen Sie rein. Reden Sie mit ihr. Aber helfen Sie ihr nicht in den Pullover!« Er drehte sich um und eilte den Gang hinunter.

Was hatte das nun wieder zu bedeuten? Mit einem leicht mulmigen Gefühl im Bauch öffnete Thea die Tür.

Wilma hockte auf ihrem Bett. Sie hatte sich eine grüne Hose mit Gummizug bis zu den Knien übergezogen. Ihre Füße steckten in schlammbesudelten Schuhen, deren Schnürsenkel schlaff herunterhingen, und ihr Oberkörper samt Kopf hatte sich in einem Pullover verheddert. Der gesunde Arm steckte bereits im Ärmel. Die rechte Schulter war dick bandagiert, sodass sie diesen Arm nicht bewegen konnte. Wilma biss von innen in die Maschen, Thea konnte den Abdruck der Zähne im Stoff erkennen. Offenbar wollte sie den Pullover so herunterziehen, was jedoch nicht klappte. Sie grummelte wütend. Die Frau im Nachbarbett sah immer wieder genervt von ihrer Zeitschrift auf.

Thea stellte sich neben das Bett. »Wilma?«

Aus dem Pullover drang dumpfes Fluchen.

»Was wird das? Bist du unter die Fesselkünstler gegangen?«

Wilma ließ den gesunden Arm sinken, griff mit der Hand den Saum des Pullovers und zerrte daran. Endlich kam der Kopf zum Vorschein.

Thea wich zurück. Wilma sah fürchterlich aus. Ihr Haar war zerzaust, einzelne Strähnen standen vom Kopf ab, sie hatten sich am Pullover aufgeladen. Ihr Gesicht war rot wie eine Bremsleuchte. Sie rang um Atem.

»Hättest mir ruhig mal helfen können!«

»Der nette Pfleger hat es mir verboten.«

»Ach ja? Der Swienjack will mich hier festnageln. Aber ich hab ihm gesagt, ich bin ein freier Mensch. Ich bin nicht in der Geschlossenen!«

»Wenn du so weitermachst, kann sich das schnell ändern.« Thea zog Wilma die Schuhe von den Füßen und hob ihre Beine sanft auf das Bett zurück. Ihre Freundin protestierte überraschenderweise nicht, sondern ließ sich erschöpft in die Kissen fallen. Ihr Anziehversuch hatte sie schwer mitgenommen.

»Ich freue mich, dass es dir besser geht. Gestern dachte ich, du überlebst das nicht«, sagte Thea.

Wilma öffnete die Augen wieder und starrte an die Decke. »Scheiße, das dachte ich auch«, knurrte sie und griff sich an die Schulter. Wie es schien, hatte sie Schmerzen. »Dabei sollte ich bei den Flintenweibern sein. Ein Mord! Stell dir mal vor, was in denen jetzt vorgeht. Und das ist meine Schuld, schließlich habe ich den Ausflug organisiert. Die schmeißen mich raus aus dem Verein.«

»Ach, ich glaube, da musst du dir keine Sorgen machen«, sagte Thea, »denen geht es prima, und sie machen sich große Sorgen. Ich soll schön grüßen.«

Wilma drehte ihr das Gesicht zu. »Die kommen also zurecht ohne mich? Die brauchen mich gar nicht?« Ihre Augen wurden feucht. »Ich hab ja gedacht, da kommt mich mal eine von ihnen besuchen.«

»Sie konnten nicht weg. Huntemann hat eine nach der anderen verhört heute Morgen. Ich glaube, er hat ihnen aufgetragen, sich im ›Eber‹ zur Verfügung zu halten.«

Wilma richtete sich auf. »Warum? Glaubt er etwa, es war eine von uns?«

»Die Kugel, die dich verletzt hat, könnte aus einem Kleinkalibergewehr stammen, das auch in Schützenvereinen benutzt wird.«

Wilma sah Thea fassungslos an. »Na und? Wir haben unsere Gewehre nicht dabei.«

Thea seufzte. »Er geht dem trotzdem nach.«

»Ich kann mir schon vorstellen, warum«, knurrte Wilma.

Thea zog sich einen Besucherstuhl heran und setzte sich neben das Bett. Sie war vollkommen erledigt von der vielen Radfahrerei. »Mal ganz ehrlich«, begann sie, »hattest du Streit mit jemandem aus deiner Damengruppe?«

Wilma schüttelte entschlossen den Kopf. »Das ist absurd. Die würden so was niemals machen.« Sie starrte an die Wand gegenüber, wo ein billiger Druck von Van Goghs Sonnenblumenbild hing, gleich neben dem wöchentlichen Speiseplan. »Außerdem warst du dabei. Du hast uns doch alle ständig im Blick gehabt.«

»Ich habe zu viel getrunken und bin mit dem Kopf auf dem Tisch eingeschlafen. Ist mir echt peinlich.«

»Also, das hätte ich jetzt nicht von dir gedacht, dass –«

Bevor Wilma weiterreden konnte, flog die Tür auf, und ein Arzt stürzte mit wehendem Kittel herein, in seinem Windschatten folgte der Pfleger. Der zeigte wütend auf Wilma. »Die da. Die meine ich. Sehen Sie, Herr Doktor? Sie hat sich angezogen, und zwar ganz allein.«

»Ja, das kann ich schon lange«, sagte Wilma und setzte sich auf.

Der Arzt steckte die Hände in seine Kitteltaschen und musterte sie streng. »Was haben Sie denn vor, Frau …?« Er stockte.

»Menkens«, half Thea aus, »es ist schon alles geklärt, und sie hat sich beruhigt. Sie macht sich nur Sorgen um ihre Flintenweiber.«

»Flintenweiber?«, fragte der Arzt, »hat das etwas mit der Schussverletzung an Ihrer Schulter zu tun, Frau … äh …?«

»Menkens!«, sagte Wilma überdeutlich und blickte ihm angriffslustig ins Gesicht. »Ich bin Kommissarin, und es ist ein Mord passiert, direkt vor meiner Nase. Ich werde jetzt gehen, denn ich muss arbeiten. Machen Sie die Papiere fertig, Herr Dr. Weißnichtwer.«

Der Arzt schüttelte irritiert den Kopf. So viel entschlossener Widerstand schien ihm fremd zu sein. »Sie können jetzt nicht einfach gehen, Frau Wenkens.«

»Menkens! Mit M wie Mord.«

»Sehen Sie«, japste der Pfleger, »sie ist hysterisch. Die gehört in die Psychiatrie!«

»Quatsch«, mischte Thea sich ein, »sie hat einen etwas rauen Humor, aber sie ist harmlos. Bevor Sie sie einweisen, lassen Sie mich mit ihr reden.« Sie legte Wilma, deren Lippen das Wort »Verräterin« formten, beschwichtigend die Hand auf den gesunden Arm. »Du kannst doch ohnehin nichts tun mit deiner kaputten Schulter. Ruh dich einfach aus. Ich kümmere mich um deine Schützendamen. Versprochen.«

»Und der Mord?«

»Was denn für ein Mord?«, mischte sich der Pfleger wieder ein.

»Das geht Sie nichts an!«, blaffte Wilma zurück. »Oder sind Sie von der Polizei?« Ohne eine Antwort abzuwarten, sank sie erschöpft in die Kissen zurück und warf Arzt und Pfleger einen mörderischen Blick zu.

Der Pfleger schnappte nach Luft, aber der Arzt schob ihn hinaus. »Schönen Tag noch, Frau Fenkens«, wünschte er und schloss die Tür.

Wilma griff nach einem Buch, das auf ihrem Nachttisch lag, und pfefferte es den beiden hinterher. Es prallte am Türblatt ab.

»He«, beschwerte sich die Frau vom Nachbarbett, »das habe ich Ihnen nur geliehen.«

»Ich mochte Liebesromane noch nie.«

Als sie sich ein wenig beruhigt hatte, half Thea ihr wieder aus dem Pullover heraus. »Kaffee?«, fragte sie.

Wilma nickte.

»Ich glaube, ich hab im Gang einen Automaten gesehen. Ich geh uns was holen.«

»Was zu essen wär mir lieber. Ich hab so Appetit auf Currywurst.«

»Kein Wort von Currywurst!«, fuhr Thea sie an und eilte auf den Krankenhausflur. Sie fand den Automaten, zog Kaffee für sie beide und kehrte mit den Bechern zurück.

Schweigend tranken sie das Gebräu. Wilma entspannte sich.

»Sag mal«, begann Thea zwischen zwei Schlucken, »kannst du dich eigentlich wieder an alles erinnern, was passiert ist?«

Wilma schüttelte unglücklich den Kopf. »Nur an manches. Alles andere ist wie in Nebel getaucht.«

»Du hast nicht zufällig im ›Eber‹ eine Currywurst genascht, bevor du abgehauen bist?«

»Was? Nein. Ich war pappsatt vom Wildschweinessen. Warum?«

Thea zögerte einen Moment. »Na ja, wir haben in dieser Pinkelecke so was gefunden.«

Wilma ging nicht weiter darauf ein.

»Warum bist du bei der Kälte rausgegangen?«, brach Thea schließlich das Schweigen.

»Frische Luft schnappen und den Kopf auslüften. Hatte ein paar Schnäpschen zu viel. Das hab ich dir doch schon gesagt.«

»Und dafür bist du so weit gelaufen? Bis zum Maisfeld?«

»Na ja, wohl eher am Feld entlang. Vor dem Gasthof lungerten die ganzen Raucher rum.«

»Mir ist nur eine begegnet. Aber du bist dir sicher, dass du allein warst da im Mais?«

»Warum fragst du mich das?«

»So, wie es im Feld direkt an der Kreuzung aussieht, ist das eine öffentliche Bedürfnisanstalt. Der ›Wilde Eber‹ war voll. Könnte doch sein, dass da noch mehr unterwegs waren, um irgendetwas auszulüften.«

»Moment mal. Von welcher Stelle im Maisfeld redest du?«

»Ich rede von dieser Pinkelecke direkt an der Wegkreuzung.«

Wilma blickte verständnislos. »Aber da war ich nicht drin. Ich bin den Weg zwischen Weide und Feld ein ganzes Stück hochgegangen und erst danach ins Feld abgebogen. An der Ecke stand nämlich ein Wagen, und ich wollte nicht vor deren Augen die Hosen runterlassen. Da saß ein Pärchen drin und hat heftig geknutscht.« Wilmas Augen weiteten sich. »Wo du gerade von Currywurst gesprochen hast: Wenn ich mich richtig erinnere, standen auf der Konsole zwei Pappschächtelchen. Du weißt schon, diese Dinger, die man in den Imbissen bekommt.«

»Automarke und Kennzeichen?«

»Fehlanzeige. Die kamen mir nicht verdächtig vor. Aber erklär mir doch bitte mal, was es mit der Currywurst auf sich hat.«

»Jemand hat so was in der Nähe des Tatortes ausgekotzt.«

»Igitt!«

»Genau. Erzähl mal weiter. Was passierte dann, nachdem du das Auto gesehen hast?«

»Ich bin den Feldweg weiter hochgegangen, wie gesagt.« Wilma schluckte. »Alles, an was ich mich dann noch erinnere, ist ein helles Licht.«

»Du hast nichts Seltsames gehört oder gesehen?«

»Ich weiß nicht.«

»War da vielleicht ein Jäger? Mit seinem Hund?«

»Keine Ahnung.«

»Kannst du dich an Geräusche erinnern?«

»Welche zum Beispiel?«

»Ein Bellen? Ein Auto? Schüsse?«

Wilma sah zu ihrer Nachbarin hin, die sich schnell wieder in ihre Zeitschrift vertiefte. »Bellen vielleicht. Aber das war weit weg. Da war doch die Jagd.«

»Hat der Arzt irgendetwas zu deiner Verletzung gesagt, das hilfreich sein könnte?«, wollte Thea wissen.

Die Freundin setzte ein verächtliches Grinsen auf. »Die sagen einem ja nichts. Die gehören hier alle einem Geheimbund an. Aber wenn das ein großes Kaliber gewesen wäre, 30/06 oder so, dann würde ich jetzt nicht mit dir reden.«

»Davon spricht auch keiner. Allerdings wäre es interessant, mit den Jägern zu reden. Huntemann sollte das längst getan haben.«

Wilma trank den Rest Kaffee und pfefferte den Plastikbecher in Richtung Mülleimer. Sie traf die Wand. Der Becher prallte von ihr ab und sprenkelte das freundliche Mintgrün der Tapete mit braunen Spritzern. »Ist das alles, was du herausgefunden hast?«

»Nein, da ist noch mehr. Als ich dich gesucht habe, bin ich um das Wirtshaus herumgegangen und hab den Wirt zurückkommen sehen samt seinem Jagdhund. Er trug Jägerklamotten und hatte ein Gewehr bei sich.«

»Um die Zeit war die Jagd aber schon vorbei.«

»Genau. Er hat behauptet, er wär nur mal mit dem Hund Gassi gegangen.«

»Bewaffnet?«

Thea sah nun auch zum Nachbarbett hinüber. Die Frau blätterte hastig weiter.

»Wir können hier nicht ungestört reden«, raunte Thea.

Wilma reckte den Kopf. »Würde es Ihnen etwas ausmachen, draußen zu warten, bis wir hier fertig sind?«

Die Frau schnappte empört nach Luft. »Das hier ist kein Einzelzimmer!«

»Aber eine Mordermittlung.«

Wilmas Nachbarin pfefferte die Zeitschrift auf die Bettdecke, schwang die Beine aus dem Bett und stieß die nackten Füße in hellblaue Frotteelatschen, die ordentlich nebeneinander auf dem Boden standen. Mit wehendem Bademantel verließ sie das Zimmer.

»Das war aber nicht nett«, bemerkte Thea grinsend.

»Na und? Die ist neugierig wie meine Hauskatze. Jetzt können wir wenigstens ungestört reden. Du hast doch noch was auf Lager, oder?«

Thea nickte und zog den Zettel, den sie aus Kubelkas Jackentasche geklaut hatte, hervor. »Guck dir das mal an.« Sie reichte Wilma das Papier.

Die warf einen skeptischen Blick darauf. »Was ist das?«

»Sag mir, was du vermutest.«

Wilma nahm ihn und wendete den Zettel hin und her. »Wo kommt der her?«

»Von Kubelka. Ich habe ihn in seiner Jackentasche gefunden.«

»Hatte der was mit Drogen zu tun?«

»Allerdings. Halt dich fest: Der hat mitten im Maisfeld Cannabis angebaut. Und direkt neben seiner Plantage hat es ihn erwischt.«

Wilma pfiff leise durch die Zähne. »Donnerwetter! Und so was war Platzwart bei euch? Respekt.« Sie las die Namen, die auf dem Zettel standen.

»Nina Kieske und Bernd Sielmann kennen wir«, warf Thea ein.

»Ja. Was ist mit den anderen Namen?«

»Keine Ahnung. Vielleicht könntest du sie überprüfen lassen? Ruf doch mal auf deinem Revier an.«

Wilma nickte. »Mach ich. Was ist mit den beiden bekannten Kandidaten?«

»Mit Nina hab ich schon gesprochen. Sie hat zugegeben, hin und wieder ein paar Gramm gekauft zu haben. Klingelt da was in deinem kriminalistischem Gehirn?«

Wilma ließ den Zettel sinken und blickte nachdenklich an die Decke. »Damit hätte Willi Kieske ein Motiv.«

»Das habe ich mir auch schon gedacht und Nina danach gefragt, aber die meint, das sei Quatsch.«

»Was soll sie sonst sagen? Hast du Kieske auch schon interviewt?«

Thea schüttelte den Kopf. »Huntemann dreht mir den Hals um.«

»Na und? Du bist doch schon suspendiert.«

»Wenn ich den Wirt allein zu fassen bekomme, werde ich ihm auf den Zahn fühlen, aber solange der Kommissar im ›Wilden Eber‹ herumscharwenzelt, müssen wir uns gedulden.« Sie seufzte. »Allerdings zieht sich die Befragung der Flintenweiber sehr in die Länge. Ich glaube, die haben es ihm angetan.«

»Ich werde mal mit den Mädels reden«, knurrte Wilma. »Was sagt er eigentlich zu dieser Liste?«

Thea sah zu Boden. »Ich hab vergessen, sie ihm zu geben.«

»Gut. Und nicht gut. Wenn er dahinterkommt, dass du Beweismaterial unterschlägst, wird es eng für dich.«

»Wie du gerade treffend bemerkt hast, bin ich ja schon suspendiert.«

»Stimmt. Aber er wird dich verdächtigen.«

»Das tut er schon.« Thea seufzte tief. »Aber er muss es ja nicht unbedingt erfahren.« Sie steckte den Zettel wieder ein und blickte aus dem Fenster. Der Tag verabschiedete sich mild. Die Sonne stand tief und beleuchtete das restliche Herbstlaub an den Bäumen. »Ich weiß, ich darf das eigentlich nicht von dir verlangen«, sagte sie vorsichtig, »aber könntest du dir vorstellen, dass du als Kommissarin in Erfahrung bringst, was die Ballistiker rausgefunden haben? Mögliche Tatwaffe, Kaliber und so? Und dann wäre es schön, wenn du mal bei deinem Kollegen von der Rechtsmedizin anrufst und ihn nach dem Ergebnis der Obduktion von Kubelka fragst.«

Wilma nickte. »Mach ich.«

Thea erhob sich und schob den Stuhl an die Wand zurück. »Ich geh dann mal«, sagte sie und tätschelte Wilmas gesunde Schulter.

»Schon?«
»Ich hab einen weiten Weg, und ich bin mit dem Rad.«
»Verstehe. Kommst du morgen wieder?«
Thea lächelte. »Versprochen.«

9

Jemand hatte mit einer Heftzwecke eine Nachricht an ihre Tür gepinnt. Der Zettel flatterte im Wind, der jetzt zusehends auffrischte. Thea riss ihn ab und las: »Ich erwarte Ergebnisse! B. S.«

Sie knüllte das Papier zusammen und warf dabei einen Blick zur Nachbarparzelle hinüber. In der Ponderosa brannte kein Licht. Sielmann war unterwegs. Sie würde ihm morgen einen Besuch abstatten, um ihn über sein Verhältnis zu Kubelka auszufragen. Ob er schon von dessen Tod wusste? Wie auch immer, heute fehlte ihr die Kraft für ein solches Gespräch. Der Tag war anstrengend genug gewesen.

Thea schloss die Tür hinter sich, zog Jacke und Schuhe aus, schürte den Ofen an und warf Sielmanns Briefchen in die Glut. Dann setzte sie Teewasser auf. Was sie jetzt brauchte, war ein Plan. Und etwas zu essen. Sie bestrich sich ein Brot mit Margarine und stopfte es heißhungrig in sich hinein.

Eine Viertelstunde später saß sie an ihrem Computer, einen dampfenden Becher Tee neben sich. Die Adresse der Kegelvereinsvorsitzenden hatte sie schnell gefunden, sie stand im Impressum der Vereinswebsite. Vielleicht kannte die ja die Raucherin vom »Wilden Eber«. Auch bei den Jägern wurde sie schnell fündig. Obmann für das Schießwesen im Jagdverein war, da staunte Thea nicht schlecht, ein gewisser Frank Schandau, Polizeiobermeister.

»Sieh mal einer an«, murmelte sie und scrollte weiter. Huntemann und Kieske tauchten ebenfalls bei den Jägern auf, was nicht verwunderte. Letzterer gehörte überdies der Jagdhornbläsergruppe an und hatte vor drei Jahren den vierten Platz im Bundeswettbewerb der Hirschrufer belegt. Dass er ganz beachtlich röhren konnte, hatte er mit seiner Vorführung im »Wilden Eber« eindrucksvoll bewiesen.

Thea lehnte sich zurück und trank einen Schluck Tee. Eine Krähe hackt der anderen kein Auge aus, dachte sie. Sollte hinter den Schüssen im Maisfeld am Ende doch ein Jäger stecken? Das würde zumindest Huntemanns Unlust, den Fall zu lösen, erklären. Thea blickte auf die Uhr. Es war kurz nach sechs. Vielleicht erreichte sie ihn noch in seinem Büro. Sie nahm die Visitenkarte, die er ihr zugesteckt hatte, und wählte seine Nummer. Nach dreimaligem Klingeln informierte sie der Anrufbeantworter, dass sie außerhalb der Bürozeiten anrief, und nannte die Notrufnummer.

Thea beendete das Gespräch, ohne eine Nachricht zu hinterlassen. Ihr war wieder eingefallen, wo er sich herumtrieb. Huntemann hatte sich mit den Flintenweibern im »Wilden Eber« verabredet. Sie sank auf ihrem Stuhl zusammen und legte den Kopf neben die Tastatur. Sollte sie sich ein weiteres Mal auf ihr klappriges Fahrrad quälen, um den weiten Weg nach Bruchbäke zu machen? Und wofür? Hatte das nicht Zeit bis morgen? Sie erinnerte sich an eine Lektion in der Polizeischule. In einem Mordfall hatte nichts Zeit. Unentschlossen streckte sie die müden Beine aus. Sie war kurz davor, sich aufzuraffen, um noch mal zum »Wilden Eber« zu fahren, da klopfte es.

»Herein, wenn's kein Schneider ist«, murmelte sie müde.

Die Tür flog auf und knallte gegen die Wand. Thea schoss erschrocken hoch. Sielmann lehnte in Türrahmen.

»Hi. Darf man eintreten?«

»Darf man ablehnen?«

»Ne.« Er stakste auf seinen langen Beinen in den Raum und kickte die Tür mit dem Fuß zu. Mit einem lauten Krachen fiel sie ins Schloss.

»Das da hat eine Klinke«, sagte Thea und richtete sich auf.

Sielmann hatte nicht zugehört. Er stand da und sah sich im Raum um. »Gemütlich hast du's hier, und so schön warm.« Er ging zum Ofen und rieb sich über der Herdplatte die Hände. »So was sollte ich mir auch zulegen.«

»Bist du gekommen, weil du meinen Ofen begutachten willst?«

»Nein.« Er ließ sich in den Sessel fallen, streckte die Beine aus und stopfte die Daumen in den Hosenbund. Thea nahm an, dass er sich die Geste aus einem Westernfilm abgeschaut hatte. »Ich will Ergebnisse.«

»Kriegst du, wenn es so weit ist.«
»Wann ist das?«
»Wenn ich mehr weiß.«
»Das dauert mir zu lange.«
»Soll ich mir eine Geschichte ausdenken, damit du zufrieden bist? Ich bin keine Märchentante.« Sie wandte sich wieder ihrem Computerbildschirm zu, in der Hoffnung, Sielmann würde begreifen, dass sie beschäftigt war.
Er tat ihr den Gefallen, allerdings auf andere Art als gewünscht.
»Was machst du denn da?«, fragte er, stand aus dem Sessel auf und trat neugierig hinter sie. Bevor sie die Seite schließen konnte, las er: »Jägerschaft Oldenburg-Delmenhorst? Was hast du mit denen zu tun?«
»Ich ermittle.« Wenn auch nicht in deinem Fall, fügte sie in Gedanken hinzu.
Sielmann lachte auf. »Du glaubst doch wohl nicht, dass ein Jäger hier seinen Dackel spazieren führt?«
»Warum nicht?«
»So ein Quatsch! Wozu haben die ihren Wald?«
»Das hier hat mit deiner Sache nichts zu tun.«
Sielmann legte Thea die Hände auf die Schultern. Sie hörte ihn die Luft durch die Nase einziehen und spürte seinen warmen Atem im Nacken. Ein eisiger Schauer rieselte ihr die Wirbelsäule hinunter.
»Was soll das?«, flüsterte sie und wand sich, aber Sielmann ließ sie nicht los.
»Ich bin ein toleranter Mensch, aber ich lass mich ungern verarschen, Thea Thading. Was hast du mit den Jägern zu tun?«
»Nimm sofort die Hände weg!«
Sielmann tat es. Er ließ die Arme sinken. Einen Moment lang stand er einfach nur da. Dann ging er wortlos zur Tür. »Wenn du morgen kein Ergebnis hast, gibst du mir die zwanzig Euro wieder.« Er öffnete die Tür und wollte gerade nach draußen verschwinden, da hielt Thea ihn zurück: »Warte mal, Bernd. Ich muss dir noch was sagen.«
Sielmann zögerte. »Ich höre.«

»Hat Kubelka dir öfter mal Gras verkauft?«

Sielmann schluckte hörbar. »Olaf?«, fragte er etwas atemlos. »Wieso?«

»Weil ich es wissen will.«

»Also, nein. Natürlich nicht. Ich fass doch so ein Zeugs nicht an.«

»Wann hast du Kubelka das letzte Mal gesehen?«

»Olaf Kubelka?«, wiederholte er unnötigerweise und lachte unsicher. »Ist das wichtig?«

Er klang nicht so, als würde er den Namen seines Freundes mit einem Unglück in Verbindung bringen. Thea vermutete, dass er von seinem Tod noch nichts wusste. Na toll, dachte sie warum fallen mir immer diese undankbaren Aufgaben zu? Sie atmete tief durch. »Setz dich mal, Bernd. Ich hab dir was zu sagen.«

Sielmann grinste und schüttelte den Kopf. »Nein, Thea. Jetzt erzähl mir nicht, dass Olaf was mit der Hundesache zu tun hat.«

»Ich sagte, setz dich.«

Sielmann folgte zögernd Theas Aufforderung und ließ sich auf der äußersten Kante des Sessels nieder.

»Kubelka ist tot.«

Einen Moment lang starrte Bernd sie verständnislos an. Dann legte er die Hände in den Schoß und faltete sie wie zum Gebet. »Was sagst du?« Er lachte auf. »Nein, das kann nicht –«

»Er wurde erschossen«, unterbrach Thea ihn. »In einem Maisfeld in Bruchbäke.«

Sielmann blickte aus dem Fenster und schien zu begreifen. »Ich hab immer zu ihm gesagt, eines Tages geht das schief. Ich hab ihn gewarnt.«

»Dann wusstest du von seiner illegalen Cannabisplantage?«

»Was? Nein.«

»Du hast doch auch das Zeugs bei ihm bestellt.«

»Quatsch!«

Thea griff nach Kubelkas Kundenliste neben der Tastatur und hielt sie Sielmann unter die Nase. »Und was ist das? Wolltest du das Gras zur Mottenabwehr im Schrank aufhängen, oder warum hast du bei ihm bestellt?«

Sielmann schwieg. Dann stand er auf, trat ans Fenster und blieb lange regungslos stehen. Als er sich schließlich zu Thea umdrehte, hatte er rote Augen. »Olaf ist wirklich tot? Das ist keine Verwechslung?«

»Nein. Tut mir leid. Da gibt es keinen Zweifel.«

»Scheiße.«

»Willst du Tee?« Thea konnte nicht glauben, dass sie das sagte, aber in diesem Moment tat er ihr leid.

Sielmann nickte.

Sie nahm einen Becher aus dem Schrank und goss ihm ein. Dann stellte sie den Tee auf die Fensterbank vor ihn hin.

»Wer macht denn so was?«, fragte er leise. »Der war harmlos. Hat 'n bisschen Gras verkauft. Deswegen schießt man doch keinen kaputt.«

»Gibt nichtigere Gründe, jemanden umzubringen.«

Sielmann zog ein rot-weiß kariertes Taschentuch aus seiner Hosentasche und schnäuzte sich. »Wo ist es passiert?«

»Nicht weit entfernt vom ›Wilden Eber‹, wenn dir das ein Begriff ist.«

»Kieske«, flüsterte Bernd und griff nach dem Teebecher, stellte ihn aber sofort wieder ab.

»Was hast du gesagt?«

»Nichts. Ich geh dann mal. Hab noch was zu erledigen.«

10

Thea schlief schlecht in dieser Nacht, obwohl sie zum Umfallen müde war. Sie träumte von lassoschwingenden Cowboys, die durch Maisfelder ritten, und von Wilma Menkens, die im Krankenhaus heftig mit Huntemann flirtete. Gegen sechs gab sie es auf. Sie schlug die Bettdecke zurück und schwang die Beine aus dem Bett, merkte aber sofort, dass sie einen gewaltigen Muskelkater von der ungewohnten Anstrengung am Vortag hatte. Draußen war es noch dunkel und in der Hütte frostig. Sie wickelte sich die Decke um die Schultern und humpelte zum Ofen, der ebenso kalt war wie ihre Nase. Zu allem Überfluss hatte sie vergessen, Kleinholz bereitzulegen. Thea stöhnte gequält auf. Es blieb ihr nichts anderes übrig, als nach draußen zu gehen und Holz zu holen.

Sie schlüpfte in die gefütterten Kunststoffclogs und öffnete die Tür. Sofort drang eisige Feuchtigkeit in die kleine Hütte. Es war noch dunkel, und die Autobahn dröhnte trotz der Lärmschutzwände laut an diesem frühen Morgen. Samstags waren immer viele Lastwagen unterwegs, um die Supermärkte für den Wochenend-Ansturm mit Ware zu versorgen.

Thea wäre fast auf dem gefrorenen Moos ausgerutscht, als sie zum Holzverschlag eilte. Immerhin bewirkte der kleine Ausflug ins Grüne, dass sie jetzt hellwach war.

Wieder drinnen angekommen, warf sie die Bettdecke von sich und schlüpfte in ihre Strickjacke, um zuerst einmal Feuer im Ofen zu machen. Während sie darauf wartete, dass es warm wurde, kochte sie Kaffee und schmierte sich ein Käsebrot. Sie setzte sich damit an die Fensterbank, denn sie hatte keine Lust, den Computer wieder beiseiteräumen zu müssen, um ihr Frühstück auf dem Tisch abstellen zu können.

Ein kleiner Schreibtisch würde sich lohnen, dachte sie. Das sah auch professioneller aus, falls doch mal Klienten kamen. Allerdings hatte sie gerade kein Budget für einen solchen Luxus. Sie seufzte schwer. In Momenten wie diesen wurde sie schwankend, was ihre Einstellung zum Sozialamt anging. Sie hatte es bisher vermieden, dort um Geld zu betteln, und nichts anderes war es. Ein unwürdiger und demütigender Vorgang. Sie bedauerte jeden, der nicht umhinkam, sich dieser Prozedur zu unterziehen. Nein, dann verzichtete sie lieber auf den Schreibtisch. Obwohl: Sie könnte ihn direkt hier an das Fenster stellen. Im Verschenke-Markt unter der Cäcilienbrücke hatte sie neulich einen gesehen, aber wie sollte sie den herbekommen? Ihr fiel ein, dass Sielmann einen Kombi hatte, verwarf den Gedanken jedoch sofort. Lieber transportierte sie den Schreibtisch auf ihrem Fahrrad nach Hause, und wenn sie die ganze Strecke schieben musste. Am Ende zog Sielmann ihr die Benzinkosten von dem mageren Resthonorar ab, das er ihr noch schuldete, wenn der Hundefall gelöst war.

Sie warf einen Blick nach nebenan. Dort war alles ruhig, aber es war auch noch früh am Tag. Dennoch wüsste sie zu gern, was Sielmann gestern noch so eilig zu erledigen gehabt hatte.

Thea trank einen Schluck Kaffee und stellte den Becher neben den Computer. Auf der Tastatur lagen mehrere Zettel. Auf einen hatte sie gestern noch die Namen aller Beteiligten geschrieben und sie mit Pfeilen verbunden, um zu verdeutlichen, in welcher Beziehung sie zueinander standen oder was sie mit Kubelka zu tun hatten. Bei Kieske liefen einige Linien zusammen. Sie schrieb Sielmann dazu und machte ein Fragezeichen dahinter. Als er gestern Abend den Namen »Kieske« vor sich hin gemurmelt hatte, war der Wirt vielleicht gar nicht gemeint, sondern Nina, seine Tochter? Thea fasste einen Entschluss. Kieske würde sie sich heute noch ganz exklusiv allein vorknöpfen und, wenn möglich, seine Tochter gleich danach.

Draußen klappte eine Tür. Thea sah auf. Der Tag kroch trübe und neblig herauf, viel heller würde es heute nicht werden, das schöne Wetter war schon wieder vorbei. Sie beobachtete, wie Sielmann über seinen Rasen zur allmorgendlichen Zaunkontrolle stiefelte. Anscheinend wurde er nicht fündig, denn er kam schnell zurück.

Eine Stunde später stand Thea vor Sielmanns Tür. Ein beeindruckendes Hirschgeweih hing über dem Sturz. Sie konnte sich nicht erinnern, es hier schon einmal gesehen zu haben, allerdings hatte sie es bisher vermieden, seiner Haustür so nahe zu kommen. Dennoch wäre es ihr aufgefallen, oder nicht?

Sie klopfte energisch an die Tür und trat dann einen Schritt zurück, um sich das Geweih noch einmal anzusehen.

»Beeindruckend, was?«

Thea fuhr herum. Sie hatte Sielmann nicht gehört, wie er um die Hausecke gebogen war.

Er stellte sich hinter Thea und sagte ungerührt: »Das Geweih hab ich selbst geschossen.«

»Du? Dann gehörst du auch zu den Jägern?«

»Ich? Ne. Wie kommst du darauf? Du verstehst mich wieder mal völlig falsch!« Seine Stimme schraubte sich nach oben wie eine Windhose, und Thea horchte auf. Was war denn so aufregend an ihrer Frage?

»Dann erklär mir doch einfach, was ich nicht verstehe.«

»Ich hab es im Internet gekauft.«

»Warum sagst du dann, du hast es geschossen?«

»Herrgott, Thea.«

»Thea reicht voll und ganz.«

»Ich hab das Geweih im Internet *ersteigert.*« Er gestikulierte, als spräche er zu einer Idiotin. »Verstehst du? Geschossen im Sinne von ›ersteigert‹. Das ist Computersprache.«

»Aha. Na dann.« Thea betrachtete nachdenklich das Geweih. Es war ein Achtender. »Hübsch. Für deine Ponderosa hätte ich mir allerdings eher einen Kuhschädel geschossen. Wär doch stilvoller gewesen, oder?«

Sielmann schüttelte den Kopf. »Vielleicht. Ist aber schwierig, ranzukommen.« Er folgte Theas Blick zur Trophäe über der Tür, und seine Gesichtszüge entspannten sich. Liebevoll lächelte er zu dem Schädelknochen hinauf. Fehlte nur noch, dass er es streichelte, aber dazu hing es zum Glück zu hoch.

Thea fröstelte. Sie hatte wenig Lust, noch länger im kalten Morgennebel herumzustehen, der immer dicker zu werden schien. In den Maschen ihrer Strickjacke hatten sich bereits Wassertröpfchen verfangen. Deshalb beschloss sie, zur Sache zu kommen. »Wo warst du gestern noch so spät?«

Sielmann riss sich vom Anblick des Geweihs los und musterte Thea schweigend. »Bist du etwa wieder am Fremdermitteln?«

»Kannst du nicht einfach meine Frage beantworten, Bernd?« Thea schnatterte vor Kälte und trat von einem Fuß auf den anderen. Da ihr Nachbar nicht reagierte, beschloss sie, einen Frontalangriff zu wagen. »Bist du in den ›Wilden Eber‹ nach Bruchbäke gefahren? Wolltest du mit Willi Kieske reden? Oder mit Nina? Wegen Olaf, meine ich.«

Sielmann klappte der Mund auf. »Was redest du denn da? Spionierst du mir nach?«

»Nein, ich höre zu. Du hast irgendwas gemurmelt, bevor du gestern so überstürzt abgehauen bist. Für mich klang das wie ›Kieske‹. Deshalb frage ich noch mal: Kennst du den Wirt vom ›Wilden Eber‹? Oder seine Tochter Nina? Und wenn ja, wie gut?«

Sielmann gab ein trockenes Lachen von sich. »Wer kennt den wilden Willi nicht? Der ist doch berühmt durch Funk und Fernsehen.«

»Und was hatte der mit Kubelka zu schaffen?«

»Nichts, soviel ich weiß.«

Sielmann sah Thea mit einem Ausdruck an, der Arglosigkeit heucheln sollte. Netter Versuch, dachte sie und bohrte weiter.

»Immerhin war er der Erste, der dir eingefallen ist, nachdem ich dir erzählt habe, dass Kubelka quasi vor dem Gasthof erschossen wurde. Also, raus mit der Sprache. Was wolltest du in Bruchbäke?«

»Ich war nicht in Bruchbäke.« Sielmann verschränkte die Arme vor der Brust. »Woher soll ich wissen, was Olaf mit Kieske oder sonst wem zu tun hat? Ich bin nicht sein Kindermädchen.«

»Aber du warst sein Freund.«

»Na und? Glaubst du, der erzählt mir alles? Du hast dich verhört, Thea. Ich hab irgendwas gesagt. Ich war geschockt.« Sielmann wandte sich ab und wollte gehen.

Langsam wurde es Thea zu bunt. Sie hielt ihn am Ärmel fest. »Du lügst.«

Er riss sich los. »Und du machst deine Arbeit nicht!«

»Wie bitte?«, empörte sich Thea. »Also, das hat noch niemand von mir behauptet. Nicht mal das Callcenter.«

»Habe ich dir einen Auftrag gegeben? Und habe ich dich dafür bezahlt?«

Thea schnaubte. »Bezahlt. Zwanzig Euro! Das ist lächerlich.«

»Wir haben abgemacht, du kriegst die andere Hälfte, wenn der Fall gelöst ist. Aber du gibst dir ja gar keine Mühe. Du steckst stattdessen deine Nase in Sachen, die dich nichts angehen, und vor meinem Zaun ist die Kacke am Dampfen!«

»Ach ja? Ist da noch ein Hundehaufen? Ein einziger?«

»Was heißt das schon? Ich will den Täter, und zwar bis morgen, oder du kannst dir dein restliches Honorar in den …« Er schluckte den Rest des Satzes hinunter und winkte ab. Wütend verschwand er in seiner Hütte und schlug die Tür hinter sich zu. Das Hirschgeweih schwang gefährlich einige Male hin und her.

»Ich werde nachprüfen, ob du den Hirsch wirklich im Internet geschossen hast!«, schrie Thea die geschlossene Tür an.

Als sie wieder in ihrem Häuschen angekommen war, lief sie mehrere Male wütend hin und her, bis sie sich ein wenig beruhigt hatte. Dann ließ sie sich in den Sessel fallen. Vielleicht hatte Sielmann ja recht. Warum um alles in der Welt steckte sie ihre Nase in Dinge, die sie nichts angingen? Es brachte ihr keinen einzigen Cent ein, wenn sie herausfand, wer Kubelka erschossen und Wilma verletzt hatte.

Aber zwanzig Euro waren zwanzig Euro. Zwei Wocheneinkäufe, wenn sie sehr sparsam war und sich auf Toast, Margarine und Eier beschränkte. Sie brauchte ja nicht viel.

»Ich bin so was von am Arsch«, flüsterte sie und vergrub das Gesicht in den Händen.

In diesem Moment begannen Klaus und Klaus zu singen. Thea meldete sich. »Ja?«

Einen Moment lang war es still in der Leitung. Dann räusperte sich jemand. »Moin, Thea. Schlecht geschlafen?«

Sie seufzte. »Schlecht ist kein Ausdruck. Moin, Wilma. Geht's dir besser?«

Ihre Freundin schnaubte. »Ich will nix als raus hier. Ich will den finden, der versucht hat, mir den Arm wegzuschießen. Und wenn ich den habe, dann zerquetsche ich ihm die –«

»Okay, du hast schlecht geschlafen.«

»Kein Auge hab ich zugetan. Meine Nachbarin schnarcht wie ein Nilpferd mit Polypen.«

Thea vernahm in Hintergrund Protest.

»Schlaf doch jetzt ein bisschen. Wenn sie ihre Zeitschriften liest, ist sie leise. Gestern war sie das jedenfalls.«

Wilma zog die Nase hoch. »Was machst du heute?«

Thea stand auf und ging zum Fenster. »Ich? Ich ärgere mich mit meinem Nachbarn herum. Ich soll alles stehen und liegen lassen und mich um seinen beschissenen Fall …«

Sie hielt inne und starrte durch die Scheibe. Dahinter war kaum etwas zu erkennen, denn der Nebel lag dick wie Brei über dem Rasen. Hinter dem Bonanzazaun hatte sie eine Bewegung wahrgenommen. Jemand stand da und hatte etwas bei sich, das vom Umriss her an ein Schaf erinnerte.

»Moment«, keuchte Thea in den Hörer, »ich glaube, die Lösung meines Falls steht gerade am Zaun.«

Sie achtete nicht auf Wilma, die so etwas wie »Nicht schon wieder!« in den Hörer rief, sondern legte das Handy auf die Fensterbank. Dann öffnete sie leise die Tür und schlich zum Zaun.

»Stehen bleiben! Polizei!«, schrie sie, als sie nah genug herangekommen war. Das Schaf bellte laut.

»Sitz, Störtebeker!«, befahl der Kerl neben dem Tier.

Die Stimme kam Thea vertraut vor. Er hob den Kopf, und endlich erkannte sie, wer da stand, die Hundeleine in der Hand, an deren Ende doch kein Schaf, sondern eine krude Mischung aus Schäferhund und Pudel oder etwas in der Art hing. »Schandau?«

»Rööt Se mi so verjaagen!«, japste er und griff sich an die Brust.

»Was machst du denn hier?«

»Ich … ich wollte zu dir, Thea.«

»Zu mir? Woher weißt du, dass ich …?« Thea erinnerte sich daran, dass sie ihre Adresse gestern zu Protokoll gegeben hatte. Dann fiel ihr das Handy wieder ein. »Wilma!«

»Was?«

»Die Kommissarin! Sie liegt auf meiner Fensterbank.«

Thea eilte zurück in ihre Hütte und griff nach dem Handy. Aber Wilma hatte schon aufgelegt. Mist! Sie drückte die Rückruftaste, aber es war besetzt.

»Wer liegt auf der Fensterbank?« Schandau stand in der Tür und sah sich in Theas Hütte um.

»Ich hatte gerade Wilma Menkens in der Leitung. Aber dann hab ich dich am Zaun gesehen und sie hier abgelegt. Schon zum zweiten Mal.« Sie seufzte. »Das gibt Ärger.«

»Ach so.« Es klang ein wenig enttäuscht.

»Was willst du von mir?«, fragte Thea und sah Störtebeker misstrauisch dabei zu, wie er schnüffelnd das Innere der Hütte erkundete.

»Huntemann schickt mich. Ich soll dir ein paar Fragen stellen, wegen gestern und so.« Schandau hatte seine Pudelmütze abgenommen und drehte sie etwas verlegen in den Händen.

»Ermittelst du heute undercover?«, wollte Thea wissen.

»Warum?«

»Weil du in Zivil bist.«

Schandau blickte an sich hinunter. »Ach so. Ne!« Er lachte auf. »Hab heute Spätdienst. Dann mach ich morgens immer meinen kleinen Spaziergang mit Störtebeker. Und da dachte ich, weil ich dich doch was fragen soll, komm ich einfach mal vorbei. Ich mein, wir kennen uns doch. Von früher. War 'n doch schöne Zeiten damals, oder?«

Thea schnaubte. »Was meinst du? Das Melodikaorchester?«

»Ich hab immer den Bass gespielt.« Er streichelte Störtebeker versonnen über den Kopf.

Thea schwieg, denn sie erinnerte sich mit Grauen an die musikalischen Entgleisungen ihres Musiklehrers.

»Ist wirklich schön grün hier. Wenn die Autobahn nicht wär«, unterbrach Schandau ihre Erinnerungen.

»Ja. Gehst du öfter hier mit Störtebeker spazieren?«

»Wieso?«

»Ach, nur so«, antwortete Thea, »weil ich hin und wieder Hundehaufen am Weg sehe.«

»Also, nein!« Schandau schüttelte energisch den Kopf und zog einen schwarzen Plastikbeutel aus seiner Jackentasche.

»Was ist das?«, fragte Thea.

Schandau knotete ihn mit ernster Miene auf und hielt ihn Thea hin. Die schaute neugierig hinein und verzog angewidert das Gesicht. In dem Tütchen dunstete eine beachtliche Kackwurst vor sich hin, die sich gut in Sielmanns Fotosammlung gemacht hätte.

Thea schob den Beutel von sich. »Gut«, würgte sie, »sehr … vorbildlich.«

Schandau nickte ernst, verknotete das Säckchen mit Störtebekers Hinterlassenschaften wieder und schob den Beutel zurück in die Jackentasche. Der Hund hatte sich mittlerweile vor dem Ofen niedergelassen und leckte seine Pfoten. Eine Weile sahen Schandau und Thea dem Tier schweigend dabei zu.

»Wollen wir uns auch setzen?«, fragte Thea etwas unschlüssig und lud Schandau mit einer Geste ein, den Sessel zu nehmen. Sie selbst ließ sich auf den Stuhl sinken.

»Wohnst du das ganze Jahr hier?«, fragte Schandau.

Thea nickte. »Ja, das tue ich.«

»Und … wie ist das so?«

»Billig.«

»Ah. … Verstehe.«

Thea konnte sich lebhaft vorstellen, was in seinem Kopf vor sich ging. Er kannte sie und wusste von dem kometenhaften Beginn ihrer Karriere als Kommissarin – und ebenso von ihrem tiefen Absturz, dessen ganzes Ausmaß er hier vor Augen hatte. Letzte Station vor der Huntebrücke. Oder dem Hafenstrich.

»Tee?«

Schandau schüttelte den Kopf. »Hab nicht viel Zeit. Der Chef will wissen, wann du Kubelka das letzte Mal gesehen hast. Also lebend. Der arbeitet doch hier auf dem Platz?«

»Hat hier gearbeitet«, korrigierte Thea, und fügte leise hinzu: »Wenn der überhaupt wusste, wie das geht.«

»Das ist keine Antwort.« Schandau zückte sein Notizbuch und begann, mit dem Kugelschreiber, das Papier zu punktieren. Es schien eine Angewohnheit zu sein.

Thea lehnte sich zurück und dachte über die Frage nach, wobei Schandaus Klopfen sie immens störte. »Kannst du das mal lassen, Frank?«, fuhr sie ihn nach einer Weile an.

Er legte den Kugelschreiber weg und verschränkte die Arme vor dem Bauch. »Krieg ich nun 'ne Antwort oder nicht?«

»Ich weiß das nicht so genau. Ich war immer froh, wenn ich ihn nicht gesehen habe. War kein besonders angenehmer Zeitgenosse, allerdings kannte ich ihn auch nicht näher. Aber ich glaube, das letzte Mal, dass ich ihm begegnet bin, war vor drei Tagen.«

»Was hat er gemacht?«

»Er hat sich mit Little Joe unterhalten.«

»Mit wem?«

»Mit meinem Nachbarn. Bernd Sielmann. Den solltest du fragen. Die beiden waren so.« Thea verschlang Zeige- und Mittelfinger der rechten Hand ineinander.

Schandau notierte das sorgfältig und wandte sich wieder Thea zu. »Und als du ihn im Maisfeld gefunden hast, den Kubelka, ist dir da irgendwas Außergewöhnliches aufgefallen?«

»Jemand hat eine Currywurst in den Mais gekotzt, und der Weg zur Plantage war mit grünen Wollfäden markiert.«

Schandau lachte unsicher. »Na ja, das tut wohl nichts zur Sache, oder?«

»Wer weiß?«

Schandau kaute nachdenklich an dem Kugelschreiberende herum, während er seine Notizen überflog. »Und sonst war nichts?«, fragte er.

Thea dachte nach. »Er hatte ein ziemlich großes Loch im

Kopf. Und irgendeine Verletzung am Bein. Ich glaube, es war das rechte. Aber dazu kann die Gerichtsmedizin sicher mehr sagen.«

Schandau schrieb das quälend langsam auf, wobei seine Zungenspitze mit der Oberlippe spielte. »Hast du dem noch was hinzuzufügen?«, fragte er, als er fertig war.

Thea fiel die Kundenliste ein, die sie unterschlagen hatte. Noch könnte sie sich mit Verwirrung herausreden. Aber Thea verwarf den Gedanken. Stattdessen stellte sie eine Gegenfrage. »Warum lädt dein Chef mich eigentlich nicht vor oder kommt selbst vorbei?«

»Der hat die Flintenweiber zu Besuch«, erklärte Schandau. »Büroführung.«

»Sicher spannend.«

»Hinterher will er mit denen durch den Wald pirschen. Das haben die ja schon vorher gebucht gehabt. Bevor das alles passiert ist. War im Erlebniswochenende mit drin.«

»Das Pirschen oder die Büroführung?«

»Beides, glaube ich.« Schandau hob die Schultern. »So isser eben, unser Chef. Immer charmant zu den Frauen.«

Thea fand plötzlich, dass es eine gute Entscheidung gewesen war, das Beweisstück nicht auszuhändigen. »Also, ehrlich gesagt verstehe ich nicht ganz, warum dein Chef während der Ermittlungen zu einem Mordfall mit einer Damengruppe so ganz entspannt durch den Wald spaziert.«

»Na ja, ›Mordfall‹«, Schandau wiegte den Kopf hin und her, »wir wollen die Kirche mal im Dorf lassen.«

»Dann glaubst du auch, dass es nur ein Unfall war? Beide Male?«

»Weißt du was Besseres? Muss nicht alles gleich Mord und Totschlag sein. Wir sind hier nicht im Wilden Westen.«

Thea hob skeptisch die Augenbrauen. »Da wäre ich mir nicht so sicher. Aber sag mal, was ist denn mit dem Cannabis? Habt ihr in die Richtung schon ermittelt?«

Schandau runzelte die Stirn. »Was gibt's denn da zu ermitteln?«

»Das fragst du? Es geht nicht nur um einen Blumentopf, sondern um eine illegale Plantage.«

»Plantage!«, lachte Schandau auf. »Du übertreibst ganz schön. Das hat doch gerade mal für den Eigenbedarf gereicht. Kubelka hat vielleicht noch an Bekannte was abgegeben. Die Drogenmafia steckt sicher nicht dahinter. Und seine Kunden … ich bitte dich. Die bringen nicht ihren Dealer um. Wir sind hier auf dem platten Land und nicht in Bremen oder Hamburg, wo an jeder Ecke ein anderer krummer Typ rumsteht.«

Thea war einen Moment lang baff. »Das hört sich fast an, als würdest du dich in der Szene gut auskennen, Frank.«

Schandau malte einen Kringel auf das Papier. »Na ja. Ich bin Polizist.«

Das Argument hatte was, musste Thea zugeben. Sie fragte dennoch: »Könnte es nicht sein, dass ein besorgter Vater rotgesehen hat? Und wenn er dann zufällig noch Jäger ist …?«

»Ein besorgter Vater?« Schandau legte endlich den Kugelschreiber ab. »Von wem redest du?«

»Willi Kieske.«

»Willi?« Er lachte. »Ne, Thea. Der nicht. Auch wenn Nina vielleicht mal von Kubelkas Gras genascht hat, kann ja sein. Die kannten sich schon länger.«

»Kubelka und Nina?«

»Der hat mal 'ne Zeit lang im ›Eber‹ ausgeholfen. Hinter der Theke. Bei Hochzeiten und so, bis er den Job als Platzwart hier gekriegt hat.«

Thea lehnte sich interessiert zurück. Störtebeker knurrte leise. Er schien zu schlafen. Vielleicht hatte er einen Traum, in dem er Postboten jagte.

»Die kannten sich alle? Das ist ja interessant«, überlegte sie.

Schandau griff wieder nach dem Kugelschreiber und begann erneut, das Papier zu malträtieren. »Kann es sein, dass du dich da in etwas festbeißt? Der Kubelka, das war doch nur ein kleiner Schnorrer. Hat mal hier was mitgehen lassen, mal da ein bisschen betrogen und so. Bei Willi ist er auch rausgeflogen, weil er in die Kasse gelangt hat. Der Kubelka hatte zwar 'ne große Klappe, aber nichts dahinter. Für einen richtig großen Deal war der viel zu feige.«

»Auch kleine Fische werden mal gefressen. Und jetzt steck endlich diesen verdammten Kugelschreiber weg!«

Schandau tat, was sie von ihm verlangte. In der nächsten Minute sagte niemand etwas.

»Möchtest du jetzt doch einen Tee?«, fragte Thea schließlich.

»Ne, danke. Muss gleich weiter.«

»Du hast meine Frage zu Kieske immer noch nicht beantwortet«, fiel ihr ein.

»Kieske? Was ist mit dem?«

»Hältst du es für möglich, dass er auf Kubelka geschossen hat, wegen dieser Drogengeschichte? Weil er seine Tochter schützen wollte? Und vielleicht hat er dabei ganz aus Versehen Wilma Menkens mit Kubelka verwechselt?«

Schandau lachte auf. »Das ist aber ganz schön an den Haaren herbeigezogen.«

»Wieso? Kann doch sein, dass er Wind bekommen hatte, wann Kubelka wieder ernten geht, aber er wusste nicht genau, wo. Nur, dass es im Mais war. Dann ist er los und hat jemanden gesehen, aber das war Wilma. Als ihm der Irrtum aufgefallen ist, hat er weitergesucht und Kubelka auch noch erwischt.«

Schandau schüttelte den Kopf. »Ne. Glaub ich nicht. Obwohl …«, er kam ins Grübeln, »der Willi ist komisch, seit Anke tot ist.«

»Seine Frau?«

»Ja. Seitdem hält er Nina an der kurzen Leine. Und je mehr er sie drangsaliert, desto schwieriger wird die. Kinder!« Schandau seufzte.

»Woran ist seine Frau gestorben?«

»Anke hatte Krebs. Scheißkrankheit. Nina war vierzehn. Schlechtes Alter. Die hat ganz schön am Rad gedreht. Ist aber im Grunde ’ne gute Deern.«

»Ja, den Eindruck hatte ich auch. Und genau deshalb könnte ich mir vorstellen, dass Willi Kieske dafür sorgen wollte, dass Kubelka seine Tochter in Ruhe lässt. Ich hab ihn übrigens gesehen am Tatabend. Mit Hund und Gewehr.«

»Echt jetzt?«

»Sag mal, liest du eigentlich keine Protokolle?«

Schandau schaute verlegen zu Boden. Eine Weile hörte man nur den Hund, der im Schlaf vor sich hin schmatzte.

»Eugen meint, ich muss das nicht«, sagte er und klang eine Spur bitter, »Protokolle lesen, meine ich. Bin ja nur Polizeiobermeister.«

»Willi Kieske kam vom Maisfeld zurück, als ich nach Wilma gesucht habe. Er sagte, er war mit dem Hund aus.«

»Na ja, das kann doch sein, oder?«

»Bewaffnet? Hatte er Angst, dass da ein Sittenstrolch im Gebüsch hockt, der ihn angreift?«

Schandau senkte den Kopf. »Du kriegst es ja sowieso raus.«

»Was denn?«

Er guckte zur Seite. »Es gab da so einen Vorfall. Willi ist kein Jäger mehr. Er darf außerhalb vom Schützenverein eigentlich keine Waffe mehr anfassen. Den Jagdschein musste er abgeben, weil er ein Wild vor dem Fangschuss nicht richtig angesprochen hat.«

Thea blickte völlig verständnislos. »Entschuldige, wenn ich eine blöde Frage stelle, aber fragt ihr die Tiere, bevor ihr sie abknallt?«

»Was? Nein. Wie kommst du darauf?«

»Du hast gerade was von Ansprechen gesagt.«

»Das sagen wir Jäger so. Da heißt, dass man vorher genau hingucken muss, was das für ein Tier ist. Sonst passiert dir dasselbe wie Willi, und du bist den Lappen los.«

»Was ist denn passiert?«

Schandau seufzte. »Ist 'ne wirklich blöde Geschichte. Bei der Erntejagd im letzten Winter wollte er partout den Keiler schießen, der die Gegend schon lange unsicher macht. War so 'ne Art sportlicher Wettbewerb zwischen Huntemann und ihm. Er dachte, er hätte den Keiler erwischt, aber dann stellte sich heraus, dass es das Shetlandpony von der Bürgermeistertochter war. Das Tier war ausgebüxt. Jetzt darf er nur noch auf Pappschilder schießen.«

»Na, das ist ja wirklich dumm gelaufen.« Thea verkniff sich ein Grinsen.

»Ja. Willi hatte außerdem getrunken. Nicht viel, aber immerhin. Es war der Todestag seiner Frau.«

»Scheiße.«

»Du sagst es.« Er wischte sich ein imaginäres Staubkorn von der Jacke und schnippte es weg.

»Dann hat er wahrscheinlich die Wahrheit gesagt, als er behauptete, er hätte sein Schützenvereinsgewehr ausprobiert.«

»Da bin ich mir ziemlich sicher. Aber gedurft hat er es nicht.«

»Wilma könnte er damit aber erwischt haben.« Thea stand auf und begann, hin und her zu laufen. »Das ist nicht alles. Kieske wirbt mit Wild aus eigener Jagd. Entweder er lügt oder er wildert.«

»Nun mal ganz langsam«, beschwichtigte Schandau, »es müsste wohl eher heißen: Wild aus heimischer Jagd. Er kauft uns schon mal was ab.«

»Hat denn jemand die Jäger unter die Lupe genommen?«

»Ich bin gerade dabei, die Kameraden abzuklappern.«

»Du?«, fragte Thea überrascht. »Als Obmann für das Schießwesen? Bist du da nicht befangen?«

»Im Gegenteil. Ich muss ja dafür sorgen, dass der Laden sauber bleibt.«

»Hast du schon was rausbekommen?«

»Einer hat immerhin zugegeben, dass er den Keiler im Mais gesehen und ihm eins übergebrannt hat, ohne Erfolg. Die betreffende Büchse wird gerade untersucht. Vom Kaliber her könnte es die Tatwaffe sein, was Kubelka angeht.«

Thea war plötzlich hellwach. »Und das sagst du mir so nebenbei?«

Schandau rollte mit den Augen. »Der war's aber nicht. Der war viel zu weit weg vom Fundort.«

»Der nicht der Tatort sein muss.«

»Ist er aber. Das zumindest ist gesichert.« Er seufzte. »Wir untersuchen es trotzdem.« Er erhob sich und schob seinen Block in die Jackentasche. »Ich muss dann mal los.« Er pfiff leise. Störtebeker erwachte und hob den Kopf. Als er sah, dass sein Herrchen Anstalten machte, zu gehen, sprang er schwanzwedelnd auf.

»Schönes Tier«, sagte Thea, »was ist das für eine Rasse?«
»Zehn verschiedene. Mindestens.« Schandau legte den Hund wieder an die Leine.
Thea sah ihm schweigend dabei zu. »Was hältst du eigentlich von der ganzen Sache?«, fragte sie.
Er hob den Kopf. »Warum willst du das wissen?«
»Du kennst die Leute hier. Wem traust du einen Mord zu?«
Schandau kraulte den Hund. Der schleckte ihm mit der Zunge über die Hand. »Sagen wir mal so«, begann er langsam, »ich würde mich nicht auf einen Täter versteifen.«
Thea nickte, und Schandau setzte die Pudelmütze wieder auf, tippte sich zum Abschied an die Stirn und verließ die Hütte. Er war fast augenblicklich im zähen Nebel verschwunden.
Thea schloss hinter ihm die Tür. Sie musste zugeben, sie hatte Frank Schandau unterschätzt.

11

Wilma ging nicht an ihr Handy. Entweder war sie beleidigt, oder sie wurde gerade behandelt. Vielleicht mischte sie auch die Station auf und entließ sich gerade mal wieder selbst.

Thea sprach auf ihre Mailbox. »Hallo, Wilma. Tut mir echt leid, dass ich dich vorhin so abwürgen musste, es hatte mit meinem blöden Fall zu tun. Sielmann setzt mich unter Druck. Außerdem war Frank Schandau bei mir. Du weißt schon, der vertrottelte Gehilfe von Huntemann. Er ist gar nicht so trottelig. Im Gegenteil. Aber das erzähle ich dir später. Jetzt geh ich zum wilden Willi und werde ihm ein bisschen auf den Zahn fühlen. Ich habe übrigens interessante Neuigkeiten.« Sie legte auf.

Kurze Zeit später saß sie wieder auf dem Fahrrad. Im ganzen Jahr war sie nicht so viel unterwegs gewesen wie in den vergangenen Tagen. Ihr graute vor der langen Fahrt, aber es half ja nichts. Nach Bruchbäke fuhr kein Bus.

Der Nebel lichtete sich langsam, und am Himmel ahnte man die Sonne. Die Innenstadt ließ sie bald hinter sich. Hier in der Vorstadt säumten Autohändler die Ausfallstraße. Thea hatte sich schon mehrmals gefragt, wer die ganzen Gebrauchtwagen kaufte. Wahrscheinlich wurde der Großteil irgendwann nach Afrika verschifft oder landete in den Weiten der sibirischen Steppe. In der Ferne erblicke sie das Logo einer Fast-Food-Kette, direkt an der Autobahnausfahrt. An Wochentagen wälzte sich hier der Verkehr in Richtung Bremen oder an die Küste. Direkt gegenüber reckte eine Windmühle die Flügel in die Luft. In der Mühle befand sich ein Restaurant. An dieser Stelle, inmitten von Lärm, Smog und Gewerbebetrieben, wirkte sie seltsam deplatziert.

Thea fuhr an der Mühle vorbei, und langsam wurde die Bebauung lichter. Die ersten Bauernhöfe tauchten zwischen Baumärkten und Tankstellen auf. Schließlich passierte sie einen dieser Billigmöbelpaläste. Eine Hüpfburg wurde gerade auf dem Parkplatz aufgeblasen, und ein gigantisches Plakat wies darauf hin, dass der Möbelmarkt Geburtstag feierte. Hatte der Laden nicht erst vor einem halben Jahr Geburtstag gehabt? Thea erinnerte sich vage, in einem Werbeprospekt davon gelesen zu haben, als sie nach Schreibtischen Ausschau gehalten hatte.

Endlich hatte sie die Stadt hinter sich gelassen. Sie fuhr noch einmal unter einer Autobahnbrücke hindurch und war urplötzlich im Grünen. Es war, als ob sie eine unsichtbare Grenze überquert hatte.

Die Schlaglochpiste beherrschte sie schon recht gut, und der »Wilde Eber« kam nach wenigen Kilometern in Sicht. Mehrere Autos parkten vor dem Gasthof. Als Thea vom Rad stieg, las sie auf einer Tafel, die neben dem Eingang stand, dass es heute Wildbüfett gab, angeblich »aus eigener Jagd«. Sie stellte ihr Gefährt ab und trat ein. Der bekannte Bratendunst wehte ihr entgegen. Die Tür zum Clubraum stand offen. Am Büfett drängelten sich die Gäste. Die Tische waren fast alle besetzt, und es roch köstlich. Thea lief das Wasser im Mund zusammen. Gegen Kroketten und Wildschweinbraten hätte sie jetzt nichts einzuwenden gehabt, aber sie musste erst gar nicht in ihr Portemonnaie sehen, um zu wissen, dass es kaum für ein Wurstbrot reichte. Mit Bedauern wandte sie sich ab, öffnete die Tür zur Gaststube und trat ein. Kieske stand hinter der Theke und zapfte Bier.

»Moin«, grüßte Thea freundlich.

Kieske sah nur kurz auf. Als er Thea erkannte, verfinsterte sich sein Blick. »Moin«, antwortete er knapp und zapfte weiter.

Thea setzte sich auf einen Barhocker ihm gegenüber. Die Gaststube war leer bis auf drei ältere Männer, die am Stammtisch Skat spielten. »Kann ich einen Kaffee haben?«

Der Wirt nickte. »Tasse Kaffee!«, rief er nach hinten in die Küche und widmete sich wieder seinem Zapfhahn.

»Kann ich Sie was fragen?«

»Hab zu tun. Wir haben Büfett.«

»Dauert auch nicht lange.«

Der Wirt stellte das Bier auf ein Tablett, auf dem schon andere Getränke darauf warteten, an die Tische gebracht zu werden. »Nina! Vier ist fertig!«, rief er so laut, dass Thea zusammenzuckte.

Nur wenige Sekunden später stand seine Tochter an der Theke und nahm das Tablett in Empfang. Sie legte ihrem Vater drei Zettel hin, auf dem weitere Getränkebestellungen notiert waren. »Tisch sechs will das Wasser nicht aus dem Kühlschrank, sondern zimmerwarm«, bemerkte sie etwas außer Atem.

»Soll ich's vorher in die Mikrowelle stellen?«

Nina zuckte mit den Schultern, nahm das Tablett und eilte damit wieder hinaus.

Thea merkte, dass sie sich einen denkbar schlechten Zeitpunkt für ein Gespräch mit dem Wirt ausgesucht hatte. Andererseits war es manchmal von Vorteil, wenn man den Leuten in solch ungünstigen Momenten auf die Nerven ging. Sie gaben schneller etwas preis. Also wagte sie einen ersten Vorstoß.

»Herr Kieske, wussten Sie, dass Olaf Kubelka mit Cannabis gehandelt hat?«

Der Wirt hatte gerade zwei saubere Biergläser in die Hand genommen. Er stellte sie auf die Theke und beugte sich zu Thea hinüber. Er kam ihr so nah, dass sie die Härchen sah, die ihm aus der Nase wuchsen. »Ich habe dem Kommissar alles gesagt. Fragen Sie ihn.«

»Sagen Sie's mir doch einfach noch mal. Dann sind wir auch ganz schnell fertig.«

Willi Kieske wich zurück und stellte die Gläser unter den Zapfhahn. »Ich muss Ihnen nichts sagen«, knurrte er.

Aus der Küche kam ein kleiner Mann in weißer Kochtracht. Er erinnerte Thea an Hefeteig, der zu lang gegoren war. Er lächelte sie kurz an, stellte den Kaffee auf die Theke und verschwand wieder in der Küche.

Die Männer am Stammtisch meldeten sich. »Willi! Bring us noch 'ne Lüttje Lage!«

»Kommt«, erwiderte Kieske knapp.

Thea saß eine ganze Weile da und sah dem Wirt bei der Arbeit zu. Seine Miene war verschlossen, aus ihm würde sie heute nichts mehr herausbekommen.

Sie hatte sich gerade entschlossen, zu gehen, da hob der Wirt den Blick und sah sie an.

»Wo das jetzt rausgekommen ist mit dieser Haschischplantage, da wollen Sie mich bestimmt fragen, ob sie auch von diesem Kubelka was gekauft hat, stimmt's?« Er nickte in die Richtung, in der seine Tochter gerade verschwunden war.

»Hab ich das?«

»Zumindest gedacht haben Sie das, geben Sie's zu.«

Thea nickte. »Ja. Schon.«

»Sind Sie deswegen wieder da?«

»Ich bin hier, weil ich Sie fragen wollte, wie Sie zu Kubelka standen.«

»Das war 'n Idiot.«

»Sie wussten schon länger, dass Nina zu seinen Kunden gehörte?«

Er sah auf. »Ist doch Quatsch.«

»Ich habe einen Beweis.« Thea musterte den Wirt, aber der lachte nur.

»Den müssen Sie mir zeigen.«

Sie holte die Kundenliste aus der Jackentasche und legte den Zettel vor Kieske auf die Theke.

Er warf einen Blick darauf. »Was soll das sein?«

»Den Zettel hatte der Tote bei sich. Nina steht da mit drauf. Sehen Sie? Hier.« Sie deutete auf Ninas Namen.

»Vielleicht wollte er sie zum Geburtstag einladen?«

»Und was sollen die Grammangaben?«

»Die wollten zusammen was kochen.«

»Nicht Ihr Ernst, oder?«

Kieske stellte das Bier auf ein Tablett, goss drei Schnapsgläser mit Korn ein und servierte die Getränke am Stammtisch.

Thea rührte mittlerweile Milch in ihren Kaffee und trank einen Schluck. Heiß war etwas anderes. Sie schob ihn von sich.

»Der Zettel kann alles Mögliche sein«, sagte Kieske, als er wieder hinter der Theke stand, »beweisen können Sie damit nur, dass Kubelka Namen schreiben konnte.«

»Ich habe gehört, er hat mal hier gearbeitet und ist dann wegen Diebstahls geflogen.«

Kieske stöhnte auf. »Jetzt kommt die alte Geschichte wieder

aufs Tablett. Na und? Deshalb knall ich niemanden ab. Das wollen Sie mir doch unterstellen, oder?«

Thea zog die Tasse wieder zu sich heran und hob sie an den Mund. Sie musterte den Wirt über den Rand hinweg. Er hatte damit begonnen, sich zu rechtfertigen, das war interessant.

»Ich hab mit der Sache nichts zu tun, und Nina auch nicht«, fuhr er fort. »Fragen Sie sie.«

»Mit Nina hab ich schon gesprochen.«

»Und?«

Sie stellte die Tasse wieder ab und schwieg.

Der Wirt begann zu schwitzen. Er war nervös. »Sind wir endlich fertig hier?«, fragte er ungehalten.

In diesem Moment kam Nina um die Ecke. »Hast du schon was für mich?« Sie wischte sich hektisch eine Strähne aus dem Gesicht.

»Ne. Ich muss hier Fragen beantworten.«

»Die Gäste werden unruhig.« Nina legte zwei weitere Zettel auf die Theke. »Gib mir wenigstens schon mal die Wasser mit.«

»Wie viele?«

Nina zählte kurz nach. »Vier. Und das warme.«

Kieske riss die Kronkorken von den Flaschen, goss aus einer etwas aus und füllte aus dem Hahn warmes Wasser nach.

Nina warf ihrem Vater einen irritierten Blick zu.

»Ja was?«, fuhr er sie an. »Soll ich warten, bis das von allein warm geworden ist? Dann haben wir Weihnachten!«

Nina nahm wortlos das Tablett mit den Flaschen und machte sich auf den Weg in das Clubzimmer.

»Kann ich gleich noch mal kurz mit Ihnen reden?«, rief Thea ihr nach.

»Ist gerade ganz schlecht!«

»Ihr Kaffee wird kalt«, knurrte Kieske.

»Das ist er schon längst.« Thea wandte sich ihm zu. »Nur noch eine Sache, die spukt mir schon seit gestern im Kopf herum. Sie dürfen nicht mehr jagen, das hat Frank Schandau mir erzählt. Stimmt das?«

Der Wirt nickte.

»Warum gehen Sie trotzdem mit einem Gewehr los und ballern in der Gegend herum? Und warum werben Sie mit Wild aus eigener Jagd? Könnte es sein, dass Sie wildern?«

Kieskes Hand verweilte am Zapfhahn, aus dem das Bier floss. Es schwappte über den Rand des Glases und versickerte im Abfluss.

Thea machte ihn nicht darauf aufmerksam. Sie wartete einfach ab.

»Ich geh doch nicht jagen«, sagte er und merkte endlich, dass die Gläser schon lange übergelaufen waren. Er drehte den Zapfhahn wieder zu.

»Was haben Sie dann vorgestern Abend gemacht, bevor wir uns begegnet sind, hinter dem Haus? Sie erinnern sich?«

»Ich war mit dem Hund draußen und hab bei der Gelegenheit das Gewehr ausprobiert. Wegen dem Keiler. Wie oft denn noch?«

»Das durften Sie aber nicht.«

»Es ist Jagdzeit. Da wird überall geballert.«

Thea bemerkte, dass die Skatspieler vom Nachbartisch ihr Gespräch unterbrochen hatten und die Ohren spitzten.

»Sie haben nicht zufällig versucht, ein bisschen was für das Jagdbüfett zu schießen? Wär ja nicht weiter aufgefallen, wie Sie schon treffend festgestellt haben.«

»Hören Sie, das mit der eigenen Jagd, das steht da doch nur so. Ich hab das alte Banner wieder benutzt. So was ist verdammt teuer. Mit dem Spielzeuggewehr vom Schützenverein kann ich vielleicht einen Hasen schießen, aber keinen Menschen umbringen.«

»Und woher kommt das Fleisch, das Sie anbieten? Doch nicht aus der Kühltruhe von Aldi.«

»Nein.« Er wischte sich die Hände an den Hosenbeinen ab. »Die Jäger bringen mir das eine oder andere Wildbret vorbei.«

»Aber ab und zu juckt's noch in den Fingern? Kann ich verstehen. Da draußen jagen Ihre alten Kollegen und haben Spaß, der Keiler, der an allem schuld ist, rennt auch noch frei rum, und Sie spielen hier den wilden Willi und erzählen schale Witze. Ist doch frustrierend, oder?«

Kieskes Kopf lief an. Sein Gesicht hatte bereits die Farbe von rohem Fleisch angenommen. Er nahm Theas halb volle Tasse von der Theke und kippte den Inhalt in den Ausguss. »Raus«, knurrte er leise und nickte zur Tür.

Thea blieb sitzen. »Erst, wenn Sie antworten. Haben Sie geschossen oder nicht?«

»Hör zu, Mädchen, ich bin immer noch im Schützenverein, und ich darf Kleinkaliber schießen.«

»Aber nicht draußen.«

»Ich hab meine Browning doch nur repariert und wollte sehen, ob sie wieder funktioniert! Huntemann ist weniger kleinlich als Sie, und der ist immerhin bei der Polizei.«

»Wo haben Sie denn hingeschossen? Ins Maisfeld hinein oder in die Luft?«

»Meine Güte, ich hab irgendwo hingeschossen! Vielleicht auch ins Feld. Wer noch halbwegs bei Verstand ist, rennt da nicht herum, wenn Jagd ist.«

»Was ist das für ein Gewehr, das Sie dabeihatten?«

»Hab ich doch gerade gesagt. Eine Browning, 4,5 mm, völlig harmlos.«

»Und wo bewahren Sie die auf?

»Ordnungsgemäß im Waffenschrank. In meinem Büro. Und jetzt raus oder ich …«

»Was?«

»Ich ruf die Polizei!«

»Nicht nötig«, sagte Thea und rutschte vom Hocker. »Die ist schon da.« Sie hatte durch das Fenster Huntemann entdeckt, in voller Jägermontur und mit geschulterter Büchse. Er hatte die Flintenweiber im Schlepptau.

Die Frauen umringten Thea, als sie vor die Tür trat. Sie fragten nach Wilma, wie es ihr gehe.

»Ich hab versucht, sie anzurufen, aber entweder ist besetzt, oder sie geht nicht ans Handy ran«, beschwerte sich Gisela.

»Wir besuchen sie heute Nachmittag«, verkündeten die anderen Frauen.

»Eugen hat uns einen Kleinbus organisiert«, schwärmte Beate, »er ist ja so ein netter Mann.«

Alle sahen ihn an, und Huntemann lächelte bescheiden.

Thea verdrehte die Augen, denn sie nahm ihm eine solche Gefühlsregung nicht ab.

Huntemann schien es bemerkt zu haben. Er schob sich aus dem Pulk der Frauen, die ihn umlagerten, und reichte Thea die Hand. »Moin, Frau Thading«, grüßte er. »Was treibt Sie denn schon wieder ins schöne Bruchbäke? Das Wildbüfett oder die Neugierde?« Er ging an ihr vorbei zu seinem Auto, öffnete die Tür des SUVs und legte seinen Rucksack samt Gewehr hinein.

»Ach, so dies und das«, sagte Thea ausweichend und war froh, dass die Frauen sie schon wieder in Beschlag nahmen. Begeistert erzählten sie von der Waldwanderung.

»Eugen hat uns alles gezeigt. Der kennt jeden Busch«, seufzte Beate und warf dem Kommissar schmachtende Blicke zu. »Wie man vom Ansitz aus jagt, hat er uns auch erklärt. Wir waren auf dem Hochsitz, dahinten im Wald.«

Thea lächelte tapfer. »Toll.«

»Wie wär's denn, wenn du mit uns isst?«, fragte Gisela. »Du kannst Wilmas Portion übernehmen. Die ist ja schon bezahlt.«

»Tja«, sagte Thea und schaute skeptisch, »ich weiß nicht, wie der Chef das findet. Der hat mich gerade rausgeschmissen.«

»Warum?«

»Ich war wohl zu neugierig.«

»Hab ich's mir doch gedacht«, mischte Huntemann sich ein. Er hatte sich saubere Schuhe angezogen und die Jägermontur abgelegt. Jetzt trug er eine Trachtenjacke mit Hirschhornknöpfen, die ihm ausgesprochen gut stand.

Thea starrte ihn an.

»Ist was?«, fragte er lächelnd.

»Ich würde gern allein mit Ihnen sprechen«, sagte sie und wandte den Blick ab.

»Geht's um den Fall?«

Sie nickte.

Gisela stemmte die Fäuste in die Hüften. »Und ich geh da jetzt rein und red mal ein Wörtchen mit dem wilden Willi. Das wollen wir doch mal sehen, ob du mit uns essen kannst oder nicht. Bis gleich, Thea.«

Schlammbespritzt und mit offensichtlich müden Beinen verschwanden die Frauen im Gasthof.

Huntemann wartete. Er stand da in seinem Janker und sah Thea erwartungsvoll an. »Sie lassen wohl nie locker?«, fragte er und lächelte vielversprechend.

Es kostete Thea einige Willenskraft, sich nicht davon einlullen zu lassen. »Solange Fragen offen sind, müssen sie geklärt werden. Hab ich mal auf der Polizeiakademie gelernt.«

»Sie sind aber nicht mehr aktiv im Polizeidienst.«

»Na und? Verbrechen bleiben Verbrechen, und die müssen aufgeklärt werden.«

Huntemann seufzte leicht genervt. »Na, dann schießen Sie mal los. Ich habe nämlich Hunger.«

»Kieske hat gerade zugegeben, dass er zur fraglichen Zeit in der Gegend herumgeschossen hat«, ließ Thea die Katze aus dem Sack.

»Ich weiß.«

»Sie wissen das?«, rief Thea empört.

Der Kommissar nickte nur.

»Und das lässt Sie kalt?«

»Jetzt machen Sie doch aus einer Mücke keinen Elefanten.«

Thea holte tief Luft, um sich zu beruhigen. »Sie wissen, dass Willi Kieske verbotenerweise da draußen rumgeballert und dabei möglicherweise Wilma Menkens und Kubelka angeschossen hat, und halten das für eine Lappalie?«

Huntemann blickte zum Maisfeld und hob die Schultern. »Die Menkens trägt eine Mitschuld. Was hockt die sich an einem Jagdtag mitten ins Maisfeld, voll wie ein Matrose auf Landgang?« Er machte eine Pause und genoss es sichtlich, Thea zappeln zu lassen. »Ich kann mir nicht vorstellen, dass Sie so eine – sagen wir mal – pikante Geschichte wirklich breittreten möchten. Ich sage das auch im Interesse von Frau Menkens.«

Thea starrte Huntemann fassungslos an. »Das heißt, Sie haben überhaupt keinen Finger gekrümmt, um die Sache aufzuklären?«

»Wir haben mit den Jägern gesprochen und die Jagdwaffen eingesammelt. Bisher kommt keine in Frage, auch nicht die von Sieber Bünnemann.«

»Wer ist das?«

»Ein Jäger. Er hat zugegeben, ein bisschen zu nahe an den Mais gekommen zu sein. Seine Büchse wurde untersucht, ohne Ergebnis.«

Thea machte eine Pause, um sich zu sammeln. »Sie sollten trotzdem in Kieskes Waffenschrank gucken«, sagte sie mühsam beherrscht, »der hat nämlich ein Motiv, zumindest was Kubelka angeht.« Sie nahm die Liste mit den Namen aus der Jackentasche und reichte sie Huntemann. »Hier. Das hatte Kubelka bei sich, als ich ihn gefunden habe.«

Huntemann entfaltete langsam das Papier und las. »Was ist das?«

»Für mich sieht es aus wie eine Kundenliste.«

»Was für Kunden denn?«

Thea wurde langsam ungeduldig. So schwer von Kapee konnte kein Kommissar sein, auch wenn er kurz vor der Rente stand. »Für Cannabis, Herr Huntemann. Stoff, Drogen, Hasch. Kubelka war ein Kleindealer, da sind wir uns doch wohl einig, oder?«

»Vielleicht.«

Sie schluckte runter, was ihr auf der Zunge lag. »Mein Nachbar Bernd Sielmann steht auch auf der Liste«, sagte sie mühsam beherrscht. »Er hat schon zugegeben, Stoff von Kubelka bezogen zu haben. Nina Kieske ebenfalls.«

»Und?«

»Sagen Sie mal, stehen Sie immer so auf der Leitung?«

»Sie wollen damit nicht etwa beweisen, dass Willi Kieske diesen Kubelka erschossen hat, oder? Nur weil Nina ein bisschen gekifft hat. Das ist doch absurd!«

»Wär doch immerhin möglich.«

»So einen Schwachsinn habe ich schon lange nicht mehr gehört.«

»Haben Sie eine bessere Theorie? Und jetzt kommen Sie mir nicht wieder mit dem Jagdunfall.«

Huntemann nahm den Hut vom Kopf und kratzte sich. Dann seufzte er tief. »Also gut. Wenn es Sie glücklich macht, rede ich mit Willi.«

»Das ist alles?«

»Ich guck auch in seinen Waffenschrank. Zufrieden?«

»Der steht im Büro.«

»Ich weiß.«

»Darf ich mitkommen? Nur damit, ich meine …« Thea stockte. »Ich meine natürlich, damit ich Ihre Kollegin aus Wittmund informieren kann, wie sehr sie sich reinhängen. Die wollte sich gestern schon selbst entlassen, um herauszufinden, wer ihr das Wochenende versaut hat.«

Huntemann gab nach. »Also schön. Kommen Sie mit, Frau Thading. Soll ja niemand behaupten können, dass wir schlampig ermitteln.«

Kurze Zeit später saß Thea mit Huntemann und Kieske im Büro. Der Waffenschrank stand offen. Widerwillig hatte der Wirt ihn geöffnet. Auf dem Tisch lagen die Browning, eine Schrotflinte und eine Kippbüchse. Letztere nahm Huntemann in die Hand und besah sie sich von allen Seiten.

»Ich dachte, du wolltest die Baikal verkaufen, Willi.«

»Konnte mich noch nicht davon trennen. War meine erste Liebe.«

»Kann ich verstehen. Hatte auch mal so eine. Viele rümpfen zwar die Nase über so einen Wagenheber, aber die ist zuverlässig wie ein Trecker.«

Huntemann legte die Waffe vorsichtig auf den Tisch zurück, und Thea griff danach. Sie hatte einen leichten Geruch von Schießpulver wahrgenommen und schnupperte am Lauf.

»Haben Sie kürzlich damit geschossen, Herr Kieske?«

»Nein. Hab ich nicht. Mensch, Eugen, sag doch auch mal was. Bist du hier der Chef, oder hat die dir den Job abgenommen?«

Das saß. Huntemann riss Thea die Waffe aus den Händen. Er schnupperte ebenfalls am Lauf.

Der Wirt beobachtete ihn nervös. »Muss ich jetzt meinen Anwalt holen?«

»Tja, Willi, wo sie recht hat, hat sie recht, die ist abgeschossen worden.« Huntemann legte die Baikal auf den Tisch und lehnte sich zurück. »Mensch, Willi. Also, das ist wirklich ein Ding! Ich müsste dich jetzt eigentlich festnehmen, das weißt du.«

»Ich hab doch nur mal so zum Spaß … Und nur in die Luft!«

»Wann war das?«, wollte Huntemann wissen.

»Vorgestern. Spät war's. Die Küche hatte schon geschlossen.«

»Nicht etwa so gegen achtzehn Uhr, nach Ihrem Auftritt bei den Flintenweibern?«, warf Thea ein.

»Nein! Da bin ich mit dem Hund los.«

»Und mit einem Gewehr. Ich hab Sie zurückkommen sehen.«

Kieske sprang auf. »Das war die Browning. Ich hab doch schon alles zugegeben, verdammt! Ich bin ewig in der Gegend rumgelaufen. Hatte Streit mit Nina. Den ganzen Tag schon.«

»Weswegen?«, fragte Huntemann.

»Ging wieder mal darum, dass sie wegwill. Hat angeblich eine Stelle in einem Nagelstudio in Bremen.« Er lachte verächtlich. »Ich mein, was ist denn das für ein Beruf? Gar keiner. Außerdem: Wie soll ich hier ohne sie klarkommen, wo Anke doch tot ist?«

»Und dann ballern Sie aus Frust in der Gegend rum?«

»Ich hab nicht einfach in der Gegend rumgeballert!« Er schlug mit der Faust auf den Tisch. »Und ihr«, er funkelte Huntemann wütend an, »ihr seid mit eurer Jagd wieder mal viel zu nah an mein Haus rangekommen. Die Gäste haben sich beschwert.« Er schnaubte. »Den Keiler kriegt ihr sowieso nicht. Der ist viel zu schlau.«

»Haben Sie es deswegen selbst versucht? Soll's morgen wieder Wildschwein geben?«

»Nein, ich hab nur so in die Luft geschossen, Herrgott noch mal!« In seinen Augen stand der blanke Zorn, und Thea war froh, dass Huntemann in diesem Moment bei ihr war.

»Nun beruhig dich mal, Willi«, beschwichtigte der, »ich will doch nur rausfinden, was passiert ist.«

Kieske starrte Huntemann an, dann verzog sich sein Gesicht

zu einer hässlichen Grimasse, er lachte auf. »Du? Du besorgst es den Weibern doch lieber auf dem Hochsitz. Wie viele von den Flintenweibern hast du heute flachgelegt? Eine Hälfte im Büro, die andere im Wald?«

Huntemann legte den Kopf schief. »Neidisch?«

»Moment mal, meine Herren«, griff Thea ein, »wir wollen uns doch wie erwachsene Menschen benehmen.« Sie wandte sich dem Wirt zu. »Herr Kieske, wenn Sie auf dem Hof mit der Jagdbüchse in die Luft geschossen haben, muss sich die Patronenhülse noch dort befinden. Wir gehen sie einfach suchen, und dann ist alles gut.«

Der Wirt senkte den Blick. Er knetete nervös die Hände.

»Willi?«, sprach Huntemann ihn vorsichtig an.

Er sah wieder auf. In seinen Augen standen Tränen. Er flüsterte: »Scheiße, Eugen, die ist nicht mehr da.«

»Warum?«

»Ich hab sie aufgesammelt und im Klo runtergespült.«

»Was?«

Kieske wischte sich über das Gesicht. »Meine Güte, ich dachte, bevor es Ärger gibt, lass ich die lieber verschwinden, wo doch so viele von euch hier rumgeschnüffelt haben.«

»Mensch, Willi, erzähl uns doch keine Märchen«, fuhr Huntemann ihn an.

Der Wirt vergrub den Kopf in den Händen. »Das ist aber die verfluchte Wahrheit.«

Eine Weile schwiegen sie. Willi Kieske zog die Nase hoch und sah trotzig aus dem Fenster. Der Kommissar schüttelte resigniert den Kopf. »Im Moment sieht es leider nicht gut für dich aus. Ich glaube dir ja. Aber ich muss dich bitten, morgen auf die Wache zu kommen, damit ich deine Aussage aufnehmen kann.« Er legte dem Wirt tröstend die Hand auf den Arm.

Theas Handy begann, von der Nordseeküste zu singen. »Ja?« Sie horchte eine Weile in den Hörer. »Danke, Wilma«, sagte sie schließlich und steckte das Telefon wieder ein. Dann wandte sie sich Huntemann zu. »Gibt es etwas, das Sie noch sagen möchten, oder halten Sie wichtige Erkenntnisse bewusst zurück?«

»Wovon reden Sie überhaupt? Wollen Sie mich beleidigen?«

»Von dem Ergebnis der KTU, das schon seit gestern Abend vorliegt.«

Der Kommissar lehnte sich zurück und verschränkte die Arme vor der Brust. »Das geht Sie ja wohl nichts an, Frau Thading.«

»Richtig. Aber Herrn Kieske geht es sehr wohl etwas an. Sie müssen ihn nämlich festnehmen. Sofort.«

Der Wirt sprang auf und rammte dabei den Tisch, sodass die Baikal in Huntemanns Schoß rutschte. Der fing sie auf. »Hoppla.«

»Ich hab nichts getan!«, jaulte Kieske.

»Sagen Sie es ihm.« Thea blickte den Kommissar herausfordernd an.

»Was?«

»Das Ergebnis von der KTU.«

»Haben Sie das von Wilma Menkens?«

Thea nickte.

»Die verrät Ihnen solche Interna am Telefon? Das wird Konsequenzen haben.« Huntemann hielt es nicht mehr auf seinem Stuhl. Er sprang auf und begann, hin- und herzulaufen wie ein Tiger im Käfig. »Was maßen Sie sich an, sich derart in meine Ermittlungen einzumischen?«, platzte es aus ihm heraus. »Glauben Sie bloß nicht, dass Sie damit ungestraft davonkommen!«

»Sie auch nicht«, erwiderte Thea ruhig. »Sie wollten einen mutmaßlichen Täter schützen.«

»Das ist eine infame Unterstellung!«

»Ach ja?«

»Verdammt, erzählt mir mal einer, was hier los ist?«, schrie der Wirt dazwischen.

Huntemann blicke auf und seufzte. »Willi. Du darfst das jetzt nicht persönlich nehmen. Aber so, wie die Beweislage ist, muss ich dich nach Recht und Gesetz festnehmen.«

Willi Kieske klappte der Kiefer herunter. »Ich verstehe das nicht. Welche Beweislage denn?«

»Die Munition, mit der Kubelka erschossen wurde, stammt mit ziemlicher Sicherheit aus deiner Büchse.«

Kieske lachte auf. »Ihr verarscht mich, oder?« Er klang vollkommen überrumpelt.

Thea hatte ihn als wilden Willi erlebt. Er war ein lausiger Schauspieler, und das hier war echt.

»Willi! Mach's mir nicht so schwer. Das wird sich alles aufklären, ich versprech's dir.«

Kieske vergrub sein Gesicht in den Händen. Als er wieder aufsah, war es tränenverschmiert. »Ich war's aber nicht«, flüsterte er, »ich hab wirklich nur in die Luft geschossen, ein einziges Mal.«

»Hat denn sonst noch jemand einen Schlüssel zum Waffenschrank?«, fragte Thea.

Der Wirt schüttelte den Kopf.

Huntemann beugte sich vor. »Frau Thading«, zischte er sie an, »ich dachte, ich hätte mich deutlich genug ausgedrückt. Ich leite hier die Ermittlungen, klar? Keine weiteren Fragen, oder Sie leisten Herrn Kieske heute Nacht Gesellschaft.«

Thea hob die Hände. »Entschuldigung. Ich wollte nur helfen.«

»Na, das ist Ihnen ja geglückt.« Huntemann wandte sich wieder dem Wirt zu. »Es wurde aus zwei verschiedenen Waffen geschossen: aus einer Jagdbüchse wie dieser Baikal und aus einem Kleinkalibergewehr. Kubelka wurde mit der Büchse erschossen, und wie es aussieht, hat jemand anderer ihn noch am Bein getroffen.« Huntemann seufzte. »Oder dieser jemand hatte zwei verschiedene Waffen dabei. Eine Baikal und ein Kleinkalibergewehr. Du besitzt beide.«

»Ich war's nicht«, wiederholte Kieske leise.

»Frau Menkens wurde ebenfalls mit einem Kleinkaliber an der Schulter verletzt. Allerdings sind die Tatorte, wie wir ja wissen, einige hundert Meter voneinander entfernt.«

»Das mit Kubelka kann ich gar nicht getan haben«, wiederholte Kieske, »auf der Seite vom Feld bin ich nicht gewesen. Das mit der Flintenfrau, das gebe ich ja zu. Das war ein Unfall, ich schwöre es! Aber das andere«, er schüttelte heftig den Kopf, »da müsst ihr jemand anderen suchen.«

12

Nachdem der Wirt abgeführt worden war, saß Thea mit der aufgelösten Nina in der Gaststube an einem Tisch. Nina heulte hemmungslos in ein Taschentuch. Die Männer vom Stammtisch legten verlegen ihr Geld auf die Theke und gingen, einer nach dem anderen. Der Letzte blieb etwas unschlüssig stehen. »Kopf hoch. Wird schon wieder«, sagte er und lächelte hilflos. Als Nina nicht antwortete, verschwand auch er.

Dann brach es aus ihr heraus: »Das ist alles meine Schuld! Papa war so sauer. Dabei hab ich nur ab und zu mal einen Joint geraucht, wenn mir das hier alles zu viel wurde.« Sie schnäuzte sich umständlich. »Ich mein, was hab ich denn für ein Leben?«

»Eines mit viel Arbeit«, sagte Thea verständnisvoll, »da bleibt keine Zeit, Freunde zu besuchen, in die Disco zu gehen oder so.«

Nina nickte. »Ich bin hier lebendig begraben.« Sie knetete verzweifelt das Taschentuch. »Ich kann nichts dafür, dass Mama tot ist. Ich hab mich so angestrengt, aber ich kann sie nicht ersetzen.«

Thea horchte auf. »Sie meinen, Ihr Vater …?«

»Nein!« Nina sah erschrocken auf. »Nicht das, was Sie denken. Mein Vater fasst mich nicht an. So was würde er nie tun.« Sie sah aus dem Fenster. »Es ist nur … Ich hab noch ein eigenes Leben. Wie sieht das denn aus, wenn ich hierbleibe, so wie Papa das möchte? Ich heirate irgendeinen Bauern aus diesem Kaff, der steht dann Tag für Tag hinter der Theke und zapft Bier, während ich bis an mein Lebensende schlecht gelaunte Rentner bediene.«

Wie bestellt riss jemand die Tür auf. »Hier sind Sie! Kommen unsere Getränke noch, oder müssen die aus Timbuktu eingeflogen werden?«, rief ein grauhaariger Mann ungehalten.

»Nun mal schön mit der Ruhe«, wehrte Thea den Gast ab, »Sie sehen doch, dass es ihr nicht gut geht.«

Er schnaubte verächtlich. »Wir haben damals das ganze

Wochenende bis zum Umfallen gekellnert, damit wir unsere Häuser abbezahlen konnten. Wenn da einer geflennt hat, ist er geflogen!«

»Scheint Ihnen nicht gutgetan zu haben«, sagte Thea trocken.

Der Mann schnappte nach Luft. »Das wird … Ich werde mich …« Er brachte kein weiteres Wort hervor.

Nina stand vom Tisch auf, wischte sich die Tränen ab und ging hinter die Theke. »Geht schon wieder. Tut mir leid. Was wollten Sie noch mal?«

»Bier und Weißwein. Lieblich.«

»Kommt sofort. Tut mir wirklich leid.«

Nina goss den Wein ein, und Thea erhob sich ebenfalls.

»Können Sie für heute nicht einfach schließen?«

Nina schüttelte den Kopf. »Und was mache ich mit den Büfettgästen? Gleich kommt noch ein Bus. Wenn ich die alle rausschmeiße, sagen die das ihrem Reiseveranstalter, und dann können wir hier gleich dichtmachen. So was spricht sich rum. Schlimm genug, dass der wilde Willi nicht auftritt.« Sie schnäuzte sich in ein Taschentuch. »Ich weiß gar nicht, wie ich das alles allein schaffen soll. Sind ja nur noch der Koch und das Mädchen aus der Küche da.«

Thea überlegte. »Ich hätte da eventuell eine Idee«, sagte sie, »ich bin gleich wieder da.« Sie eilte in den Clubraum, wo die Flintenweiber das Wildbüfett genossen.

»Thea! Endlich. Bringst du die Getränke mit?«, wurde sie von Gisela begrüßt. »Wir sitzen hier seit einer halben Stunde auf dem Trockenen.«

Thea setzte sich und erklärte den Frauen die Situation.

»Und was ist mit Wilma?«, fragte Beate. »Die wollten wir doch besuchen gehen.«

»Ich werde sie von euch grüßen. Sie wird es verstehen.«

Einige der Frauen standen auf. »Wenn das so ist. Wir werden den Laden schon schaukeln. Wozu sind wir Landfrauen?«

»Na dann«, rief Gisela und krempelte die Ärmel ihrer Bluse hoch. »Ran an die Arbeit, Mädels!«

Thea wusste, sie musste sich um Nina bis auf Weiteres keine Sorgen machen. Sie konnte beruhigt zu Wilma ins Krankenhaus fahren. Sie hatte einige Dinge mit ihr zu besprechen.

Ihr fiel ein, dass sie die Frau vom Kegelverein noch nicht angerufen hatte, das wollte sie erledigen, bevor sie sich auf den Weg zu Wilma machte. Sie nestelte den Zettel mit der Nummer aus der Hosentasche und ging zurück in Kieskes verwaistes Büro. Der Waffenschrank stand offen. Thea warf einen Blick hinein. Er war leer, bis auf eine angebrochene Patronenschachtel in der hintersten Ecke. Thea nahm sie heraus. Es handelte sich um großkalibrige Munition, offenbar für die Baikal. Eine Patrone fehlte.

Nachdenklich ging Thea zum Schreibtisch von Kieske, nahm den Hörer ab und wählte die Nummer der Kegelschwester. Es klingelte lange. Kurz bevor sie auflegen wollte, nahm jemand ab.

»Kühne?«

»Heidrun Kühne?«

»Ja.«

»Mein Name ist Thea Thading, ich bin Ermittlerin. Sie waren doch vorgestern mit dem Kegelclub im ›Wilden Eber‹, oder?«

»Ja, das stimmt.«

»Ich suche eine Frau aus Ihrer Gesellschaft, die an dem Abend draußen eine Verdauungszigarette geraucht hat.«

Die Frau überlegte kurz. »Das könnte ich gewesen sein«, sagte sie schließlich.

»Dann haben wir miteinander gesprochen«, sagte Thea, »ich habe jemanden gesucht.«

Die Frau am anderen Ende gab einen überraschten Laut von sich. »Ja, natürlich. Ich erinnere mich. Ihre Freundin, die später angeschossen im Maisfeld gefunden wurde, oder? War ja echt was los da. So mit Krankenwagen und Polizei und allem Drum und Dran. Im Radio haben sie auch davon berichtet.«

»Genau deswegen rufe ich an. Ich hab nämlich eine Frage.«

»Sind Sie von der Polizei? Also, ich komm gern vorbei und mache eine Aussage. Ich guck ja immer ›Tatort‹ und …«

»Nein, nein, das müssen Sie nicht«, beeilte sich Thea zu sagen, und die Frau blies enttäuscht die Luft aus. »Noch nicht«, fügte Thea hinzu, »aber vielleicht kommt die Polizei auf Sie zurück. Ich will fürs Erste nur wissen, ob Sie draußen Schüsse gehört haben.«

»Schüsse? Ja klar. Es war doch Jagd.«

»Ich meine später. Als es schon dunkel wurde. Sie waren doch mehrmals draußen.«

»Hmm…« Die Frau dachte nach. »Also, da war was. Aber das war sehr viel später.«

»Was denn?«

»Ein lauter Knall. Ganz in der Nähe vom Wirtshaus.«

»Wie spät war es da?«

»Tja, ich weiß nicht. Es muss so gegen elf gewesen sein. Auf die Minute kann ich das nicht sagen.«

»Was war das für ein Knall?«

»Keine Ahnung. Könnte ein Schuss gewesen sein, aber die Jagd war ja lange vorbei.« Sie dachte nach. Dann sagte sie: »Also, für mich klang das wie ein Schuss. Aber ich bin kein Jäger.«

»Gut. Können Sie sich erinnern, aus welcher Richtung der Schuss kam?«

»Es hörte sich ziemlich nah an.«

»Hinter dem Gasthaus?«

»Ja. Das könnte hinkommen.«

»Danke, Frau Kühne. Sie haben mir sehr geholfen.«

»Bitte, gern. Wie gesagt, Sie dürfen mich auch gern vorladen.«

Thea spürte ihre Beine kaum noch, als sie sich auf den Weg ins Krankenhaus machte, sie waren schwer wie Blei. Irgendwo hatte sie gelesen, dass zu viel Sport nicht gesund war.

Auf halber Strecke machte sie schlapp. Sie stieg vom Rad, um ein wenig zu verschnaufen. Die Knie zitterten, und sie hatte Heißhunger auf etwas Süßes. Thea sah sich um. Sie befand sich am Stadtrand mitten im Gewerbegebiet, hier gab es nichts. Musikfetzen wehten vom Möbelmarkt zu ihr herüber. Jemand brabbelte in ein Mikro. Thea setzte sich hoffnungsvoll wieder in Bewegung. Wo Hüpfburgen standen, gab es mit Sicherheit Pommesbuden und Süßkram für die Kleinen, damit sie nicht quengelten, wenn Mama und Papa sich stundenlang Wohnlandschaften anschauten.

Als sie sich durch die Masse von Bude zu Bude drängelte, musste sie feststellen, dass sowohl die Pommes als auch die gebackenen Champignons völlig überteuert waren. Thea überlegte kurz, ob sie zur Bank gegenüber gehen sollte. Die hatten immer Bonbons auf dem Tresen stehen, von denen man sich nehmen konnte, aber dann fiel ihr ein, dass die Bank am Samstag geschlossen hatte.

Sie sah sich suchend um. Die Stimmung unter den Besuchern war angespannt. Kein Wunder, bei der aufpeitschenden Musik, die ohne Pause über den Platz wummerte, bekam auch Thea schlechte Laune. Außerdem würde sie gleich umkippen, wenn sie nicht bald etwas zu essen bekam.

Sie entdeckte in der Menge einen Clown, der Tütchen mit Gummibärchen an Kinder verteilte. Thea lehnte ihr Rad an eine Bude und eilte zu ihm. Er war umringt von überdrehten Quälgeistern, die von Mama und Papa vorgeschoben wurden. Thea drängelte sich dazwischen.

»He! Das geht aber nicht«, schimpfte eine Mutter. »Timo, die Tante da ist nicht dran. Geh zu dem netten Clown!«

»Du bist der Nächste. Nun mach schon!«, stachelte ein Vater seinen erschrockenen Sohn an.

Thea ignorierte die Proteste, denn vor ihren Augen tanzten Sterne. »Bitte«, flehte sie, »das ist ein Notfall.«

»Das ist nur für Kinder.«

Der Clown machte Anstalten, sich abzuwenden, da kniete Thea sich vor ihn hin und flehte: »Für meine Nichte. Und für meinen Neffen. Die haben furchtbar strenge Eltern. Die dürfen nichts Süßes. Bitte!«

Die Kinder starrten Thea mitleidig an. Ein Mädchen gab ihr ihre drei Tütchen. Zwei andere folgten ihrem Beispiel. Schließlich legte der Clown noch eine Handvoll obendrauf.

»Danke«, hauchte Thea und blinzelte Tränen der Rührung

weg. »Danke vielmals!« Erschöpft zog sie sich in eine Ecke zurück und stopfte die Gummibärchen in sich hinein. Zwei Tütchen behielt sie als eiserne Reserve zurück. Dann machte sie sich wieder auf den Weg.

Wolken hatten sich vor die Sonne geschoben, und ein frischer Wind kam auf. Warum kam der eigentlich immer von vorn? Sie war froh, als das Krankenhaus endlich in Sicht kam. Sie schloss ihr Fahrrad an einen Ständer, eilte in das Foyer und fuhr mit dem Fahrstuhl in den zweiten Stock. Endlich stand sie vor Wilmas Zimmer. Eine genervte Krankenschwester kam ihr entgegen. Sie sah Thea, hielt kurz inne, als wenn sie ihr etwas sagen wollte, winkte dann aber ab und eilte weiter.

Nichts Gutes ahnend, klopfte Thea.

»Herein!«

Sie öffnete vorsichtig die Tür und trat ein. Wilma thronte im Schneidersitz auf der Matratze, das Nachbarbett war leer. Auf ihrem Schoß lag ein Notizblock, und sie hatte sich das Handy zwischen Ohr und Schulterbandage geklemmt. Mit der linken Hand versuchte sie, sich Notizen zu machen. »Ich bin auch von der Polizei, Himmel, Arsch und Zwirn!«, brüllte sie gerade in das Handy.

Thea trat ans Bett und legte eine Tüte Gummibärchen auf die Decke.

Wilma sah auf und lächelte angestrengt. »Thea, dich schickt der Himmel«, murmelte sie. »Ich muss nur mal kurz hier …« Sie horchte wieder in das Handy. »Ach, hör mir auf mit Vorschriften. Ich brauch doch nur ein paar Informationen, Fritzi! … Ich soll morgen wieder anrufen? … Ja, du mich auch!« Wilma ließ das Handy auf die Bettdecke fallen. Sie griff nach der Gummibärchentüte, riss sie mit den Zähnen auf und schüttete sich den Inhalt in den Mund.

»Wer war das?«, fragte Thea.

»Fritz Ballin aus der Rechtsmedizin. Er weigert sich, mir die Ergebnisse mitzuteilen. Weil ich nicht die ermittelnde Beamtin bin.«

Thea seufzte. »Huntemann hat ihn bestimmt geimpft.«

Wilma schluckte die Gummibärchen hinunter. »Und so was ist ein Kollege. Eines ist ihm aber trotzdem rausgerutscht.«

Thea hörte nur mit halbem Ohr zu. Sie war erschöpft und setzte sich auf das leere Nachbarbett, das jetzt mit einer Plastikfolie abgedeckt war. »Hast du deine Zimmernachbarin ermordet?«

»Die wurde entlassen. Willst du gar nicht wissen, was ich dem eisernen Fritzi entlockt habe?«, fragte Wilma enttäuscht.

»Doch, doch. Sag schon.«

Wilma grinste. »Auf Kubelka wurde mit zwei verschiedenen Waffen geschossen.« Sie sah auf ihr Gekritzel. »Er wurde am Bein verletzt, und zwar mit dem gleichen Kleinkalibertyp wie ich. 4,5 mm. Typische Munition für den Sportschützen am Schießstand.«

»Moment mal«, unterbrach Thea, »nur, damit ich das richtig verstehe: Du und Kubelka, ihr seid beide mit so einer Schützenvereinsknarre angeschossen worden, und zwar mit ein und derselben?«

»Ob es dieselbe war, weiß ich nicht. Aber es war das gleiche Kaliber. Und jetzt kommt's: Der tödliche Schuss wurde von einer großkalibrigen Jagdwaffe abgegeben. Damit macht man Wildschweine kalt.«

»Aha. Also zwei Waffen. Das wusste ich schon.«

»Und warum telefoniere ich mir hier die Finger für dich wund?«

»Mich würde interessieren, wann die Schüsse abgegeben wurden. Kannst du das nicht rauskriegen?«

»Ich versuch's«, knurrte Wilma.

»Übrigens, Willi Kieske wurde heute festgenommen«, sagte Thea. »Er hat zugegeben, dass er aus Versehen auf dich geschossen hat.«

»Aus Versehen? Wie geht das denn?«

»Er hat einfach ins Feld gehalten, und du standst im Weg. So einfach ist das.«

»Und warum ballert der in der Gegend rum?«

»Es hat ihn wohl sehr frustriert, dass die Jäger ohne ihn losgezogen sind. Er darf ja nicht mehr.«

»Ach so. Und da dachte er, wenn ich schon kein Wildschwein abknallen darf, nehme ich eine von den Flintenweibern, das fällt nicht so auf?«

»Ja, so in der Art.«

»Danke für dein Mitgefühl«, knurrte Wilma wütend. »Ich dachte, du bist meine Freundin!«

Eine Weile sagte keine von ihnen ein Wort. Dann seufzte Wilma tief. »Ich meine, in einem hat er ja recht. Wer während einer Treibjagd im Mais spazieren geht, muss mit so was rechnen. Gibt es sonst noch was Neues?«

Thea nickte erleichtert. »Ja, gibt es. Kieske bestreitet, dass er Kubelka erschossen hat, obwohl er gesteht, die Baikal abgefeuert zu haben. Angeblich in die Luft. Die Patronenhülse hat er im Klo runtergespült.«

»Reizende Geschichte.«

»Das hab ich auch gedacht.« Thea stand vom Bett auf und ging zum Fenster. »Aber irgendwas ist faul an der Sache.«

Wilma stöhnte auf und ließ sich in die Kissen fallen. »Ich wusste, dass du dich nicht damit zufriedengibst.«

Thea drehte sich wieder zu ihr um. »Ich war heute Vormittag im ›Eber‹, um mich ein bisschen umzuhören. Da tauchte Huntemann auf, übrigens mit deinen Schützenfrauen im Schlepptau.«

»Ich weiß. Der Waldspaziergang.« Wilma ließ sichtbar die Kiefergelenke mahlen. »Hat er sie schon alle rumgekriegt? Hier hat sich bisher keine blicken lassen.«

»Das ist meine Schuld«, sagte Thea, »ich hab sie gebeten, Nina, der Wirtstochter, ein bisschen unter die Arme zu greifen, wo doch ihr Vater im Gefängnis ist. Fürs Erste.«

»Ach so.« Wilmas Gesicht entspannte sich. Sie sah aus dem Fenster. Draußen neigte sich ein weiterer grauer Novembertag dem Ende zu.

»Und was ist mit Kubelkas Kundenliste? Bist du da weitergekommen?«, fragte Thea.

Wilma schüttelte den Kopf. »Fehlanzeige. Kleine Würstchen

und ein Rentner mit Arthrose, der auf die schmerzstillende Wirkung von Cannabis schwört. Und was ist mit deinen Ermittlungen?«

»Nina hat zugegeben, dass sie Stoff von Kubelka bezogen hat, mehr war nicht aus ihr rauszubekommen. Sie hat mit seinem Tod nichts zu tun, glaube ich.« Thea überkam plötzlich ein starkes Gefühl von Hilflosigkeit. »Ich denke, Kieske hat Kubelka nicht erschossen. Er hat ein bisschen rumgeballert, gut, aber ein Mord? Nein, das ist wohl doch nicht seine Kragenweite.«

Wilma schnaubte. »Typisch Thading! Da droht ein Fall gelöst zu werden, und sie fängt an, alles anzuzweifeln. Was verunsichert dich so? Die Stimmen der Protagonisten? Hört sich von den Verdächtigen keiner an wie ein Mörder?«

Thea nickte unglücklich. »So in etwa.«

»Warum bist du eigentlich nicht Polizeipsychologin geworden?«, fragte Wilma.

Thea antwortete nicht. Sie hatte es tatsächlich eine Zeit lang in Erwägung gezogen. Ja, warum hatte sie diese Richtung nicht eingeschlagen? Weil mein Vater es albern gefunden hätte, dachte Thea und wunderte sich über diese späte Erkenntnis. Er war lange tot, spukte aber immer noch in ihrem Leben herum.

»He!«, rief Wilma und schnippte mit dem Finger vor ihrem Gesicht.

Thea schreckte auf. »Entschuldige, ich …«, stammelte sie, »also, ich war nur in Gedanken.«

»Was stimmt denn nicht mit Kieskes Stimme? Hat er geröhrt wie ein Hirsch?«

»Nein. Er wirkte nur so völlig überrumpelt.«

»Toller Beweis.«

Thea ließ den Kopf hängen, und Wilma schwang die Beine aus dem Bett. Sie schlüpfte in ihre Hausschuhe und zog den Bademantel über, so gut es mit der verletzten Schulter ging. »Komm!«, sagte sie und packte Thea am Ärmel. »Ich muss mir die Beine vertreten, sonst werde ich hier noch wahnsinnig.«

Kurze Zeit später saßen sie in der Cafeteria vor Kaffee und Muffins.

»Ich habe übrigens mit der Vorsitzenden von diesem Ganderkeseer Kegelverein gesprochen. Heidrun Kühne«, sagte Thea mit vollem Mund. »Die hab ich vorgestern Abend vor dem ›Eber‹ getroffen, als ich dich gesucht habe. Sie hat da geraucht.«

»Und?«

»Sie hat spät am Abend, so gegen elf, einen lauten Knall gehört. Wie ein Schuss. Sie sagte, es könnte hinter dem Gasthaus gewesen sein. Das würde Kieskes Aussage stützen.«

Wilma schüttelte den Kopf. »Warum hat der Idiot nur die Patronenhülse weggeschmissen?«

»Was hältst du von der Idee, dass sich jemand anderes die Baikal genommen hat, um Kubelka zu erledigen? Das Büro war offen.«

»Und der Waffenschrank war nicht abgeschlossen?«

»Doch, ich glaube, der war zu. Aber vielleicht hat jemand einen Schlüssel. Oder weiß, wo er sich befindet?«

»Womit wir wieder bei Nina Kieske wären. Wir drehen uns im Kreis.«

Thea nickte und knabberte an ihrem Muffin. Sie mochte Nina und wünschte der jungen Frau, dass sie den Absprung in ein eigenes Leben schaffte. Bevor Thea noch weiter darüber nachdenken konnte, stürmte ein Pulk Frauen in die Cafeteria.

»Da sitzt sie in aller Seelenruhe hier rum!«, frotzelte Gisela und stemmte in gespielter Empörung die Fäuste in die Hüfte. »Und wir schmeißen mal eben das Mittagsgeschäft im ›Wilden Eber‹.«

Wilma grinste über das ganze Gesicht. »Unkraut vergeht nicht. Holt euch Stühle! Ich schmeiß 'ne Runde Muffins auf den Schreck. Das ist das Einzige, was man hier genießen kann.«

Lärmend und unter den skeptischen Blicken der Cafeteriakräfte wurden Tische zusammengeschoben und Stühle hinzugestellt.

Thea erhob sich. »Ich geh dann mal.« Die Flintenweiber und Wilma protestierten laut, aber sie hob entschuldigend die Hände. »Tut mir leid, Ladys, aber ich habe gerade zwei Fälle an der Backe, von denen ich heute noch einen lösen muss, sonst bleibt mein Kühlschrank leer.«

13

Als Thea aus dem Krankenhaus trat, hatte es sich deutlich abgekühlt. Es regnete und erste Schneeflocken mischten sich unter die Tropfen. Thea sah auf die Uhr. Es war erst kurz nach vier, aber die Straßenlaternen brannten bereits. Das Jahr näherte sich dem Ende. In einigen Läden hing schon Weihnachtsdekoration, in manchen sangen bereits Kinderchöre Weihnachtslieder vom Band.

Thea wickelte den Schal um Kopf und Hals und schwang sich auf das Rad. Schon nach hundert Metern biss ihr die Kälte in die Finger. Sie hatte keine Handschuhe mitgenommen, denn als sie am Vormittag losgefahren war, hatte das Thermometer Plusgrade verkündet. Thea zog sich die Jackenärmel über die Hände und überlegte kurz, ob sie mit dem Bus fahren sollte, das Fahrrad könnte sie mitnehmen. Allerdings war die Gebühr für Schwarzfahren gerade auf sechzig Euro hochgesetzt worden. Sie verwarf den Gedanken und fuhr weiter.

Als sie bei sich zu Hause ankam, hatte sie keine Hände mehr. Die Finger waren so taub, dass sie kaum den Haustürschlüssel halten konnte. So hatte sie eine ganze Weile vor dem Eingang gestanden und mit dem Schlüssel im Schloss herumgestochert, als sie jemand von hinten ansprach: »Kann man einer Dame helfen?«

Thea ließ vor Schreck den Schlüssel fallen und schoss herum. Da stand Sielmann, einen Cowboyhut auf dem Kopf und eine dicke Schaffellweste um die Schultern gelegt.

»Musst du dich immer so anschleichen? Ich bin doch kein feindlicher Indianer!«

»Nein. Du bist eine Squaw.«

»Eine Squaw *ist* ein Indianer. Nur eben weiblich. Hab ich von Karl May gelernt.«

»Wer war das noch mal?«

Thea lachte verblüfft auf. »Du willst mich verarschen. Du weißt nicht, wer Karl May ist? Winnetou? Old Shatterhand?«

»Da klingelt was bei mir.«

»Du hast das nie gelesen? Als Kind unter der Bettdecke?«

»Ach, das sind Bücher?« Sielmann verzog verächtlich das Gesicht. »Ich lese doch keine Bücher. Höchstens mal 'n Comic, wenn mir ganz langweilig ist.«

Thea seufzte. »Klingt nach einem ausgefüllten Leben. Wenn du heute noch was Nützliches tun willst, dann such meinen Schlüssel.«

Sielmann bückte sich tatsächlich und harkte mit den Fingern die dünne Schneedecke, die mittlerweile den Rasen bedeckte, während Thea den Boden mit den Augen absuchte. Sie war die Erste, die den Bund entdeckte.

Sielmann griff danach und richtete sich wieder auf. »Darf ich?« Ohne eine Antwort abzuwarten, schloss er die Tür auf und betrat vor Thea die Hütte. Breitbeinig und mit verschränkten Armen blieb er in der Mitte des Raumes stehen und rieb sich die Hände. »Das ist ja wieder schön mollig bei dir.«

Sie schloss die Tür hinter sich. Sielmann hatte recht, es war immer noch angenehm warm in ihrer Hütte. Thea legte ein Scheit Holz nach. Sielmann sah ihr dabei zu und rieb die Hände über der Ofenplatte.

»Funktioniert deine Heizung nicht?«, fragte Thea genervt. Sie wartete darauf, dass Sielmann endlich ging, aber der machte keine Anstalten.

»Gas ist alle«, sagte er.

»Tja, dann musst du dich heute Nacht wohl warm anziehen.«

Thea zog Jacke und Schuhe aus. Ihre Zehen waren mindestens ebenso taub wie ihre Finger. Erst langsam kehrte das Gefühl zurück. Sie wandte sich schweigend ab und knetete ihre Hände. Irgendwann würde Sielmann doch merken, dass sie allein sein wollte. Als er es sich in ihrem Sessel bequem machte und seine Cowboystiefel abstreifte, wurde ihr klar, dass er vorhatte, länger zu bleiben. Er streckte sich genüsslich. Sein linker Socken hatte am großen Zeh ein beachtliches Loch.

»Was soll das werden, Bernd? Willst du hier einziehen?«, fuhr Thea ihn an.

Sielmann grinste. »Ich will mich nur ein bisschen aufwärmen. Das kannst du deinem Nachbarn doch nicht verwehren, oder?«

»Und wenn dir warm ist? Was machst du dann?«, fragte sie misstrauisch.

»Dann …« Sielmann nahm den Hut ab und warf ihn in eine Ecke. Er blickte zu Thea auf. »Kann ich nicht einfach bei dir übernachten? Nur dieses eine Mal? Es ist wirklich arschkalt bei mir.«

Thea verschlug es fast die Sprache. »Übernachten? Du? Bei *mir*?«

»Ich brauch nur ein Eckchen für meine Isomatte. Nur heute Nacht. Bitte. Morgen besorg ich mir eine neue Gasflasche und bin wieder verschwunden.«

»Warum erledigst du das nicht gleich?«

»Zu Fuß?«

»Ich leih dir meine Schubkarre.«

»Thea! Der nächste Baumarkt ist drei Kilometer entfernt, und es schneit.«

»Dann nimm mein Fahrrad.«

Sielmann verdrehte die Augen. »Der alte Drahtesel? Der bricht zusammen, sobald ich scharf hinsehe.«

»Im Gegensatz zu deinem Auto funktioniert er. Bis auf das Licht.«

»Eben. Wenn die mich ohne Licht erwischen, wird das teuer.« Sielmann gähnte. »Morgen bringt mein Bruder den Wagen, dann mach ich mich auf den Weg zum Baumarkt.«

»Aber du kannst hier nicht schlafen.«

»Thea! Ich verspreche, ich bin ganz artig.«

»Nein!«

Sielmann tat so, als hätte er ihren Protest nicht gehört. Er ließ den Blick durch die Hütte schweifen. Beim Anblick der friesischen Hummel weiteten sich seine Augen. »Was ist das denn?«, fragte er, und endlich kam er aus dem Sessel hoch. Er griff nach dem Instrument und besah es sich von allen Seiten. »Ich glaub's nicht. Eine echte Hummel! Kannst du die spielen?«

»Nein. Du etwa?«, fragte Thea völlig perplex.

»Klar. Mein Opa war waschechter Friese. Der hatte auch so ein Ding. Er hat mir ein paar Griffe beigebracht.« Sielmann setzte sich wieder und legte sich die Hummel auf den Schoß. Dann zupfte er an den Saiten und verzog das Gesicht. »Die ist ja völlig verstimmt.« Er drehte ein paar Minuten an den Wirbeln, und schließlich klang die Hummel wieder.

Sielmann spielte eine einfache Melodie, und Thea lief ein kalter Schauer den Rücken hinunter. Sie musste sofort an den Windmann denken, an Spiekeroog und an den letzten Sommer auf der Insel, der so wunderbar und so schrecklich zugleich gewesen war. Erschüttert setzte sie sich an den Tisch und ließ den Kopf neben die Tastatur ihres Computers sinken. Sie fühlte sich plötzlich unglaublich müde. Sielmann achtete nicht darauf. Er zupfte an den Saiten und brachte einige holprige Melodien zustande. Von draußen rüttelte eine Böe an den Fensterläden, und mit viel gutem Willen konnte man das permanente Brummen der Autobahn für Meeresrauschen halten.

»Windmann«, flüsterte Thea, und eine große Trauer überkam sie.

Jemand rüttelte sie an der Schulter. Sie öffnete die Augen. Wie lange hatte sie hier am Küchentisch gesessen und zugehört? Sie wusste es nicht. Jetzt stand Sielmann da, die Hummel in der Hand, und sah besorgt zu ihr hinunter. »Geht's dir nicht gut?«

Thea hob den Kopf. Ihre Wangen waren feucht. Sie zog die Nase hoch und wischte sich mit dem Handrücken darüber. »Alles okay«, schniefte sie, »bin ein bisschen erkältet. Spiel doch weiter.«

»Mehr kann ich aber nicht.«

»Dann spielst du es eben noch mal von vorn, wenn du schon hier schlafen willst«, fuhr Thea ihn an.

Sielmann trat erschrocken einen Schritt zurück. »Ja, schon gut.« Er setzte sich wieder in den Sessel und musterte Thea. »Wusste nicht, dass du eine Musikliebhaberin bist.«

»Quatsch keine Opern, spiel!«

Sielmann schüttelte etwas ratlos den Kopf. Eine Weile zupfte er ziellos an den Saiten, dann schälte sich zaghaft eine Melodie heraus. »Es war ein König von Thule«. Sie summte leise mit. Das Lied kannte sie noch aus der Schule. Sielmann verspielte sich andauernd, aber er hätte auch Tonleitern zupfen können, Hauptsache, er hörte nicht auf. Thea schob die Tastatur beiseite und bettete ihren Kopf auf den Armen. Dann schloss sie die Augen und sah die Insel vor sich. Sie hörte das Meer rauschen und das Geschrei der Möwen. Sie sah den Windmann, wie er auf der Düne saß.

Die Musik brach wieder ab. Thea sah auf. Sielmann schüttelte seine Hände und schob sich die Finger der Zupfhand in den Mund.

»Warum spielst du nicht weiter?«, fragte sie.

»Meine Finger sind wund, mehr geht nicht«, nuschelte er und legte die Hummel vorsichtig neben den Sessel auf den Boden. »Hast du vielleicht ein Häppchen zum Abendbrot?«

Die Frage riss Thea endgültig aus ihren Träumen. »Ach! Der Herr möchte auch noch Vollpension?«

»Wenn's geht?«

»Ich hab Toastbrot und Margarine. Eier sind alle.«

»Das ist alles?«, fragte er entsetzt.

Thea stand langsam auf, streckte sich und ging zu ihrem Vorratsschrank, um ihn zu öffnen. Sie nahm das angebrochene Brot samt Margarine heraus und stellte es auf die Ablage neben den Wasserkocher. Dann verschwand sie noch einmal mit dem Kopf im Schrank, um gleich darauf mit einem Glas Senf wieder hervorzukommen. Sie betrachtete es. »Stimmt, den habe ich auch noch«, sagte sie und stellte das Glas neben die Margarine.

Sielmann warf einen skeptischen Blick auf die mageren Essensvorräte, und Thea hoffte, dass sie ihn damit doch noch abgeschreckt hatte. Stattdessen schlug er vor: »Ich hab drüben drei Eier und ein paar Scheiben Käse. Ich geh das schnell holen. Damit mach ich uns zwei schöne Toasts, und danach zeigst du mir, wo ich schlafen kann.«

Bevor Thea protestieren konnte, war Sielmann verschwunden. Sie nutzte die Gelegenheit und ließ sich in den Sessel fallen, nahm die Hummel auf und legte sie auf ihren Schoß. Vielleicht sollte sie sich von Sielmann ein oder zwei kleine Melodien beibringen lassen. Sie zupfte ein wenig an den Saiten. Jetzt, wo das Instrument gestimmt war, klang es sogar schön. Sie versuchte eine Melodie, aber es klappte nicht. Dennoch war sie vertieft in ihr Spiel, als die Tür gegen die Wand krachte. Thea fuhr hoch und hätte fast die Hummel fallen lassen. »Verdammt, Bernd! Musst du mich ständig so erschrecken?«

»Ich wollte das nicht«, entschuldigte sich Sielmann. »Ich hab beide Hände voll, da ist mir die Tür einfach weggerutscht.«

Sielmann schleppte unter dem einen Arm Isomatte und Schlafsack, in der anderen Hand eine leidlich gefüllte Plastiktüte. »Wo darf ich mein Lager aufschlagen?«, fragte er munter.

Thea deutete missmutig in eine Ecke neben der Kochnische. Das war am weitesten entfernt von ihrem Bett. Sielmann ließ seine Schlafutensilien fallen und schob sie mit dem Fuß an die Wand. Dann stellte er die Tüte in die Spüle. Er holte eine Eierpappe und eine angebrochene Packung Käse heraus. »Na, dann wollen wir mal loslegen, oder?«

Eine Viertelstunde später saßen Thea und Sielmann am Tisch. Den Computer hatten sie auf den Boden gestellt, damit sie Platz für ihre Teller hatten. Thea musste anerkennen, dass Sielmanns Toasts köstlich schmeckten und dass sich mit jedem Bissen ihre Laune hob. Vielleicht ist es ja gar nicht so schlimm, wenn er hier übernachtet, dachte sie und erschrak gleich darauf über diese gedankliche Entgleisung.

Andererseits wäre es eine gute Gelegenheit, ihm auf den Zahn zu fühlen, schließlich hatte er Kubelka gut gekannt. Vielleicht konnte Sielmann ihr sogar weiterhelfen, wenn er schon mal hier war? Außerdem hatte er zum Kundenkreis des Platzwarts gehört, und er kannte Nina Kieske. Allerdings hatte Thea auch nicht vergessen, dass er sie gestern ziemlich grob angefasst hatte. Sie musterte Sielmann verstohlen. Wollte er am Ende etwas von ihr? Sie schauderte. Lang und klapperdürr, mit einem Hühnerhals und einer Nase wie ein Hahnenschnabel, war er so ganz und gar nicht ihr Typ, außerdem war er ein Angeber. Aber sie brauchte Informationen, und die konnte er ihr vielleicht geben. Also beschloss sie, ein bisschen netter zu sein. Bei einem entspannten Abendessen hatten schon ganz andere angefangen, aus dem Nähkästchen zu plaudern.

»Lust auf ein Glas Wein?«, fragte sie fröhlich.

Sielmann hörte auf zu kauen und verzog seinen Mund zu einem Lächeln. »Ah, jetzt werden die Schätze aus dem Keller geholt, was?«

Thea erhob sich, ging zum Vorratsschrank und nahm einen Tetrapak Tafelwein heraus. Sie öffnete ihn, goss zwei ausrangierte Senfgläser voll und trug sie an den Tisch.

Sielmann bekam leuchtende Augen und griff nach dem Glas, um Thea zuzuprosten. Sie trank, aber Sielmann tat so, als kostete er den Wein und rollte ihn zwischen den Zähnen hin und her.

»Gar nicht mal so schlecht, das Gesöff. Auch wenn's kein Chateau Dingsda ist.«

»Freut mich, dass er dir schmeckt. Dein Toast ist übrigens auch nicht übel. Wo hast du das gelernt?«

»Bei Muttern.«

Sie stopfte sich die letzten Bissen in den Mund, obwohl sie längst satt war. Sielmann trank sein Glas in einem Zug leer, und Thea goss nach. Eine Weile sagte niemand ein Wort. Als sich Sielmann genüsslich zurücklehnte, beschloss Thea, dass es Zeit war, zur Sache zu kommen.

»Sag mal, Bernd, nimmt dich Kubelkas Tod eigentlich sehr mit?«

Er blickte auf. Mit der Frage hatte er nicht gerechnet, das sah sie ihm an. Sielmann räusperte sich und blickte zur Seite. »Klar nimmt mich das mit.« Er klang heiser.

»Wie gut kennst du Nina Kieske?«

»Nina?« Sielmann zeichnete mit der Gabel Muster in die öligen Reste auf seinem Teller. »Gibst du eigentlich niemals Ruhe?«

»Ich frag doch nur.« Thea versuchte, möglichst arglos zu lächeln.

Sielmann blieb dennoch misstrauisch. »Ich kenne Nina nur flüchtig. Wie man eben jemanden kennt, der einem das Bier zapft. Ich hab gehört, der Fall ist geklärt und ihr Vater sitzt im Knast?«

»In U-Haft. Er ist noch nicht verurteilt.«

»Aber alles spricht gegen ihn, oder? Die Waffe und –«

»Woher weißt du das?«, unterbrach sie ihn.

Er lehnte sich zurück und schnippte einen Krümel von der Tischplatte. »Ach, das hab ich im Radio gehört.«

»Tatsächlich? Im Radio?«

»Na ja, die Leute reden ja auch so dies und das.« Seine Stimme klang angespannt.

»Was reden sie denn?«, hakte sie nach.

Sielmann blickte auf, und Thea bemerkte, dass ihre Fragen ihm nicht schmeckten. Er war wütend. »Ich hab gedacht, wir machen uns einen netten Abend, und jetzt nimmst du mich ins Verhör! Was soll das, Thea?« Sielmann schlug mit der flachen Hand auf den Tisch, und Thea wich zurück.

»Das … das ist so was wie eine Berufskrankheit, diese Fragerei«, Thea versuchte ein Lächeln, »nimm das nicht persönlich.«

Sie stellte erleichtert fest, dass Sielmann sich entspannte. Er trank Wein und blickte in die Ferne, als ob er mit den Gedanken abschweifte. Thea störte ihn nicht dabei.

»Ich war öfter im ›Wilden Eber‹. Mit Nina hab ich mich mal verabredet, aber die wollte nichts von mir wissen. Ist ja auch viel zu jung für mich. Obwohl, den Olaf, den mochte sie leiden.« Sielmann lachte, aber es klang bitter. »Was die an dem fand, ich weiß es nicht. Der war wirklich keine Schönheit. Sie war trotzdem ganz vernarrt in ihn. Kann man sich so was vorstellen?«

Thea konnte es nicht. Da Sielmann nun redete, hakte sie nach. »Wie fand Willi Kieske denn Ninas Schwäche für Kubelka? Der war bestimmt nicht gerade begeistert. Immerhin hat er seine Tochter mit Marihuana versorgt. Ebenso wie dich.«

Wenn Sielmann überrascht war, ließ er es sich nicht anmerken. Er blickte nur genervt zur Decke auf und trank dann den Rest Wein aus. Thea goss nach und wartete geduldig auf Antwort.

»Das haben wir doch schon alles durchgekaut. Willst du mich dafür anzeigen?«, fragte er.

»Nein. Aber wenn ich das richtig verstehe, dann habt ihr drei, also du, Nina und Kubelka, euch gut gekannt?«

»Na ja, schon ein bisschen.«

»Dann waren das sozusagen Drogendeals unter Freunden?«

Sielmann pickte mit dem Finger einen Fetzen Spiegelei von seinem Teller und leckte ihn ab. »Wenn du so willst, ja.«

»Und die anderen, die er beliefert hat? Waren das auch Freunde?«

»Keine Ahnung. Vielleicht.«

»Und wie lief das so ab mit euch dreien?«

»Thea! Ich dachte, wir machen uns einen netten Abend.«

»Also, ich finde unsere Plauderei sehr nett.«

Sielmann stand auf.

»Du gehst?«

Er warf einen Blick zum Fenster. Der Wind riss an den klapprigen Läden, und es zog kalt durch die Ritzen. Schneeregen klatschte gegen die Scheiben. Seufzend setzte er sich wieder hin. »Also gut. Olaf wollte mit Nina durchbrennen, wenn du es genau wissen willst. Deshalb haben wir uns manchmal im ›Eber‹ getroffen.«

»Direkt vor Kieskes Augen?«

»Nina hat ja nie freigehabt. Was sollten wir denn machen?«

»Wir?«

»Ich sollte den beiden helfen.«

»Ehrlich?« Sie lachte auf.

»Was ist daran so komisch?«

Thea hielt sich das seltsame Trio vor Augen: die junge, flippige Nina Kieske, der verkniffene Althippie Olaf Kubelka und mittendrin Little Joe. Der Club der einsamen Herzen.

»Du willst mir jetzt nicht ernsthaft weismachen, dass Kubelka und Nina Kieske ein Paar waren?«

»Wär das so schlimm?«

»Und Willi Kieske hat nichts gemerkt? Da bist du dir sicher?«

Er kniff die Augen zusammen. »Warum willst du das alles so genau wissen? Das gehört doch gar nicht zum Fall.«

»Wer weiß? Ich geh den Dingen eben gern auf den Grund.«

Sielmann stand wieder von seinem Stuhl auf und ging zum Fenster. Der norddeutsche November tat heute Abend sein Bestes, seinem gruseligen Ruf gerecht zu werden.

»Kieske hat geschäumt, als er Wind davon bekam«, sagte er, »wenn du mich fragst, die Polizei hat den Richtigen festgenommen. Kieske hat Olaf auf dem Gewissen. Der hatte so eine Wut. Ich hab Olaf noch gewarnt. Das geht nicht gut, das mit Nina, hab ich ihm gesagt. Dabei kannte der den Wirt. Eine Zeit lang hat er sogar hinter der Theke ausgeholfen.«

»Ich weiß. Aber ich hab auch gehört, der Wirt hat ihn rausgeschmissen, weil er geklaut hat.«

Sielmann lachte auf, kam zurück zum Tisch und goss sich den letzten Tropfen Tafelwein in sein Senfglas. »Das hat er doch nur behauptet, damit er ihn entlassen konnte, als er merkte, dass Olaf und Nina sich verstanden. Olaf war 'ne ehrliche Haut.«

Thea schnaubte. »Immerhin hat er gedealt.«

»Von irgendwas muss der Mensch leben, oder?«

»Er hatte einen Job, hier im Kleingartenverein.«

»Platzwart!« Sielmann spuckte das Wort aus. »Da zahl ich dich ja besser.«

Thea lag schon eine scharfe Antwort auf der Zunge, aber Sielmann deutete auf die leere Weinpackung und fragte: »Hast du noch was davon? Ist echt gut, das Zeugs.«

Sie schüttelte den Kopf, und Sielmann seufzte enttäuscht. »Olaf hat einfach Pech gehabt im Leben.« Seine Zunge war schon ein wenig schwer vom Wein, den er viel zu schnell getrunken hatte. »Ich vermisse ihn«, sagte er und fuhr sich über die Augen. »War 'n echter Freund. Der alte Kieske hat ihn auf dem Gewissen, ich sag's dir. Wollte verhindern, dass Nina abhaut. Die Polizei hat den Richtigen. Da bin ich mir ganz sicher.« Sielmann gähnte laut und streckte sich. »Mann, war das ein Tag. Ich glaub, ich leg mich jetzt hin.«

Er stemmte sich vom Stuhl hoch, stakste mit schweren Schritten zu seinem Schlafsack und begann, ihn auf der Isomatte auszubreiten. Als er es endlich geschafft hatte, legte er sich angezogen hinein. Er nestelte noch eine Weile am Reißverschluss herum, gab dann aber den Versuch auf, ihn zu schließen.

Fünf Minuten später schnarchte er.

14

Thea räumte den Tisch ab, wobei sie über Sielmann hinwegsteigen musste, um das Geschirr in die Spüle zu stellen, denn er hatte sich vor ihrer Küchenzeile der Länge nach ausgestreckt. Als sie fertig war, setzte sie sich auf ihr Bett. Was sollte sie mit dem Rest der Nacht anfangen? An Schlaf war nicht zu denken, denn Sielmann sägte keine fünf Meter von ihr entfernt den Stadtwald kurz und klein.

Niedergeschlagen hörte sie ihm eine Weile dabei zu. Wie war es dazu gekommen, dass sie zugestimmt und ihm erlaubt hatte, hier zu übernachten? Es fiel ihr wieder ein. Die Hummel war schuld. Sie erhob sich langsam. Bei dem Lärm, den Sielmann beim Schlafen veranstaltete, würde sie kein Auge zutun, obwohl ihr Körper nach Schlaf schrie. Also hob sie den Computer auf den Tisch und schaltete ihn ein. Sie schaute kurz auf Facebook vorbei. »Manolito gefällt deine Seite«, las sie in den Benachrichtigungen. Wer zum Teufel war Manolito? Das Foto zeigte einen Kerl mit Sonnenbrille und Bogart-Hut. Jetzt hatte sie schon drei Fans.

Im Mailpostfach sah es ähnlich trostlos aus. Der aktuelle Newsletter ihres Internetanbieters und eine Nachricht in schlecht geschriebenem Deutsch, sie habe in Nairobi viel Geld geerbt und man brauche ihre Bankdaten. Frustriert surfte sie noch ein wenig auf eBay herum und schaute sich die Angebote gebrauchter Schreibtische an. Dann fuhr sie den Computer wieder herunter und legte sich ins Bett, starrte an die Decke und lauschte Sielmanns Schnarchen. Irgendwann musste er doch mal damit aufhören … Aber er tat ihr den Gefallen nicht.

Nach einer Stunde, in der sie von Finger-in-die-Ohren-Stopfen bis Ignorieren alles versucht hatte, stand sie wieder auf und trat ans Fenster. Draußen bogen sich die Baumkronen, denn der Wind war zu einem Sturm angewachsen. Sielmanns Ponderosa stand einsam und verlassen im Schatten der einzigen Laterne am Weg. Thea wunderte sich, dass sie noch brannte. Mitternacht war also noch nicht vorbei. Vor ihr lagen genug Stunden, in denen sie schlafen könnte. Wenn Sielmann nur endlich Ruhe geben würde!

Plötzlich hatte Thea eine Idee. Seine Jacke hing über der Stuhllehne. Sie griff in die Taschen und fand den Schlüsselbund, schulterte ihre Decke, nahm die Taschenlampe in die Hand und verließ ihre Behausung. Sie lief zur Ponderosa hinüber. Der Wind zerrte an ihren Haaren, immerhin hatte der Schneeregen aufgehört. Thea steckte den erstbesten Schlüssel in das Schloss, von dem sie glaubte, er müsse passen. Treffer! Das Schloss ließ sich ohne Probleme öffnen. Sie warf einen kurzen Blick hinauf zum Hirschschädel, der sie von oben herab angrinste. Thea trat schnell ein und schloss die Tür hinter sich.

Hier war es still. Sie atmete auf. Das Erste, das sie wahrnahm, war ein leichter Geruch nach kaltem Zigarettenqualm. Sie hatte Sielmann nie rauchen sehen. Vielleicht tat er es nur hin und wieder. Oder nur dann, wenn er Gras hat, dachte sie. Thea steckte den Schlüssel von innen ins Schloss und verriegelte die Tür, knipste ihre Taschenlampe an und sah sich um. Ein Ordnungsfanatiker war ihr Nachbar nicht, das konnte man auf den ersten Blick erkennen. Und kalt war es tatsächlich. Es war sogar eisig.

Thea fand kein Bett, aber eine Art Schlaflager, wie man es aus Westernfilmen kannte. Auf zwei zusammengeschobenen Holzpaletten waren mehrere Lagen Felle undefinierbaren Ursprungs übereinandergeschichtet. Decken lagen auch herum. Überhaupt glich das Innere von Sielmanns Parzellenhäuschen einer Goldgräberhütte.

Thea breitete ihre eigene Decke auf dem Schlaflager aus und wickelte sich darin ein. Vor ihrem Mund bildeten sich Kondenswölkchen, aber das war jetzt egal. Es war himmlisch leise hier. Und das war die Hauptsache.

Sie erwachte von einem knirschenden Geräusch und öffnete die Augen. Um sie herum herrschte eine Finsternis, die sich fremd anfühlte. Einen quälenden Moment lang wusste sie nicht, wo sie war.

Das Geräusch wiederholte sich. Es klang bedrohlich und jagte ihr eisige Schauer über den Rücken. Dann wurde ihr klar, dass jemand versuchte, von außen das Türschloss zu öffnen. War es Sielmann, der nun doch in sein eigenes Bett wollte? Oder suchte er sie? Glücklicherweise hatte sie den Schlüssel von innen stecken lassen.

Thea tastete nach der Taschenlampe, fand sie aber nicht.

Die Klinke wurde heruntergedrückt.

Sie horchte angestrengt. Aus weiter Ferne, wie es schien, drang leises Schnarchen durch die Wände. Eine weitere Welle Gänsehaut rollte über Theas Rücken. Wer auch immer draußen vor der Tür stand, es war nicht ihr Nachbar.

Sie erhob sich leise von ihrem Schlaflager und fand endlich die Taschenlampe. Das massive Metall der Maglite wog schwer in ihrer Hand. Die Lampe ließ sich immerhin als Schlagstock gebrauchen, was Thea ein wenig beruhigte. Entschlossen umklammerte sie den Griff und schlich hinter die Tür. Nach jedem Schritt blieb sie stehen, denn die alten Holzbohlen knarrten leise unter ihren Füßen. Der Eindringling stocherte jedoch so laut im Türschloss herum, dass Thea hoffte, er würde sie nicht hören.

Die beiden Fenster der Hütte befanden sich links und rechts neben der Tür. Sie spähte durch die Scheiben, konnte allerdings nichts erkennen. Ihr Herz schlug schneller. Ihre Hände wurden feucht und die Knie weich, aber in ihrem Kopf breitete sich eine kalte Ruhe aus.

Seltsam, dachte sie, dass sich sogar das Tier verkriecht. Die Angst hat Angst vor der Angst. Sie musste blöderweise grinsen.

Sielmanns Schlüsselbund bewegte sich im Schloss. Wie von Geisterhand bewegt, schob er sich heraus. Wer auch immer da draußen versuchte hier einzubrechen, war ein Profi. Thea fuhr zusammen, als der Schlüssel scheppernd auf dem Boden landete. Sie drückte sich an die Holzwand zwischen Tür und Fenster und umklammerte die Taschenlampe.

Sie vernahm ein weiteres Knirschen und Knacken, dann sprang das Schloss auf. Die Tür öffnete sich langsam und verbarg Thea vor dem Einbrecher. Sie hob die Taschenlampe über ihren Kopf wie ein Schwert und wartete ab. Von draußen fiel ein Streifen mattes Licht herein. Jemand atmete schwer, ganz in ihrer Nähe. Wie in einem schlechten Horrorfilm zeichnete sich der Schatten des Eindringlings seltsam verzerrt in dem Lichtstreifen ab, der durch den Türausschnitt ins Innere fiel. Fehlte nur, dass er ein Messer hob – aber das geschah nicht. Er stand einfach da und atmete.

Hoffentlich ist das kein Irrer, dachte Thea. Sie wusste ja nicht, mit welchen Leuten Sielmann gemeinhin verkehrte. Innerlich machte sie sich bereit, mit Wucht zuzuschlagen, sobald der Typ in die Hütte hineinkam.

Jetzt bewegte er sich. Er schien etwas in seiner Jackentasche zu suchen. Nach einer Weile zog er ein Ding heraus, das im Schatten wie ein Messer aussah. Also doch Horrorfilm.

Thea reagierte instinktiv. Sie rammte dem Einbrecher die Tür mit voller Wucht in die Seite. Er brüllte vor Schmerzen auf, fiel auf die Knie und krümmte sich stöhnend. Etwas Hartes polterte zu Boden und rollte vor Theas Füße. Sie bückte sich schnell und hob es auf, bevor der Fremde reagieren konnte. Überrascht stellte sie fest, dass die vermeintliche Waffe nichts anderes als eine Taschenlampe war, ein ähnliches Fabrikat wie die in ihrer Hand, massiv und gut als Schlagwerkzeug zu gebrauchen. Mit den zwei Lampen bewaffnet stellte Thea sich vor den Einbrecher, der immer noch am Boden kauerte und sich die Seite hielt. Spot an, dachte sie und machte Licht.

Vor ihr im Lichtkegel kniete ein Mann. Er trug schwarze Kleidung und hatte sich eine Sturmhaube über das Gesicht gezogen. Nur seine Augenpartie war frei. Auf dem Kopf saß eine dunkle Pudelmütze. Er blickte zu Boden.

»Was willst du hier?«, brüllte Thea ihn an.

Der Eindringling hob schutzsuchend die Arme und machte Anstalten, aufzustehen.

»Du bleibst mal schön auf den Knien, bis wir geklärt haben, wer du bist und was du hier tust!«

Der Fremde brummte etwas und rutschte ein Stück vor.

»Stopp!« Thea hob eine der Taschenlampen über den Kopf, bereit, damit zuzuschlagen. »Wehe, du machst Sperenzien, du mieses kleines Ar…«

Der Mann riss sich die Sturmhaube samt Pudelmütze vom Kopf und blinzelte in das Taschenlampenlicht.

Thea blieb die Beleidigung im Halse stecken. »Sie?«

»Ja.« Er kam nun ächzend auf die Beine, ohne dass Thea ihn daran hinderte. »Kann es sein, dass Sie da gerade eine einwandfreie Beamtenbeleidigung auf der Zunge hatten, Frau Thading?«

Sie ließ die Arme sinken und schluckte. »Herr … Kommissar? Was tun Sie denn hier?«

»Wonach sieht's denn aus?«

»Wenn Sie mich so direkt fragen: nach einem Einbruch. Wo haben Sie die Verbrecherkluft aufgetrieben? Aus der Asservatenkammer? Astreine Verkleidung. Ist das eine Undercover-Ermittlung?«

»So in der Art. Deshalb müssen Sie mir nicht gleich die Schulter zu Brei schlagen.« Huntemann schloss die Tür, durch die der Sturm hereinbrauste. Es wurde leiser. Dann zog er einen Stuhl heran und ließ sich darauf fallen. »Was tun *Sie* eigentlich hier?«

»Ich hab zuerst gefragt.«

»Und ich bin die Polizei.«

»Seit wann bricht ein Ermittler in fremde Gartenhäuschen ein?«

»Seit wann schläft eine ehemalige Kriminalkommissarin im Bett eines stadtbekannten Kleinkriminellen?«

»Ist er das?«, fragte Thea überrascht.

Huntemann ging nicht weiter darauf ein. »Haben Sie etwa ein Verhältnis mit diesem … Salon-Cowboy?«

»Sehe ich so aus?« Thea hatte gute Lust, Huntemann doch noch mit der Taschenlampe eins überzuziehen, aber sie riss sich zusammen und ließ sich gefallen, dass er sie von oben bis unten musterte.

»Ja. Das tun Sie.«

»Was tue ich?«

»Sie sehen aus, als ob Sie es mit ihm treiben.«

Thea blickte an sich hinunter. Sie trug ein kariertes Männerflanellhemd, das sie als Nachtkleid benutzte, weil es so schön flauschig war. Allerdings war es sehr kurz und fadenscheinig, und in Brusthöhe klaffte ein Riss, den Sie notdürftig mit einer Sicherheitsnadel zusammengesteckt hatte. Thea raffte das Hemd zusammen. Handarbeit war noch nie ihre Stärke gewesen. Sie riss die Decke vom Bett und wickelte sich darin ein.

»Wir haben nur die Betten getauscht«, sagte sie trotzig.

Huntemann lachte auf. »Soso. Die Betten haben Sie getauscht. Wo ist er denn eigentlich?«

»In meinem Bett. Drüben.« Sie nickte in die Richtung, in der ihre Hütte stand. »Das ist die Wahrheit!«

»Verarschen kann ich mich allein. Und jetzt erklären Sie mir, was hier los ist!«

»Wie bitte? Wer ist denn illegal hier eingedrungen? Sie oder ich? Es wäre ja wohl an Ihnen, sich zu erklären.«

Huntemann schob sich eine Strähne hinters Ohr und zeigte sein makelloses Gebiss, als er lächelte. »Sie vergessen, dass ich die Polizei bin und die Fragen stellen darf.«

Thea schnaubte. So viel Unverfrorenheit war ihr selten untergekommen. »Haben Sie überhaupt einen Durchsuchungsbeschluss? Ohne den dürfen Sie hier gar nicht rein!« Sie leuchtete Huntemann mit beiden Lampen ins Gesicht.

Er beschattete mit dem Arm seine Augen. »He! Nehmen Sie die Dinger runter, oder ich verhafte Sie.«

»Wegen was denn? Fremdschlafen?«

»Wegen Körperverletzung. Sie haben mir bei der Kollision mit der Tür bestimmt ein paar Rippen gebrochen.«

»Ich hatte gehofft, es sei die Schulter.«

»Werden Sie nicht frech! Sie haben mir die Tür in die Seite gerammt.«

»Was hätten Sie denn getan an meiner Stelle?«, fuhr Thea ihn wütend an.

»Ich hätte den Eindringling erst einmal angesprochen und nach dem Namen gefragt.«

Thea lachte auf. »Ach so! ›Hallo, Herr Einbrecher, sind Sie ein

Krimineller oder nur ein verkleideter Kommissar? Ich bräuchte dann auch noch Ihren Namen fürs Protokoll.«

»Das hat ein Nachspiel«, knurrte Huntemann, der langsam die Fassung verlor. Thea hörte es ganz deutlich an den kurzen Atemstößen. Seine Stimme schraubte sich kaum merklich nach oben. Er drohte ihr mit dem Zeigefinger. »Das geht nicht gut für Sie aus, das sage ich Ihnen, Frau Thading. Und jetzt nehmen Sie endlich das Flutlicht aus meinem Gesicht!«

Thea ließ eine der Taschenlampen sinken und sah sich nach einem Lichtschalter um. Neben der Tür fand sie ihn. Sie drückte drauf, und eine funzelige Sparbirne sprang leise summend an.

»Und nun?«, fragte Thea. »Was machen wir jetzt mit dem angebrochenen Abend?«

»Zuerst geben Sie mir meine Taschenlampe zurück«, verlangte Huntemann. Thea reichte sie ihm, und er schob sie sich wie einen Gummiknüppel in den Gürtel. »Und jetzt sagen Sie mir, wo Sielmann ist.«

Thea trat frierend von einem Fuß auf den anderen, denn sie war barfuß und musste dringend aufs Klo. »Ich hab doch gesagt, er ist nebenan bei mir.«

»Und was macht er da?«

»Wenn Sie ganz still sind, hören Sie es.«

Huntemann horchte angestrengt. Sielmanns Schnarchen drang immer noch leise zu ihnen rüber.

»Ist er das?«

Thea nickte.

»Und warum sind Sie dann hier?«

»Weil er so laut schnarcht.«

»Warum schläft er denn überhaupt bei Ihnen?«

»Weil sein Gas alle ist.«

Huntemann starrte Thea entgeistert an. Dann schüttelte er den Kopf. »Kleingärtner.« Er stand vom Stuhl auf und machte Anstalten, zu gehen, aber Thea stellte sich ihm in den Weg.

»Gehen Sie doch beiseite«, schnauzte Huntemann sie an, »von Ihnen will ich ja nichts.«

»Aber ich von Ihnen. So einfach kommen Sie mir jetzt nicht

weg, Herr Kommissar. Ich wüsste gern, warum Sie hier eingebrochen sind.«

»Das hat alles seine Richtigkeit. Schon vergessen? Ich bin die Polizei.«

»Ohne Durchsuchungsbeschluss sind Sie ein ordinärer Einbrecher. Ich habe durchaus noch den einen oder anderen Kontakt in der Chefetage, und ich könnte mir vorstellen, dass die sich brennend für Ihre seltsamen Ermittlungsmethoden und andere Gewohnheiten interessieren.«

»Was denn für andere Gewohnheiten?«

Thea nahm einen Hauch von Verunsicherung bei Huntemann wahr und hakte nach. »Zum Beispiel Ihre romantische Ader. Einladungen ins Büro, Pirschgänge mit den Damen vom Wittmunder Schützenverein, Kuscheln auf dem Hochsitz, und das alles während der Dienstzeit.«

»Was gehen Sie meine Ermittlungsmethoden an? Sie sind es doch, die mir dauernd ins Handwerk pfuscht! Sie und diese Wilma Menkens.«

Thea hatte den Eindruck, dass Huntemann fieberhaft überlegte, wie er aus dieser Situation heil herauskommen konnte, und war gespannt, welche Strategie er wählen würde. Er seufzte tief und ließ die Schultern hängen. Gleich macht er auf Opfer, dachte Thea, und sie sollte recht behalten.

Er ließ sich ächzend auf den Rand von Sielmanns Bettstatt nieder und vergrub das Gesicht in den Händen. »Thea. Du kennst mich«, begann er sie plötzlich in jammerndem Tonfall zu duzen. »Ich hab manchmal etwas unorthodoxe Methoden, gut, aber … Meine Güte, ich mach doch auch nur meinen Job! Du weißt, dass das mit ›Dienst nach Vorschrift‹ nicht immer funktioniert. Hey, ich bin doch einer von den Guten.«

Er machte eine Pause, aber Thea ließ ihn schmoren. So einfach ließ sie sich von seinem vertrauensseligen Gefasel nicht einlullen.

»Das hier«, fuhr Huntemann fort, »hat einen guten Grund. Ich bin hier, weil ich etwas suche.«

Sie schwieg weiter, und Huntemann stöhnte gequält auf.

»Thea! Nun mach's mir doch nicht so schwer. Gib mir zwanzig Minuten, dann bin ich verschwunden und niemals da gewesen.«

»Ich wüsste nicht, dass ich Ihnen das Du angeboten habe«, sagte Thea.

Huntemann fuhr sich nervös durch das Haar. »Das kam einfach so über mich. Ich will dich schon die ganze Zeit näher kennenlernen. Hast du das nicht gemerkt?«

Thea verschluckte sich fast vor Lachen. »Das konnten Sie auch schon mal besser, Huntemann. Also raus mit der Sprache, was suchen Sie hier?«

Damit hatte sie ihn aus dem Konzept gebracht. Er sprang auf und tigerte in der dunklen Hütte herum. »Ich hab doch gesagt, das ist sehr privat.«

»Ach ja? Muss ich überhört haben. Und was soll das denn heißen? Sagen Sie nicht, Sie suchen nach irgendwelchen Nacktfotos.«

Thea hatte das eher im Scherz gemeint, aber sie stellte überrascht fest, dass Huntemann erschüttert die Hände rang.

»Es kommt der Sache schon sehr nahe. Also, nichts Ungesetzliches. Nur eben … nackig. Also, die Fotos.«

»Hatte Ihre Frau etwa ein Verhältnis mit Bernd Sielmann?«

»Nein. Und wenn schon? Ich bin geschieden. Nein, es geht nicht um meine Ex.« Huntemann schluckte. »Es geht um mich.«

Es dauerte einige Augenblicke, bis der Satz in Theas Hirn angekommen war. Dann fiel der Groschen. »Sie und Sielmann? Also, nicht dass ich Vorurteile hätte, aber …«

»Nein!«, protestierte Huntemann, der um Fassung rang. »Du verstehst das falsch. Er hat nur Fotos von mir gemacht.«

»Aktfotos? Von Ihnen? Sielmann steht auf …?« Thea fand nicht die richtigen Worte.

»Bitte, Thea, verrat mich nicht«, flehte Huntemann. »Und hör endlich auf, mich zu siezen! Ich meine, wir sind doch so was wie Kollegen, oder?«

»Auf einmal?«

»Na ja, ich könnte mich durchaus überreden lassen, dich als … sagen wir mal, Praktikantin an meiner Seite mitermitteln zu lassen.« Er machte eine Pause. Als Thea nicht antwortete, fuhr er fort. »Mensch, ich stehe kurz vor der Rente. Wenn das hier rauskommt, kann ich den Rest meines Lebens Zeitungen austragen. … Ich bin doch auch nur ein Mensch!«

»Was heißt das in Ihrem Fall?«

Huntemann wand sich wie ein Regenwurm. »Da war diese Feier in Sielmanns Westernclub. Ich bin da quasi undercover hin, weil wir vermutet haben, dass Sielmann mit illegalen Wildfallen handelt. Der führte damals so einen Shop mit Westernzubehör und so 'n Quatsch. In letzter Zeit finden die Jäger immer mal wieder diese Drecksdinger im Wald oder auf dem Acker, je nachdem. Das Wild verendet qualvoll. Manche Tiere beißen sich sogar die Läufe ab, um freizukommen.«

Thea fröstelte. »Das ist schrecklich. Aber ich verstehe nicht, sind Sie als Jäger oder als Kommissar auf die Feier gegangen?«

Huntemann stöhnte auf. »Na ja, irgendwie als beides. Ich kann mich ja nicht zweiteilen.«

»Und die Fotos hat Sielmann auf dieser Feier gemacht, bei der Sie als Ermittler dabei waren? Da muss aber ziemlich viel Alkohol geflossen sein. Oder waren schöne Frauen da, die Sie beeindrucken wollten?«

Huntemann klappte den Mund auf und wieder zu. Er rang mit sich. »Da war … dieses Fest«, stammelte er schließlich.

»Das sagten Sie schon. Und weiter?«

»Hab lange nicht so toll gefeiert. Das muss man diesen Westerntypen echt lassen.« Er blickte versonnen an die Decke.

»Ich rate mal, wie es weiterging«, fuhr Thea fort. »Es floss viel Feuerwasser, und dann sind Sie mit einer Squaw im Bett gelandet.«

»Nein«, der Kommissar sackte wieder in sich zusammen. »Schlimmer.«

»Wie, *schlimmer*?«

Huntemann hob den Kopf. »Ich …« Er konnte nicht weitersprechen und kaute auf seinen Lippen herum. »Scheiße, war ich besoffen.«

»Dachte ich mir. Und?«

»Ich kann mich nicht erinnern, was genau passiert ist. Auf jeden Fall hat dieser Scheißkerl mir später die Fotos geschickt. Ich muss im Suff einen Striptease hingelegt haben. Auf dem Tisch.«

»Sie? Echt jetzt? Und die Aufnahmen sind hier?«

Huntemann nickte.

»Ich helfe Ihnen beim Suchen.« Thea begann sofort, im Zimmer herumzuwühlen. Sie war fest entschlossen, die Aufnahmen vor Huntemann zu finden. »Warum trinken Sie auch im Dienst?«, tadelte sie, während sie eine Schranktür aufriss. Kisten, T-Shirts und Krimskrams kippten ihr entgegen. »Der könnte auch mal aufräumen«, murmelte sie und wühlte sich durch Sielmanns Klamotten.

Huntemann stand auf, tigerte unentschlossen herum und hockte sich wieder auf die Bettkante. Er sah Thea beim Suchen zu. »Da war so eine Dame. Sie stand auf mich. Sie hat mir etwas ins Bier getan, da bin ich mir sicher.«

»Mensch, Huntemann. Sie und die Frauen«, bemerkte Thea ins Innere des Schrankes hinein. Sie hörte, wie er etwas vor sich hin knurrte. Als sie wieder hervorkam, saß er immer noch auf der Bettkante. »Wollen Sie gar nicht mitsuchen, jetzt, wo Sie schon mal eingebrochen sind?«

»Ja. Schon. Aber wo?«

»Erpresst Sielmann Sie mit den Fotos?«

Huntemann hob eine Zeitung hoch und schaute darunter. »Was denn sonst? Oder glauben Sie, er hängt sich das übers Bett?« Er schoss plötzlich hoch und trat mit dem Fuß gegen den Stuhl. »Scheiße! Warum ist der nicht hier? Du musst ihn wecken und rüberholen. Aber sag ihm nicht, dass ich da bin.«

»Was wollen Sie mit ihm anstellen?«

»Ihn zwingen, mir die Aufnahmen zu geben.« Er stöhnte auf. »Wenn das an die Öffentlichkeit kommt, bin ich geliefert!«

»Vielleicht bietet Ihnen die ›Playgirl‹ ja ein Fotoshooting an.«

»Sehr witzig.« Huntemann ließ den Blick durchs Zimmer schweifen. »Wo hat der seinen verdammten Computer?«

»Dann suchen wir also eine Datei. Können Sie das nicht gleich sagen?«

»Er hat mir die Fotos gemailt. Also werden Sie wohl auf dem Computer sein.«

»Oder auf einem Stick oder noch auf der Kamera oder alles zusammen. Wer weiß, wie viele Kopien er gemacht hat?«

Thea räumte die Sachen, die sie aus den Tiefen des Möbels hervorgeholt hatte, notdürftig in den Schrank zurück. Wie Huntemann es zum Hauptkommissar geschafft und fast bis zur Rente durchgehalten hatte, war ihr ein Rätsel. Gerade ging er in die Knie und begann, zaghaft den Boden abzusuchen. Er schaute unter die wenigen Schränke und Regale.

»Da unten wird er seinen Computer kaum versteckt haben«, bemerkte Thea und versank kurz in den Anblick seines wohlgeformten Hinterteils.

»Ich fang immer unten an.«

Sie wandte sich ab und schaute sich ebenfalls weiter um. Irgendwo musste doch so etwas wie ein Notebook oder Tablet-PC sein. Und tatsächlich entdeckte sie ganz oben auf einem Regal eine Laptoptasche. Sie reckte sich, bekam aber nur den Zipfel eines braunen Briefumschlags zu fassen, der unter der Tasche hervorlugte. Sie zog daran. Das Notebook geriet ins Rutschen. Thea fing es samt Umschlag auf und trat einen Schritt nach hinten, um das Gleichgewicht nicht zu verlieren. Sie stieß gegen irgendein Körperteil von Huntemann, der bäuchlings auf dem Boden lag, um die Unterseite von Sielmanns Küchenschrank abzusuchen, und geriet ins Schwanken. Ihr erster Gedanke war, weder Laptop noch Umschlag aus der Hand zu lassen, daher drehte sie sich, um das Gleichgewicht wiederzufinden. Leider hatte Huntemann die gleiche Idee, und so verhedderten sich ihre Füße ineinander, und Thea fiel der Länge nach auf ihn drauf, wobei ihr der Laptop aus der Hand rutschte. Huntemann stöhnte vor Schmerzen. In diesem Moment wurde die Tür aufgerissen, und ein eisiger Windstoß fegte in die Hütte.

»Hoppla! Was ist denn hier los?«, rief jemand.

Thea erkannte Sielmanns Stimme und rollte sich von Huntemann. Das Notebook war unter den Küchenschrank gerutscht, aber den Umschlag hatte sie noch in der Hand. Sie steckte ihn geistesgegenwärtig hinten in den Bund ihres Schlüpfers und zog das Flanellhemd darüber. »Es ist nicht so, wie du denkst«, stieß sie hervor.

Sielmann schloss die Tür. »Respekt. Kaum bin ich mal weg, gehen hier die wilden Partys ab.«

Huntemann rappelte sich hoch und drückte sich ein Taschentuch auf die blutende Nase. Thea war mit dem Schädel darauf gekracht. Das würde sicher eine ordentliche Beule abgeben.

»Hast du Eis, Bernd?«

»Geh nach draußen, da ist es kalt.«

»Witzbold.« Er langte unter den Küchenschrank und zog Sielmanns Notebook hervor. »Den hier konfisziere ich. Du weißt schon, warum.«

»Aber das kannst du doch nicht machen!«, protestierte Sielmann.

Thea griff nach ihrer Decke und drückte sich an Sielmann vorbei zur Tür. »Ich geh dann mal, Jungs. Den Rest könnt ihr unter euch ausmachen.«

15

Thea hatte sich den Rest der Nacht in ihrem Bett hin- und hergewälzt und war bei Sonnenaufgang in einen unruhigen Schlaf gefallen. Jetzt war schon Mittag, und sie fühlte sich matt und wattig. Zum Glück hatte Sielmann sie nicht wieder besucht. Ob er sich mit Huntemann einig geworden war, wusste sie nicht, und im Grunde war es ihr auch egal.

Der Wasserkessel begann auf dem Gasherd zu pfeifen, sie hatte ihn aufgestellt, um sich einen Kamillentee zu machen. Alles andere war aus. Sie hatte auch keinen Kaffee mehr. Mit dem Becher in der Hand ließ sie sich am Ofen nieder und griff nach dem Umschlag, den sie aus Sielmanns Hütte geschmuggelt hatte. Er war immer noch verschlossen. Sie war in der Nacht zu aufgewühlt gewesen, um den Inhalt professionell untersuchen zu können, und hatte es sich darum verkniffen, ihn zu öffnen. Aber nun lag er vor ihr, und sie war gespannt, was sich darin befand. Es konnte sich um alles Mögliche handeln, Zahnarztrechnungen, Mahnungen oder ein Prospekt über Westernzubehör. Wenn dem so war, würde sie den Umschlag bei nächster Gelegenheit wieder in Sielmanns Hütte verstecken.

Sie pustete in den Becher und nippte an dem heißen Getränk. Immerhin wärmte der Tee. Sie lehnte sich zurück, riss den Umschlag auf und sah hinein. »Ja!«, flüsterte sie und stieß die Faust in die Luft. Das, was sie gehofft hatte zu finden, lag in ihren Händen. Es war ein etwas unscharfer Abzug einer Fotografie. Sie zeigte Eugen Huntemann in verzückter Pose auf einem Tisch tanzend. Außer einem Cowboyhut und einem nietenbesetzten Gürtel mit Colttasche um die Hüften war er splitterfasernackt. Sein Körper war für sein Alter in einem erstaunlich guten Zustand, wie Thea neidlos anerkennen musste.

Sie warf einen nervösen Blick durch das Fenster auf die Nachbarparzelle. Wenn Sielmann bemerkte, dass der Umschlag fehlte, käme er sicher gleich zu ihr gelaufen, um sie zur Rede zu stellen, aber drüben war alles ruhig. Wahrscheinlich schlief er, oder Huntemann hatte ihn einkassiert.

Thea versteckte den Umschlag samt Foto unter der Matratze. Man konnte ja nie wissen. Wenn Sielmann ihr wieder einmal einen Besuch abstatten und sie zur Rede stellen würde, konnte sie einfach alles leugnen.

Dann sank sie wieder in ihren Sessel und streckte die Füße aus, die einfach nicht warm werden wollten. Es war schon kurz nach halb eins am Sonntagmittag. Sie schlang die Wolldecke um ihren Körper und rutschte noch tiefer in den Sitz. Die Ereignisse der vergangenen Tage zogen an ihr vorbei: Kubelka tot neben seiner Cannabisplantage, die verzweifelte Nina Kieske, Wilma im Krankenhaus. Eigentlich war die Sache aufgeklärt. Kieske hatte gestanden, Wilma angeschossen zu haben, aus Versehen. Es war nur eine Frage der Zeit, bis er den Mord an Kubelka zugeben würde. So war es immer. Fast immer.

Warum konnte sie es nicht dabei belassen und sich drängenderen Problemen zuwenden, zum Beispiel ihrem leeren Kühlschrank? Weil es schlichtweg zu einfach war. Oder zu kompliziert, je nachdem. Die Vorstellung, der wilde Willi habe den Kleindealer Kubelka zuerst mit dem Schützenvereinsgewehr verletzt, um ihm anschließend mit der Jagdbüchse den Rest zu geben, hielt sie schlichtweg für abwegig.

Genauso abwegig wie ein Kommissar, der bei einer Undercover-Aktion nackt auf dem Tisch tanzt, dachte sie.

Es stellte sich die alles entscheidende Frage: Wer hatte mit der Baikal geschossen, wenn es nicht der Wirt gewesen war? Nina?

Bevor Thea den Gedanken weiterspinnen konnte, klopfte es energisch an der Tür. Sie verdrehte genervt die Augen. »Ja, Bernd! Ich kümmere mich um deinen Fall. Frühstücken werde ich ja noch dürfen, oder?«

Einen Moment lang war es still. Dann klopfte es noch einmal, diesmal zaghaft.

»Thea? Entschuldige, dass wir stören. Wir wollten uns nur kurz verabschieden.«

Das war nicht Sielmann, sondern eine Frauenstimme.

»Wer ist denn da?«, fragte sie.

Die Tür wurde einen Spaltbreit geöffnet, und ein bekannter Kopf schob sich durch die Lücke.

»Gisela?«

»Hör ich da Überraschung? Ja, ich bin's. Und ich komme nicht allein. Aber keine Sorge, wir wollen nicht lange stören.«

Im Hintergrund hörte Thea Getuschel.

»Wir reisen heute ab«, fuhr Gisela fort. »Wir müssen morgen wieder arbeiten und haben sowieso nur bis heute gebucht.«

»Und was ist mit Nina?«

»Die meint, sie kommt zurecht. Hat Hilfe aus dem Dorf bekommen. Und da dachten wir, ein kleiner Abschiedsbesuch bei der Meisterdetektivin kann nicht schaden.«

Thea starrte Gisela an wie eine Erscheinung.

»Na ja, wenn es gerade nicht passt …«, setzte Gisela zum Rückzug an.

»Mensch, Mädels, ich freu mich, euch zu sehen. Kommt rein!«, rief Thea und riss die Tür auf, um die Flintenweiber einzulassen.

»Aber nur, wenn es dir recht ist.«

»Natürlich ist mir das recht. Wenn es euch nicht stört, dass ich nicht zum Aufräumen gekommen bin«, fügte sie zaghaft hinzu, »aber ich hatte so viel zu tun.«

»Klar, verstehen wir«, sagte Beate und schaute sich ebenso neugierig um wie die übrigen acht Flintenweiber. Es wurde recht eng in der Hütte.

Als Thea die Blicke bemerkte, zog sie reflexartig die Bettdecke über das zerwühlte Laken. Das Geschirr vom Vortag stapelte sich in der Spüle, und Wollmäuse wehten über den ungefegten Fußboden. Sielmanns Schlafsack lag zu allem Überfluss zerknüllt vor dem Küchenschrank. Thea räumte, was sie zu fassen bekam, schnell beiseite, aber die Unordnung entging den Argusaugen der Landfrauen nicht.

»Hier wohnst du also?«, fragte Beate, und Thea hörte ein leichtes Befremden heraus.

»Na ja …« Sie hob die Hände und lächelte entschuldigend. »Vorübergehend.«

Gisela zauberte hinter ihrem Rücken einen Blumenstrauß hervor. »Wir möchten uns bedanken. Mann, wie du den Fall so schnell gelöst hast! Ich hätte im Traum nicht daran gedacht, dass es der Wirt war.«

»Wo's doch sonst immer der Gärtner ist«, kicherte Beate.

»Oder der Butler.«

»Na ja, also –« Thea holte zu einer verlegenen Antwort aus, aber Gisela fiel ihr ins Wort: »Du hast Wilma gefunden. Ohne dich würde sie vielleicht nicht mehr leben.«

»So schlimm war es ja auch wieder nicht.« Thea nahm zaghaft die Blumen entgegen. »Danke. Das war doch wohl selbstverständlich«, fügte sie bescheiden hinzu.

Die Frauen sahen sie schweigend an, als erwarteten sie etwas von ihr.

Thea wusste auch, was das war, nämlich die Frage: »Möchtet ihr einen Kaffee?« Sie würden sich kurz zieren, die Einladung dann aber dankend annehmen. So ging das Spiel.

Als Thea nichts sagte, meldete sich Gisela wieder zu Wort. »Tja, dann wollen wir mal wieder.« Sie klang ein wenig enttäuscht.

Thea bekam sofort ein schlechtes Gewissen. »Nein!« Sie legte die Blumen auf den Tisch. »Möchtet ihr … einen Kamillentee?«

Es folgte eine lange Stille.

»Also, das ist mir jetzt wirklich peinlich, aber ich hab keinen Kaffee mehr. Echt jetzt. Hab vergessen, einzukaufen.«

»Ach so!« Die Anspannung im Raum löste sich. »Nicht schlimm.« Gisela lächelte verständnisvoll.

»Passiert«, stimmte Beate zu und wandte sich den restlichen Frauen zu, die etwas verloren in der Hütte herumstanden. »Wie wär's? Wir könnten Thea einladen?«

»Gute Idee. Das tun wir«, bestimmte Gisela und schlug Thea die Hand auf die Schulter, sodass sie in sich zusammensackte. »Wir sind sowieso auf dem Weg zu Wilma, die muss ja noch ein bisschen hierbleiben. Und die Muffins in der Krankenhauscafeteria waren doch ganz okay, oder?«

Eine Stunde später saßen sie zusammen am Tisch vor Kaffee und Muffins. Zur Feier des Tages hatten die Frauen zudem Hugo bestellt, den es hier überraschenderweise auch gab. Thea trank den süßen Mix aus Holunderblütensaft und Prosecco zum ersten Mal, und er schmeckte ihr.

Wilma war schon wieder recht munter. »Wenn die mich nicht freiwillig rauslassen, bin ich spätestens übermorgen hier weg! Ich fang schon an, diese schrecklichen Klatschzeitschriften zu lesen. Ich weiß jetzt, wie die jüngste Tochter von dieser spanischen Prinzessin heißt.«

»Wie denn?«, fragte eine der Flintenweiber interessiert.

Wilma runzelte die Stirn. »Hab ich wieder vergessen. Irgendwas mit L.«

»War das nicht die schwedische Prinzessin, die gerade ein Kind gekriegt hat?«, mischte sich Gisela ein.

»Ne, du meinst die englische. Die Dunkle mit dem Hut.«

»Die Royalen tragen alle Hut.«

»Die hat außerdem einen Sohn, und der heißt Georg.«

»So heißt mein Opa auch. Kevin wär doch viel schöner gewesen.«

Wilma lehnte sich zurück. »Wir sollten tauschen, Mädels. Der Lesezirkel kommt hier jede Woche vorbei und bringt Nachschub.«

Nach einer Stunde verabschiedeten sich die Flintenweiber. Wilma und Thea standen beide draußen und winkten ihnen noch lange nach. Wilmas Augen schimmerten feucht, als sie sich Thea zuwandte. Sie gingen schweigend ins Krankenhaus zurück.

»Du siehst müde aus«, bemerkte Wilma, als sie im Fahrstuhl standen, der sie in den zweiten Stock brachte.

»Ich hab auch nicht viel geschlafen.« Thea gähnte wie auf Kommando.

»Probleme?«

»Ach, so dies und das«, wich sie aus. »Sielmann hat rumgenervt.«

»Dieser Möchtegerncowboy? Was hat er getan?«

»Er hat bei mir übernachtet«, sagte Thea und gähnte dabei herzhaft.

Die rote Digitalanzeige über der Tür zeigte an, dass sie sich dem zweiten Stock näherten. Der Fahrstuhl stoppte, und die Türen öffneten sich. Als sie aussteigen wollten, mussten sie sich an einer Krankenschwester vorbeidrücken, die mit einem leeren Bett vor dem Aufzug stand. Sie warf Wilma einen unfreundlichen Blick zu, als sie das Bett in die Kabine schob.

»Das ist Schwester Agnes«, flüsterte Wilma, »vor der muss man sich in Acht nehmen.«

»Vor dir auch«, sagte Thea und grinste. »Gibt es Neuigkeiten in unserem Fall?« Sie bemerkte, dass Wilma immer langsamer wurde, je näher sie ihrem Zimmer kam. Sie blieb stehen. »Wollen wir uns noch ein bisschen in den Aufenthaltsraum setzen?«, fragte sie.

Wilma nickte erleichtert und ging mit nun wieder forschem Schritt weiter bis zum Ende des Ganges.

Die Tische hier waren fast alle besetzt. Auf einigen standen Kuchenplatten und Thermoskannen, die von Besuchern mitgebracht worden waren. Das nasskalte Novemberwetter lud nicht gerade zum Spazierengehen ein. Wilma steuerte einen Tisch in der Mitte des Raumes an. Ein einsamer Mann im Jogginganzug saß am Nachbartisch und las eine Boulevardzeitung, die in ihrer Schlagzeile den nahenden Weltuntergang durch genau den Kometen verkündete, der vor gut zweitausend Jahren die Geburt Jesu angezeigt hatte. Unter der fetten Überschrift rekelte sich eine barbusige Frau auf einem Flokati.

Der Mann schaute böse auf, als Wilma sich krachend auf einen Stuhl fallen ließ. Sie fing seinen Blick auf. »Sie sollten so ein Zeugs nicht lesen. Das verdirbt den Charakter.«

Der Mann schnaubte und verschwand wieder hinter seiner Zeitung.

»Hast du etwas Neues in unserem Fall herausgefunden?«, fragte sie Thea.

Die nickte. »Nina Kieske und Olaf Kubelka wollten angeblich gemeinsam durchbrennen.«

»Ist nicht wahr! Die junge Deern und dieser Freizeitmafioso? Wer behauptet das?«

»Mein Nachbar. Die drei waren anscheinend so etwas wie eine Schicksalsgemeinschaft. Nina wollte weg und hat sich an Kubelka gehängt. Der wiederum stand wohl auf die Wirtstochter. Sielmann wollte den beiden angeblich bei ihrer Flucht helfen.«

»Flucht? Wovor denn?«, fragte Wilma. »Konnten die nicht einfach weggehen? Ich meine, wir leben in einem freien Land, oder?«

Thea wiegte nachdenklich den Kopf. »Das habe ich mich auch gefragt. Aber Willi Kieske hat panische Angst davor, dass Nina ihn verlässt. Die wiederum fühlte sich von ihrem Vater bevormundet.«

»Klassischer Eltern-Kind-Konflikt?«

»Nicht ganz. Die Mutter ist vor ein paar Jahren an Krebs gestorben. Deshalb hängt Kieske sehr an seiner Tochter. Andererseits nimmt er sie ganz schön ran. Ohne Ninas Mitarbeit stünde er blöd da.«

»Na, wenn das kein klassisches Motiv ist.«

Der Mann sah von seiner Zeitung auf und schüttelte den Kopf.

»Was denn? Wir ermitteln in einem Mordfall! Was dagegen?«

Es war plötzlich still im Raum. Die Gespräche waren verstummt, alle starrten zu ihnen hin. Wilma stieß ihren Stuhl krachend nach hinten, als sie aufsprang.

»Komm, Thea!« Sie packte sie mit der gesunden Hand am Arm und zog sie mit sich. »Hier kann man nicht mal in Ruhe Fälle lösen.«

»Und wohin jetzt?«, fragte Thea, als sie wieder auf dem Flur standen.

»Weiß nicht. Lass uns einfach ein bisschen auf und ab laufen.«

Wilma trabte los und verfiel in mürrisches Schweigen. Dass die Flintenweiber sie hier allein zurückgelassen hatten, nahm sie spürbar mit. Sie war gereizt wie ein Kettenhund. Thea hatte Mühe, Schritt zu halten.

»Hast du eigentlich schon was Neues von deinem Fritzi aus der Rechtsmedizin erfahren?«, fragte sie, nachdem sie den Flur einmal hoch- und wieder runtergerannt waren.

Wilma blieb so abrupt stehen, dass Thea in sie hineinrannte. »Mensch, wie konnte ich das vergessen! Natürlich hab ich das.« In ihrem Gesicht blühte ein triumphierendes Lächeln auf. »Die Frau vom Kegelverein hat dir doch gesagt, dass sie gegen elf am Abend einen Schuss gehört hat, stimmt's? Und Huntemann glaubt, dass es der Wirt war, der sich noch mal nach draußen geschlichen hat.«

»Ja. So ähnlich.«

»Kubelka ist aber schon ein paar Stunden früher erschossen worden, und zwar nachmittags zwischen vier und fünf.«

»Was?« Thea starrte ihre Freundin an. »Und das sagst du mir erst jetzt?«

»Tut mir leid. Die Flintenweiber haben mich so in Beschlag genommen.«

»Aber das ist der Beweis, dass Kieske Kubelka nicht ermordet haben kann. Am Nachmittag zu der betreffenden Uhrzeit war Kieske im Gasthaus und hat den wilden Willi gemimt. Er hat uns als Zeuginnen. Und Nina hat uns bedient. Die sind beide raus.« Thea lächelte froh.

»Genauso ist es. Aber warum macht dich das so glücklich?«

»Weil es beweist, dass ich mich auf meine Nase verlassen kann. Oder besser gesagt auf meine Ohren. Kieske hat die Wahrheit gesagt. Er hat tatsächlich nur in die Luft geballert.«

»Da ist noch was anderes«, fuhr Wilma fort. »Kubelka wurde aus kurzer Distanz erschossen.«

Thea pfiff leise durch die Zähne. »Dann war das also eindeutig Mord.«

»Da Kubelka auch aus der Nähe nicht wie ein Wildschwein aussah, kann man davon ausgehen.«

»Und was ist mit der Wunde, die er am Bein hatte?«

Wilma zögerte kurz. »Tja, das macht die Sache irgendwie noch komplizierter. Diese Verletzung ist eindeutig postmortal. Deswegen kann man auch den Zeitpunkt des Schusses nicht mehr genau bestimmen. Es muss allerdings einige Stunden nach seinem Tod passiert sein.«

Thea klappte der Mund auf. »Jemand hat auf den toten Kubelka geschossen? Wie krank ist das denn?«

»So sieht's aus. Die Patrone aus Kubelkas Bein hat das gleiche Kaliber wie die hier.« Sie zeigte auf ihre verletzte Schulter.

Thea hielt inne. »Moment mal. Das hieße ja, dass Kieske zuerst auf dich und dann auf den toten Kubelka geschossen hat, nachdem er im Gasthaus fröhlich den wilden Willi spielte? Jetzt verstehe ich gar nichts mehr.«

Wilma schüttelte den Kopf. »Die Kleinkaliberpatronen wurden zwar beide mit dem gleichen Waffentyp abgeschossen, aber nicht aus ein und demselben Gewehr. Zumindest stammt die Patrone aus Kubelkas Bein nicht aus Kieskes Browning. Oder hat er zwei von diesen Dingern? Du warst doch dabei, als er festgenommen wurde.«

Thea schüttelte den Kopf. »Nein, er hat nur eine.«

»Zu guter Letzt hat die KTU herausgefunden, dass die Patrone aus Kubelkas Bein ein Querschläger war.«

»Eine verirrte Kugel also?«

»Sieht so aus. Aber nun kommt's. Die tödliche Patrone aus seinem Schädel stammt eindeutig aus Kieskes Jagdgewehr.«

»Was?« Es dauerte eine Weile, bis Thea die Information verdaut hatte. »Aber er kann es doch nicht gewesen sein.«

»Tja«, Wilma hob die Hände, »da gibt es nur eine Erklärung: Jemand hat sich den Püster ausgeliehen, Kubelka erschossen und das Ding im Anschluss ordentlich zurückgestellt. Hat Huntemann das Gewehr auf Fingerabdrücke untersucht?«

Thea kaute auf ihrer Unterlippe herum und hob die Schultern. »Da können alle möglichen drauf sein. Was beweist das? Er war schließlich bis vor Kurzem Jäger.«

Wilma stieß einen resignierten Laut aus. Die Sache wurde immer verzwickter. Sie gingen schweigend den Gang zurück, vorbei an Plakaten, die Blumengebinde und glückliche Patienten zeigten.

»Fangen wir noch mal von vorn an«, überlegte Thea. »Am

vergangenen Freitag wurden im Maisfeld drei Schüsse aus drei verschiedenen Waffen abgefeuert.«

»Geschossen wurde an dem Tag ziemlich viel, aber drei Kugeln aus drei verschiedenen Gewehren haben jemanden verletzt, und eine davon war tödlich.«

»Und der einzige Tatverdächtige ist aus dem Rennen. Oder besser zwei. Nina hat ebenso ein Alibi wie ihr Vater. Das können die Flintenweiber bezeugen. Wobei …« Thea blieb stehen und dachte nach. »Ich finde, wir sollten dieser Nina noch mal auf den Zahn fühlen. Sie hat uns zwar bedient, aber keiner von uns hat sie die ganze Zeit über im Blick gehabt.«

»Ich halte sie für unschuldig«, sagte Wilma schnell. »Sie wollte mit Kubelka abhauen. Warum sollte sie ihn dann erschießen?«

»Möglicherweise hat er einen Rückzieher gemacht, weil Kieske ihm im Nacken saß, und da ist das Töchterchen ausgerastet.«

»Mord im Affekt? Könnte sein. An die Waffe kam sie auch ran.« Wilma dachte nach. »Trotzdem gefällt mir das nicht.«

»Mir auch nicht. Aber nehmen wir mal an, Nina Kieske hat es wirklich getan. Dann hätte sie die Waffe wohl eher verschwinden lassen, anstatt sie zurückzustellen und damit ihren Vater zu belasten.«

»Vielleicht hatte sie keine Zeit dafür? Oder sie hat nicht so weit gedacht.«

Die beiden Frauen drehten eine weitere Runde auf dem Gang, während sie ihren Gedanken nachhingen. Thea gähnte mehrmals. Ihre Glieder fühlten sich an wie Blei.

»Da wird Huntemann wenig begeistert sein, wenn er erfährt, dass er seinen Hauptverdächtigen freilassen muss. Wegen der Sache mit dir werden sie ihn nicht dabehalten.«

Wilma nickte. »Er wird schon erfahren haben, dass Kubelka bereits am Nachmittag erschossen worden ist. Willi Kieske ist bestimmt schon wieder auf freiem Fuß.«

»Hat der Fritzi dir das auch gesagt?«

»Ach, der!« Wilma machte eine wegwerfende Geste. »Dem musste ich alles aus der Nase ziehen.«

»Wenn Kieske wieder frei ist, wird er seinen Gästen was zu erzählen haben.«

»Sag mal«, begann Wilma zögernd, »mal was anderes. Was läuft da eigentlich zwischen dir und diesem Westerntypen?«

»Was? Wieso?«

»Du hast vorhin gesagt, dass er die Nacht über bei dir war. Und du gähnst die ganze Zeit. Hast du einen Bullen durch die Prärie geritten?« Wilma kicherte.

»Nein! Was denkst du denn. Er hatte kein Gas mehr, deshalb hat er sich bei mir eingenistet.«

Wilma sah sie mit großen Augen an. »Der wohnt jetzt bei dir?«

»Natürlich nicht«, empörte sich Thea. »Der hat mich einfach überrumpelt. Aber ich hab ihn nicht ins Bett gelassen, keine Sorge. Er hat vor dem Schrank geschlafen. Ich bin dann später rüber in seine Ponderosa, weil er so geschnarcht hat. Und dann ist Huntemann eingebrochen und hat mich im Nachthemd erwischt.«

Wilma blickte verständnislos. »Sag mal, du hast von Kubelkas Cannabis genascht, oder was quasselst du da?«

»Nein, das war wirklich so.«

Wilma musterte sie mit zusammengekniffenen Augen. »Also, entschuldige, aber dass Huntemann bei euch eingebrochen sein soll, klingt ziemlich bescheuert.«

»Finde ich auch, ist aber die Wahrheit.«

»Und warum soll er das getan haben?«

Thea grinste. »Ich hab ihm versprochen, es niemandem zu erzählen.«

Wilma legte sich die Hand aufs Herz. »Bin ich das nicht? Ein Nichts, ein Niemand?«

16

Sie lehnten sich an die Wand des Ganges, und Thea berichtete im Flüsterton von Huntemanns nächtlicher Aktion. Als sie fertig war, rang Wilma nach Luft. Tränen liefen ihr über die Wangen. Sie gluckste. »Die Fotos hätte ich zu gern gesehen.«

Thea überlegte kurz, ob sie Wilma auch noch erzählen sollte, dass eines der Fotos unter ihrer Matratze lag, aber sie hatte schon viel zu viel verraten. »Ich weiß nicht, ob Sielmann die Aufnahmen rausgerückt hat. Ich war ja nicht dabei, als die beiden miteinander geredet haben.«

»Jammerschade. Also ehrlich, Thea. Finde so ein Foto! Ich schicke es dann an den ›Krimiticker‹. Damit schafft unser Kommissar es garantiert auf die Titelseite.«

Thea kicherte. »Am Ende wird er zum schönsten Ermittler der Woche gewählt.«

»Was ist denn hier so komisch?«, fragte jemand in ihrem Rücken.

Die beiden Frauen fuhren herum. Thea wischte sich die Tränen aus den Augen, und Wilma hielt sich die Seite. Kommissar Huntemann stand da, in seiner ganzen Schönheit. Er lächelte und breitete die Arme aus.

»Da sind Sie ja, Frau Menkens. Wie ich sehe, geht es Ihnen besser. Darf ich teilhaben an Ihrer Freude?«

»Lieber nicht«, hustete Wilma. »Sie wollen nicht wissen, worüber wir uns so freuen.«

Huntemann warf Thea einen unergründlichen Blick zu, den sie mit einem arglosen Lächeln erwiderte.

»Frauenthemen«, bemerkte sie beiläufig.

»Na, wenn das so ist.«

Thea musterte ihn. Er trug heute eine legere Jeans, einen dunklen Rollkragenpullover und darüber ein Wollsakko. Um den Hals hatte er sich einen weinroten Schal gebunden, die gewellten Silberlocken waren nur so viel zerzaust, dass es nicht ungepflegt, sondern lässig wirkte. Ein leichter Bartschimmer setzte dem angenehmen Gesamteindruck einen pikanten Akzent auf. Thea konnte nicht anders, als zu seufzen, wenn auch leise. Als Kommissar war Huntemann eine Niete, aber als Mann …

»Kommst du mit uns, Thea?«, fragte Wilma und riss sie aus den Gedanken.

»Was? Wohin?«

»Wir haben gerade beschlossen, noch mal in die Cafeteria zu gehen. Der Kommissar will mich verhören.« Wilma grinste breit.

»Ich möchte Sie *befragen*, Frau Menkens«, widersprach Huntemann. »Sie kennen doch sicher den Unterschied.«

»Klar«, prustete Wilma und wandte sich ab.

»Cafeteria. Ja. Ich … komme dann …«, stotterte Thea und spürte, wie sie rot wurde bis unter die Haarwurzeln. Aber Huntemann war schon vorausgegangen in Richtung Fahrstuhl.

Das Café war jetzt nicht mehr so voll wie vor einer Stunde. Dafür gab es keinen Kuchen mehr.

»Schade«, seufzte der Kommissar.

»Ja, schade, wo Sie doch so ein Süßer sind.« Wilma grinste breit, und Thea stieß sie an.

»Du bist albern.«

»Ich kann nichts dafür. Das machen die Medikamente.«

»Was darf ich den Damen denn holen?«, fragte Huntemann.

»Nur Kaffee.«

Huntemann stellte sich in die Schlange und kehrte fünf Minuten später mit einem Tablett zurück, auf dem drei dampfende Becher standen. Er hatte sich überdies einen Schokoriegel mitgebracht.

»Geht auf meine Rechnung«, sagte er mit einem Blick auf die Tassen und rutschte neben Wilma auf die Bank.

Thea verteilte die Kaffeebecher. Sie tranken, keiner sagte etwas. Thea fühlte sich unwohl, sicher hatte Huntemann etwas gemerkt und ließ sie nun schmoren. Er riss seinen Schokoriegel auf und begann, ihn in aller Seelenruhe vor ihren Augen zu verspeisen. Er kaute langsam und lächelte sie immer wieder an.

Wilma saß ihm gegenüber, die gesunde Hand auf dem Tisch,

und biss sich in kurzen Abständen auf die Lippen, um nicht zu lachen. Thea drehte den Becher in den Händen. Es war eine Erleichterung, als er endlich zu reden begann.

»Ich möchte eigentlich gern eine Minute mit Frau Menkens allein sprechen, wenn Sie Ihren Kaffee ausgetrunken haben«, sagte er zu Thea.

Jetzt siezt er mich wieder, registrierte sie mit Genugtuung.

»Sie bleibt«, entschied Wilma.

Huntemann seufzte. »Frau Menkens, das ist …«

»Entweder sie bleibt oder ich schweige.«

»Na gut. Meinetwegen«, gab er nach, zog aus der Innentasche seines Jacketts ein Aufnahmegerät und legte es auf den Tisch. »Ich muss Ihnen erst einmal mitteilen, dass unser Hauptverdächtiger Herr Kieske wieder auf freiem Fuß ist. Er hat ein Alibi für die Tatzeit des Mordes an Kubelka. Was Sie angeht, Frau Menkens, ist er jedoch der Schuldige. Wobei Sie, wenn die Sache vor Gericht kommt, sicher eine Mitschuld tragen, denn es war sehr töricht, während der Jagd im Maisfeld rumzulaufen.«

»Wenn er uns das Erlebniswochenende spendiert, werde ich keine Anzeige erstatten.«

»Nobel, aber er wird trotzdem zur Verantwortung gezogen.«

»Haben Sie auch etwas zu berichten, das wir noch nicht selbst in Erfahrung gebracht haben?«, wollte Wilma mit gelangweiltem Gesichtsausdruck wissen.

Huntemann schluckte. »Sie wissen das alles?«

Thea sah ihm die Enttäuschung deutlich an.

»Wer hat Ihnen das gesagt?«

»Ich habe meine Quellen. Schließlich bin ich auch Kommissarin.«

»Das hier ist nicht Ihr Revier.«

»Na und? Ich bin immerhin eines der Opfer.«

»Sie wissen, dass Sie das teuer zu stehen kommen kann?«

Wilma lächelte. »Ich bitte Sie. So was läuft bei mir unter Amtshilfe. Ich weiß, Sie hätten in meinem Fall lieber mit der Krankenschwester geflirtet, als zu ermitteln, aber was das angeht, nun, Sie sind einfach nicht ihr Typ.«

Sie hatte offenbar Mühe, nicht wieder loszulachen, aber Thea trat ihr so kräftig unter dem Tisch auf den Fuß, dass sie aufstöhnte.

Huntemann stopfte sich den Rest des Riegels in den Mund und blickte misstrauisch von einer zur anderen. »Dann hat Frau Thading nicht mit der Rechtsmedizin gesprochen?«, fragte er gerade.

Thea sah auf und hob die Hände. »Ich bin suspendiert, Herr Huntemann. Ich darf das gar nicht. Das wäre genauso absurd wie die Behauptung, Sie seien ein Einbrecher.«

Huntemanns Gesichtszüge erstarrten. Ganz langsam nahm er seine Tasse und hob sie an den Mund, stellte sie aber wieder ab, ohne zu trinken – dabei ließ er Thea nicht aus den Augen.

»Was ist eigentlich bei der Befragung der Jäger herausgekommen?«, fragte sie unvermittelt.

»Nichts.«

»Und wie erklären Sie sich den zweiten Schuss auf Kubelka, als der schon tot war?«, wollte Wilma wissen.

Huntemann verschluckte sich. Er stellte so heftig die Tasse ab, dass Flüssigkeit über den Rand schwappte. »Das wissen Sie also auch?«, stieß er hustend hervor. »Wenn Sie beide meinen, sich weiter einmischen zu müssen, dann wird das ganz unangenehme Konsequenzen haben!« Der Kommissar beugte sich zu ihnen über den Tisch. »Nachdem das geklärt wäre, können wir vielleicht ernsthaft miteinander reden?«

Wilma setzte sich kerzengerade hin. »Okay. Fragen Sie.«

»Es ist im Grunde schnell abgehandelt. Frau Menkens. Als sie im Maisfeld waren, ist Ihnen da etwas aufgefallen? Haben Sie etwas Verdächtiges gehört oder gesehen?«

»Was meinen Sie konkret?«

»Beantworten Sie einfach die Frage.«

Wilma dachte nach. »Nein. Nichts. Ich kann mich immer noch nur schemenhaft erinnern. Da war dieses Licht …« Sie dachte angestrengt nach. »Ich glaube mittlerweile, das war ein Auto. Es fuhr ziemlich langsam und hatte Fernlicht an.«

»Wie konnten Sie das sehen im Maisfeld?«

»Ich weiß nicht, ich hab es einfach gesehen.«

Huntemann notierte sich das. »Wann und wo fuhr es genau? Geht das ein bisschen präziser?«

»Welcher Teil von ›Ich kann mich nur schemenhaft erinnern‹ ist unverständlich?«, fauchte Wilma. »Ich weiß nicht! Ich bin den Weg hochgelaufen, immer am Weidezaun entlang, kurz nachdem ich aus dem Wirtshaus raus bin, und dann bricht die Erinnerung ab.« Sie kniff die Augen zusammen. »Nein, warten Sie. Da war noch was.« Sie machte eine Pause, in der sie augenscheinlich versuchte, sich zu erinnern.

»Was denn?«, hakte Huntemann nach.

»Also, ich hab da irgendwo … na ja, ich musste dringend pinkeln.«

»In dieser Pinkelecke? Da, wo Kubelka später gefunden wurde?«

»Nein. Die war schon besetzt.« Wilma rieb sich die Schläfen, als könnte das ihrer Erinnerung auf die Sprünge helfen. »Ja, genau! Da stand ein Auto mit einem Pärchen drin. Die haben heftig geknutscht. Deshalb bin ich weitergegangen.«

»Haben Sie sonst noch etwas gesehen, das Ihnen verdächtig vorkam?«

Wilma schüttelte den Kopf. »Nein. Ich weiß nicht. Falls Sie auf Kubelka anspielen: Dass der tot im Feld lag, habe ich nicht geahnt. Da war nichts Verdächtiges, das auf einen Mord hinwies. Zumindest ist mir nichts aufgefallen.«

»Warum bist du dann nicht in den ›Eber‹ zurückgekehrt?«, mischte Thea sich ein.

Huntemann schlug mit der flachen Hand auf den Tisch. »Frau Thading! *Ich* ermittle. Noch eine Frage, und ich nehme Sie fest.«

Thea hob entschuldigend die Hände und lehnte sich zurück. So energisch lernte sie Huntemann erst jetzt kennen.

Er wandte sich wieder Wilma zu. »Also, Frau Menkens, warum sind Sie nicht zurück in den Gasthof gegangen?«

»Weiß nicht. Ich wollte ein bisschen frische Luft schnappen. Mir war übel und ich … na ja, ich musste mich übergeben. Es war mir peinlich. Und da war dann dieses Auto.«

»Das mit dem Fernlicht?«

»Genau.« Sie riss die Augen auf. »Ja, jetzt erinnere ich mich! Es kam mir auf dem Feldweg entgegen.«

»Also waren da zwei Autos? Eines mit dem knutschenden Paar und ein anderes auf dem Weg?«

»Ja. So war es! Genau so. Ich konnte nichts sehen und bin in das Feld rein, um den Wagen vorbeizulassen. Ist ja nicht viel Platz da auf dem Weg.«

»Na gut. Konnten Sie erkennen, was für ein Fabrikat der Wagen war?«

»Nein.«

»Kombi, Limousine?«

»Keine Ahnung. Ich war geblendet, und es war dunkel. Der Fahrer hat irgendwann den Rückwärtsgang eingelegt und ist zurückgefahren, ich nehme an, er kam nicht an dem knutschenden Pärchen vorbei.«

»Rückwärts?«

»Ja. Erst bei der Kreuzung hat der Wagen dann gedreht.«

»Haben Sie da etwas erkannt?«

»Nein. Es war zu weit weg.«

»Das ist ja wirklich seltsam«, entfuhr es Thea.

Huntemann warf ihr einen warnenden Blick zu.

Wilma sah an die Decke. Sie war blass. »Da war noch was«, sagte sie.

»Was denn?«

»Der Wagen ist später noch einmal zurückgekommen. Da lag ich schon verletzt im Feld. Ich habe ihn gehört.«

»Sie sind sich sicher, dass es derselbe Wagen war?«

»Ich glaube schon. Und dann war da so ein Geräusch. So ein … Pfatschen. Ein paarmal.«

Huntemann blickte leicht irritiert von seinem Notizblock auf. »Was meinen Sie damit?«

»Na ja, so ein Pfitschen und Pfatschen. Ich kann es nicht anders beschreiben. Aber es war weiter weg.« Wilma schloss die Augen. »Ich glaube, da hat jemand mit einem Kleinkaliber geschossen. Aber beschwören kann ich es nicht.«

»Denken Sie nach. Von wo kam das Geräusch?«

Wilma schüttelte den Kopf. »Das kam von weiter weg. Irgendwie von der anderen Seite des Feldes. Aber mit Sicherheit kann ich das nicht sagen.«

Thea war vor Nervosität die ganze Zeit auf ihrem Stuhl hin- und hergerutscht. »Sie hat den zweiten Schuss gehört! Den auf Kubelka, als er schon tot war.«

Huntemann kratzte sich mit dem Kugelschreiber den Kopf. »Möglich. Kann aber auch irgendwas anderes gewesen sein, dieses seltsame Pfitschen und Pfatschen oder was immer das war. Ich werde das nachprüfen.« Er schaltete sein Aufnahmegerät aus und steckte es ein. Dann erhob er sich. Zum Abschied setzte er ein charmantes Lächeln auf, als hätte er gerade mit ihnen beiden über eine Einladung zum Italiener gesprochen. »Ich bin dann mal weg. Die Jäger treffen sich heute im ›Wilden Eber‹, um den Abschluss der Jagd zu feiern.«

»Ah. Schön.«

Huntemann fuhr sich mit einer eleganten Geste durch die Haare und warf Thea einen vielsagenden Blick zu. »Im Übrigen hat ein gewisser Bernd Sielmann gewisse Fotos auf seinem Laptop gelöscht. Nur für den Fall, dass Sie vorhatten, Ihren Nachbarn um Abzüge zu bitten.« Er entblößte sein blendend weißes Gebiss. »Obwohl mir der Titel ›Schönster Kommissar des Jahres‹ im ›Krimiticker‹ bestimmt gut zu Gesicht gestanden hätte«, fügte er hinzu und verließ ohne ein weiteres Wort die Cafeteria.

Thea lächelte. »Bedauerlich für Sielmann«, sagte sie und dachte dabei an den Umschlag, der sicher versteckt in ihrer Hütte lag.

»Er hat doch ziemlich cool reagiert«, meinte Wilma, als Huntemann im Fahrstuhl verschwunden war.

»Ich weiß nicht. Das schmiert er mir bestimmt noch mal aufs Brot, dass ich mit dir über diese Fotos geredet habe.«

»Quatsch! Der ist stolz darauf. Huntemann ist ein Selbstdarsteller. Der hätte besser den Kommissar im ›Tatort‹ spielen sollen, als selbst einer zu werden.«

Thea schüttelte zweifelnd den Kopf. »Kann sein. Kann auch

nicht sein. Wir beide haben es bei ihm jedenfalls gründlich verschissen. Ich hab ihm das angehört.«

»Du und deine Stimmen.« Wilma rutschte mühsam zum Ende der Bank und stemmte sich ächzend hoch.

Thea erhob sich ebenfalls. Sie räumte die Tassen auf das Tablett und brachte alles zu dem überquellenden Rollwagen für benutztes Geschirr. Mit Mühe quetschte sie das Tablett in eine Lücke. Wilma stand schon am Ausgang und wartete auf sie, als Thea etwas einfiel. »Scheiße!« Sie fasste sich an den Kopf.

»Was hast du denn?«

»Ich bin ohne Fahrrad hier!«

»Na und? Fahren keine Busse in dieser Stadt?«

»Weißt du, was so ein Einzelticket kostet? Davon kann ich mich laut Hartz-IV-Warenkorb einen ganzen Tag ernähren und überdies ins Kino gehen.«

»Du kriegst ja gar kein Hartz IV.«

»Stimmt. Eher geh ich Wurzeln sammeln im Wald, als auf Knien in so ein Amt zu kriechen.«

»Du warst auch mal Beamtin.«

Thea ging nicht darauf ein. Sie überlegte fieberhaft, wie sie möglichst trocken nach Hause kommen konnte, denn durch die Fenster des Cafés sah sie, dass es draußen in Strömen goss.

»Willst du da festwachsen?«, riss Wilma sie aus den Gedanken.

Thea schüttelte unwillig den Kopf und setzte sich in Bewegung. »Ich muss mich auf den Weg machen«, sagte sie, als sie vor dem Fahrstuhl standen, der Wilma in den zweiten Stock bringen sollte.

»Schon? Dann kommst du nicht mehr mit aufs Zimmer?«, fragte sie enttäuscht.

Thea legte ihr die Hand auf die gesunde Schulter. »Tut mir echt leid, Wilma, aber ich muss los. Wir sehen uns. Ich guck morgen wieder vorbei. Versprochen.« Dann drehte sie sich um und eilte zum Ausgang.

17

Pitschnass und durchgefroren stand sie nach einer Stunde endlich vor ihrer Hütte. Während sie in der Jackentasche nach dem Schlüssel suchte, klappte nebenan eine Tür. Thea drückte sich reflexartig in den Schatten hinter der Hausecke. Das fehlte noch, dass Sielmann sich wieder bei ihr einnistete. Wenn er immer noch kein Gas besorgt hatte, sollte er sich ihretwegen den Hintern abfrieren. Was sie jetzt brauchte, war eine warme Mahlzeit und die Füße ausgestreckt vor dem Ofen, und zwar allein. In der Cafeteria des Krankenhauses hatte sie einige Teebeutel mitgehen lassen und unterwegs eine Packung Eier in einem Supermarkt ergattert.

Sie linste um die Ecke. Es bestand Anlass zur Hoffnung, dass Sielmann sie noch nicht entdeckt hatte. Er eilte gerade zu seinem Gartentor, stieg mit seinen langen Beinen darüber, ohne es zu öffnen, und ging eilig davon.

Thea atmete auf. Er hatte gar nicht vorgehabt, sie wieder mit seiner Anwesenheit zu beglücken. Im Schein der einsamen Laterne erkannte sie, dass er einen Rucksack auf dem Rücken trug. In der Hand schleppte er eine längliche Tasche mit sich, die der Instrumentenhülle glich, in der sie die Hummel aufbewahrte. Gestern hatte Sielmann darauf gespielt, was schon seltsam genug war, schließlich handelte es sich nicht um eine Nullachtfünfzehn-Westerngitarre, sondern um ein seltenes und dazu kostbares Instrument.

Ein schrecklicher Gedanke kam ihr. Er war allein gewesen in ihrer Hütte, die halbe Nacht …

Thea wartete, bis Sielmann außer Sichtweite war. Dann schloss sie die Tür auf und machte hastig Licht. Ihr erster Blick wanderte in die Ecke, in der die Hummel stand. Sie war noch da. Genau dort, wo sie sie abgestellt hatte. Thea atmete auf.

Sie schlüpfte aus den nassen Sachen, warf ein Stück Holz in die Glut und stellte die Pfanne auf den Gaskocher. Sie goss etwas Öl hinein und wartete, dass es sich erhitzte. Dann schlug sie ein Ei am Pfannenrand auf und goss es in das heiße Fett. Das Eiweiß warf sofort Blasen. Thea rührte es um und schaufelte es sich anschließend auf ein Stück Toast, das so trocken war, dass es sich an den Ecken schon nach oben wellte. Es duftete dennoch köstlich, und Thea hatte plötzlich Lust auf ein bisschen Gemütlichkeit. Sie kramte ein paar leere Marmeladengläser aus dem Schrank, in denen noch die angebrannten Teelichter vom letzten Weihnachtsfest lagen. An der Außenseite der Gläser klebten goldene Sterne. Sie stellte sie zu ihren Füßen im Halbkreis auf und entzündete die Dochte. Dann löschte sie das Deckenlicht. Draußen fauchte immer noch der Wind um die Ecken.

Thea setzte sich mit ihrem Brot vor den Ofen und betrachtete zufrieden ihr Werk. Die Flämmchen der Kerzen flackerten in den Gläsern. An den Wänden zuckten Schatten wie in einem alten Hitchcock-Film. Während sie aß, schweiften ihre Gedanken ab zu dem, was Wilma ihr erzählt hatte. Drei Mal war an jenem Nachmittag, an dem Kubelka gestorben war, aus drei verschiedenen Waffen zu drei unterschiedlichen Zeitpunkten geschossen worden. Wahrscheinlich gab es drei Täter, wobei zweifelhaft war, dass der letzte Schuss Kubelka absichtlich hatte treffen sollen – er war post mortem ins Bein geschossen worden. Dass Willi Kieske mehr oder weniger aus Versehen auf Wilma geschossen hatte, war geklärt.

Blieb also der Schuss aus geringer Distanz in Kubelkas Kopf. Eindeutig Mord. Und die beiden Autos, von denen Wilma erzählt hatte? Das Pärchen, so vermutete Thea, war zufällig vorbeigekommen. Hatte Nina nicht davon erzählt, dass häufiger Autos dort parkten, die vom nahen Drive-in kamen? Viel interessanter war das geheimnisvolle Auto, das mehrmals auf dem Feldweg hin und her gefahren war. An irgendetwas erinnerte das Thea, aber sie kam nicht darauf. Sie aß den letzten Bissen, leckte die Reste vom Teller und schichtete ihn auf den Stapel mit dreckigem Geschirr. Es wurde höchste Zeit abzuwaschen. Aber nicht heute Abend.

Als sie zum Ofen ging, um ein Stück Holz nachzuschieben, schaute sie kurz aus dem Fenster und trat erschrocken zurück.

Eine Gestalt stand auf dem Kiesweg vor den Parzellen, außerhalb des Lichtkegels der matten Laterne, am Rande von Sielmanns Grundstück, und blickte zu Boden. Huntemann? Oder Sielmann, der seiner Lieblingsbeschäftigung nachging und nach Hundehaufen suchte? Die Person war dunkel gekleidet und hielt etwas in der Hand. Es bewegte sich. Es war ein Hund. Der Fremde – Thea vermutete stark, dass es ein Mann war – bückte sich und ließ das Tier frei. Es lief einige Male am Bonanzazaun hin und her und hockte sich schließlich in eindeutiger Absicht auf den Grünstreifen direkt vor dem Zaun.

Thea streckte sich. Die Gelegenheit war günstig, den Hundekotmann samt Beweisstück auf frischer Tat zu stellen, aber sie fühlte sich träge und wohlig erschöpft wie nach einem langen Fernsehabend. Draußen sprang der Hund auf und schaufelte ein wenig Dreck mit den Hinterläufen auf sein Geschäft. Der Fremde nahm das Vieh wieder an die Leine. Er schien zu Thea hinüberzusehen. Sie hielt die Luft an, als könnte sie damit den Kerzenschein dimmen – aber was sollte ihn daran stören? Er weiß nicht, dass ich ihn schnappen soll, dachte sie und entspannte sich. Er würde wiederkommen. Hunde mussten mehrmals am Tag ausgeführt werden.

Mit schlechtem Gewissen ließ sich Thea wieder in den Sessel sinken. Unwillig schob sie den Gedanken an ihren Auftrag beiseite. Es gab Wichtigeres zu tun, als wild in der Gegend rumkackende Hunde zu stellen. In diesem Moment fiel ihr ein, was sie an Wilmas Schilderung von dem langsam fahrenden Auto gestört hatte. Sie hatte vor Wochen in der kostenlosen Werbezeitung, die sonntags stapelweise am Eingang der Parzelle lag, über einen Fall von Wilderei gelesen. Ein qualvoll verendetes Reh war auf einem Foto abgebildet gewesen, eine abscheuliche Tat. In dem Artikel war beschrieben worden, wie die Wilderer vorgingen. Sie fuhren mit Aufblendlicht in der Dunkelheit über verlassene Feldwege und durch die Wälder, bis ihnen ein Reh oder ein anderes Tier vor die Flinte kam, das vom Licht geblendet stehen blieb. Ermittelte Huntemann nicht wegen Wilderei gegen Sielmann? Thea versuchte sich zu erinnern, und es fiel ihr wieder ein. Das hatte allerdings mit Fallen zu tun gehabt – was aber nicht ausschloss, dass Little Joe auch mit einem Gewehr wilderte. Bevor Thea den Gedanken weiterspinnen konnte, ertönte das Lied von der Nordseeküste. Thea nahm das Gespräch an. »Ja?«

»Störe ich gerade?«, fragte eine Frau.

»Wer ist denn da?«

»Kühne. Heidrun Kühne. Vom Kegelclub ›Alle Neune‹ in Ganderkesee. Bin ich da bei der Polizei?«

Thea verschluckte sich und hustete. »Verzeihung!« Sie trank schnell einen Schluck Tee. »Ja. Also, klar sind Sie bei …« Thea stockte.

Die Frau schien das als Zustimmung zu werten und redete weiter. »Wir haben schon mal miteinander gesprochen. Wegen der Leiche im Mais. Ich habe Ihre Nummer abgespeichert. Man weiß ja nie, wofür das gut ist.«

»Ja, ich weiß.« Thea hatte sich wieder gefangen. »Was kann ich für Sie tun?«

»Mir ist da noch was eingefallen. Könnte sein, dass es wichtig ist. Ist nur eine Kleinigkeit. Aber im Krimi heißt es ja auch immer: Jede Kleinigkeit könnte wichtig sein. Und da dachte ich –«

»Ja, da dachten Sie schon richtig«, unterbrach Thea ungeduldig.

»Also, mein Mann sagt auch, ich soll Ihnen das erzählen.«

»Kluger Mann, Ihr Gatte. Na, dann schießen Sie mal los.«

»Da war später doch noch was«, sagte Frau Kühne und schwieg dann lange.

»Was denn?«

»Also, nachdem der ganze Zirkus mit dem Krankenwagen und so vorbei war, habe ich draußen gestanden und eine letzte Zigarette geraucht. Eigentlich wollte ich ja schon lange damit aufhören, aber man schafft das ja nicht. Nikotinpflaster, Akkupunktur, Hypnose, das hab ich alles schon durch.«

»Frau Kühne, das ist wirklich interessant, aber ich wüsste zuerst einmal gern, was Ihnen aufgefallen ist.«

Frau Kühne räusperte sich. »Ja, natürlich. Also da war dieser Schuss, von dem ich Ihnen erzählt habe. Der laute hinter dem Haus.«

»Ja. Ich erinnere mich.«

»Und dann war da ein Auto. Es kam die Schlaglochpiste raufgekrochen. Ganz langsam und mit Fernlicht. Hat erst kurz vor dem Gasthaus die Funzel ausgemacht. So was blendet ja auch. Und dann hat es hinter dem Wirtshaus geparkt. Nicht vorn auf dem Parkplatz, sondern hinten. Ich fand das komisch und bin mal um das Haus rum.« Sie lachte verlegen. »Ich bin ja nicht neugierig, aber das hat mich schon interessiert.«

Thea seufzte. »Und was haben Sie da beobachtet?«

»Na ja, da ist jemand ausgestiegen. So ganz in Schwarz gekleidet. War richtig gruselig.« Die Frau schwieg wieder.

»Und dann?« Thea hatte Mühe, nicht die Geduld zu verlieren. Sie hasste es, wenn man den Leuten alles aus der Nase ziehen musste.

»Nichts.«

»Frau Kühne! Dieser Wagen hat doch bestimmt nicht hinter dem Gasthaus geparkt, um sich die Mülltonnen anzugucken, oder?«

»Bin ich Polizistin?« Jetzt klang Frau Kühne beleidigt.

Thea zügelte ihre Ungeduld. »Entschuldigen Sie bitte. Ich bin ein bisschen angespannt. War ein anstrengender Tag.« Sie wartete auf eine Reaktion, aber die kam nicht. Frau Kühne war immer noch sauer. »Haben Sie erkannt, welches Fabrikat das Auto war? Oder haben Sie sich eventuell das Nummernschild gemerkt?«

»Nein. Ich weiß nur, dass es so ein Kastenwagen war. Wie ihn die Handwerker öfter fahren. Ich glaube, er war weiß. So ’n fahrender Kühlschrank, hinten ohne Fenster.«

»Und die Person, die da ausgestiegen ist, war das ein Mann oder eine Frau?«

»Das ist es ja. Ich glaube, es war der Wirt selber. Und er hat ein Tier aus dem Kofferraum geladen. Das war tot.«

»Der Wirt?«, fragte Thea fassungslos. »Sind Sie sich da ganz sicher?«

Wieder herrschte Schweigen in der Leitung. Thea unterbrach diesmal nicht. Frau Kühne holte mehrmals Luft, bevor sie sagte: »Nein.«

»Aha. Es könnte also auch jemand anderes gewesen sein.«

»Ja.«

»Was hat die Person dann gemacht?«, fragte Thea genervt.

»Ein totes Tier ausgeladen. Hab ich doch schon gesagt.«

»Ja, richtig. Konnten Sie erkennen, was das für ein Tier war?«

»Nein. Aber da war noch jemand, und einer von beiden war der Wirt.«

Thea seufzte. »Verstehe ich Sie richtig? Herr Kieske war da hinter dem Haus, aber Sie wissen nicht, ob er das Auto gefahren hat?«

»Ja.«

»Noch einmal: Was war das für ein Tier?«

»Keine Ahnung.«

»Denken Sie nach, Frau Kühne. Ein Krokodil war's wohl kaum.«

Die Frau am anderen Ende der Leitung schwieg angestrengt. »Also, wenn ich es mir so richtig überlege, dann würde ich darauf tippen, dass es ein Reh war«, sagte sie schließlich, »könnte aber auch ein großer Hund gewesen sein.«

»Gehen wir mal davon aus, dass Willi Kieske keinen gebratenen Hund auf der Speisekarte hat. Dann liegen wir mit Reh vielleicht ganz richtig. Ich frage trotzdem: Könnte es auch ein Wildschwein gewesen sein?«

»Nein. Es war schlanker.« Frau Kühne dachte wieder nach. »Ja, ein Reh könnte hinkommen. Der Wirt hatte außerdem ein Gewehr dabei.«

»Sicher?«

»Ich weiß doch wohl, wie ein Gewehr aussieht!«

»Könnte das auch etwas anderes gewesen sein? Vielleicht ein Instrumentenkoffer?«

Frau Kühne lachte herzhaft. »Sie sind gut! Wir sind hier nicht in Chicago.«

»Nein, aber in Bruchbäke. Ist Ihnen sonst noch was aufgefallen?«

»Nein.«

»Danke, Frau Kühne. Allerdings frage ich mich schon, warum Ihnen das mit dem Auto jetzt erst einfällt.«

»Ich hab mir nichts dabei gedacht. Ich mein, da war Jagd, und die Jäger verkaufen manchmal Wild an die Gaststätten. Und der Wirt ist selbst Jäger. Aber weil der verhaftet worden ist, dachte ich, das ist vielleicht wichtig.«

»Woher wussten Sie, dass der Wirt festgenommen wurde?«, fragte Thea erstaunt.

»Das stand doch in der Sonntagszeitung. Soll ich Ihnen den Artikel vorlesen?«

»Nicht nötig. Vielen Dank, Frau Kühne, Sie haben mir sehr geholfen.«

Thea legte nachdenklich das Handy beiseite. Höchstwahrscheinlich hatte einer der Jäger Kieske ein Reh vorbeigebracht, und das hatte alles nichts zu bedeuten. Ein entscheidendes Detail machte Thea jedoch stutzig. Der Wagen hatte Fernlicht angehabt. Wie die Wilderer, von denen Huntemann gesprochen hatte.

Es musste doch herauszufinden sein, wer in dieser Gegend einen weißen Kastenwagen fuhr. Der Wirt besaß einen dunkelblauen Passat älteren Baujahrs, jedenfalls stand ein solcher vor dem Haus. Auf dem Rückfenster klebte Werbung für den »Wilden Eber«. Thea würde trotzdem fragen, möglicherweise gab es einen Zweitwagen.

Und dann kam ihr noch ein anderer Gedanke. Was, wenn der Kastenwagen einem Wilderer gehörte, der seine Beute schwarz an Gasthöfe verkaufte, im Anschluss an einen illegalen Beutezug? Wildfleisch noch lebend warm auf den Tisch sozusagen. Möglicherweise war aus diesem Wagen geschossen worden, und ein Querschläger hatte Kubelka am Bein getroffen.

»Sielmann«, flüsterte sie. Für den Umzug in die Hütte hatte ihm jemand mit einem weißen Kastenwagen geholfen. Der hatte damals mehrmals vor seiner Ponderosa geparkt. Er selbst fuhr jedoch einen klapprigen Kombi. Vielleicht hatte er einen Komplizen? Und ich muss dringend mit den Jägern sprechen, dachte sie, auch wenn Huntemann im Dreieck springt.

18

Das Licht an ihrem Rad hatte sie immer noch nicht repariert, aber in der Stadt machte das nichts aus. Nachdem sie den Jubiläums-Möbelmarkt passiert hatte, wurde es jedoch schlagartig dunkel. Der Himmel war bewölkt, und weder Mond noch Sterne spendeten Licht auf dem Weg. Hier gab es auch keine Straßenbeleuchtung mehr. Dafür nieselte es jetzt ununterbrochen, und das feuchte Laub verwandelte die Radwege in glitschige Rutschbahnen. Vorsorglich hatte sie ihre Taschenlampe eingesteckt, als sie sich in der Dunkelheit doch noch auf den Weg gemacht hatte. Die Taschenlampe in der einen Hand, in der anderen den Lenker, kämpfte sie sich vorwärts. So kam sie nach einer Dreiviertelstunde unfallfrei vor dem »Wilden Eber« an.

Auf dem Parkplatz vor dem Gasthof stand ein Geländewagen neben dem anderen, alles war hell erleuchtet. Kieske hatte heute Abend die Jäger eingeladen. Das hatte Huntemann erzählt.

Thea stellte das Rad ab. An der Tür hing ein Schild: »Geschlossene Gesellschaft«. Sie trat dennoch ein. Aus dem Saal hörte sie Kieskes dröhnende Stimme gedämpft, aber gut hörbar bis in den Flur. Er gab wieder Dööntjes von sich. Thea blieb stehen und lauschte.

»Kommt ein Jäger nach Hause und erwischt seine Frau im Bett mit seinem besten Kumpel. Er erschießt ihn. Da sagt seine Frau: ›Mach nur so weiter, dann hast du bald keine Freunde mehr‹.«

Es folgte grölendes Gelächter, die Darbietung schien dem Publikum zu gefallen.

Thea beschloss, zunächst nach Nina zu sehen. Sie öffnete die Tür zur Gaststube. Die Tochter des Wirts stand tatsächlich hinter der Theke und arbeitete die Getränkebestellungen ab. Sonst war der Raum leer, sogar der Stammtisch war heute verwaist. Die Wirtstochter sah schlecht aus.

»Moin«, grüßte Thea.

Nina sah nur kurz auf und nickte.

Thea setzte sich auf einen Barhocker vor sie hin.

»Bier?«, fragte Nina.

»Etwas Warmes wär mir lieber.« Thea rieb sich die tauben Hände. »Ist ungemütlich kalt draußen.«

»Wie wär's mit Grog? Oder Glühwein?«

Thea war versucht, sich einen Grog zu bestellen, ließ es dann aber sein. Schließlich musste sie noch zurück. »Nur Tee. Schwarz, bitte.«

»Glas Tee!«, rief Nina nach hinten in die Küche. Nach nicht einmal dreißig Sekunden brachte der Koch ein Glas mit heißem Wasser.

»Sie haben auch niemals Wochenende, was?«, fragte ihn Thea. Er sah sie nur an und verschwand wieder in der Küche.

Nina hängte einen Beutel in das Glas und stellte es vor Thea hin. »Milch und Zucker?«

»Nein danke.« Thea drehte das Glas in den Händen und sah zu, wie sich braune Schlieren von den Teeblättern im Beutel lösten. »Ihr Vater wurde gerade aus der Haft entlassen und kann schon wieder Witze reißen?«, fragte sie beiläufig.

Nina nickte. Sie sah kurz auf und lächelte traurig. »The show must go on.«

Thea schwenkte den Teebeutel im Glas hin und her. Das Wasser nahm eine goldbraune Farbe an. »Sind Sie froh, dass Ihr Vater wieder draußen ist?«

»Klar.«

Das klang sehr knapp, fand Thea. »So ganz ungeschoren wird er trotzdem nicht davonkommen.«

Nina reagierte nicht darauf. Sie polierte ein Weinglas, bevor sie es vollschenkte.

»Fährt Ihr Vater einen Kastenwagen?«

Die junge Frau sah auf. Ihre Miene wirkte verschlossen und feindselig. »Wir haben einen Kombi. Der steht draußen vor der Tür. Wieso?«

»Weil jemand Ihren Vater am Tatabend gesehen hat. Ein Kastenwagen kam hinter das Haus gefahren. Eine Zeugin sagt aus, er hätte ein Reh ausgeladen.«

»Blödsinn! Das muss eine Verwechslung sein.«

»Sind Sie sicher?«

»Ja. Absolut.«

»Was kriegen die im Clubraum eigentlich heute zu essen?«

Nina drehte sich um und nahm zwei weitere Weingläser aus einem Regal. Sie stellte sie auf ein Tablett und füllte das eine mit Weißwein, das andere mit Rosé. »Wir haben Wildwochen. Was soll's schon geben?«

»Rehbraten vielleicht?«

»Und wenn?«

Thea hob den Teebeutel aus dem Glas. Sie sah sich suchend nach etwas um, in das sie das tropfende Ding legen konnte. »Könnten Sie mir eine Untertasse geben?«

Nina langte unwillig hinter sich und knallte ein Schälchen auf die Theke.

»Woher bekommen Sie das Wildfleisch?«, bohrte Thea weiter.

»Seitdem Papa nicht mehr jagen darf, müssen wir es teuer einkaufen. Manchmal bringen uns die Jäger was vorbei.« Sie lehnte sich über die Theke. »Und Kastenwagen fahren hier viele. Auch Jäger. Fragen Sie die doch. Die sind gerade alle nebenan und feiern das Ende der Treibjagd und dass Papa wieder draußen ist.«

»Das hatte ich vor«, sagte Thea und nippte an dem heißen Tee. Er schmeckte nach Pappe. »Wissen Sie zufällig, wo Ihr Vater den Schlüssel für den Waffenschrank aufbewahrt?«

»Ja, klar.«

»Und wo hat er den?«

»An seinem Schlüsselbund. Den trägt er immer bei sich. Da kommt niemand ran.«

»Seltsam«, überlegte Thea, »Kubelka ist eindeutig mit der Waffe Ihres Vaters erschossen worden, aber er kann es ja nicht gewesen sein, da er bei den Flintenweibern aufgetreten ist. Dann muss also jemand die Baikal geklaut und wieder hingestellt haben, oder?« Sie musterte Nina, aber die zuckte gleichgültig die Schultern.

»Hier gehen viele Menschen ein und aus. Es hätte niemand gemerkt, wenn jemand ins Büro eingebrochen wäre. Hab ich Eugen auch gesagt, aber der meinte, das ist jetzt nicht mehr wichtig.«

»Kann ich mir vorstellen, dass er das gesagt hat.« Thea lachte freudlos. »Aber mal was anderes. Was war das eigentlich zwischen Kubelka und Ihnen? Ich habe gehört, Sie waren ein Paar?«

Ninas Augen weiteten sich. »Jetzt verstehe ich! Sie glauben, ich war das mit Olaf? Ich hätte mir Papas Knarre genommen und ihn umgebracht?« Sie knallte das Geschirrtuch auf die Theke. »Ich wollte mit ihm ein neues Leben anfangen!«

»Hatten Sie Streit? Wollte er Sie sitzen lassen? Ich meine, er war ja schon einen Tacken älter als Sie.«

»Was?« Nina fuhr sich über die Augen. »Nein.«

»Vielleicht ist ihm das alles zu heiß geworden? Oder Ihr Vater hat ihn unter Druck gesetzt?«

Zum ersten Mal sah Nina ihr direkt in die Augen. Thea konnte den Blick nicht deuten. »Das ist privat«, sagte sie und presste dabei die Zähne aufeinander, als müsste sie sich zwingen, nicht aus der Haut zu fahren.

»In einem Mordfall ist nichts privat, Frau Kieske.«

Nina nahm das Geschirrtuch wieder in die Hand und knetete es in den Händen. »Sie haben Olaf bestimmt auch für einen durchgeknallten Typen gehalten, oder? Halb Spießer, halb Freak? Einer, der auf kleine Mädchen steht?«

Thea musste sich eingestehen, dass dies in etwa ihrer Einschätzung entsprach.

»Das war er alles nicht«, fuhr Nina sie wütend an. »Olaf war …«, sie stockte, »ach, ist ja auch egal! Sie verstehen das sowieso nicht.« Sie begann, das Geschirrtuch zusammenzufalten – eine völlig sinnlose Aktion. »Er war nett«, sagte sie leise und mit gesenktem Kopf, »und niemals aufdringlich. Oder grob, wie manche von diesen Bauerntrampeln, die meinen, man würde gleich mit ihnen ins Bett springen. Er war so was wie ein großer Bruder.«

»Dann waren Sie gar kein Liebespaar?«

Nina schüttelte den Kopf. »Nein, waren wir nicht.« Die Trauer in ihrer Stimme war echt. »Ich mochte ihn. Sehr sogar. Aber alle haben immer nur gedacht, wir kiffen und vögeln, sonst nichts.« Sie sah auf. Der Kajal um ihre Augen begann zu verlaufen. »Mein Vater hat auch rumgenervt. Ich sollte mich von Olaf fernhalten.«

»Na ja, ein Drogendealer ist nicht gerade der beste Umgang, oder?«

Nina lachte unglücklich. »Er hat ein bisschen Gras an Freunde verkauft, na und? Mein Vater handelt doch auch mit Drogen. Er verkauft Alkohol an die Leute.«

»Das ist doch etwas anderes!«, sagte Thea scharf.

»Ach ja? Ich habe in der Zeitung gelesen, dass es im letzten Jahr mehr als siebzigtausend Alkoholtote in Deutschland gegeben hat.«

»Chapeau.« Thea hob das Teeglas und nickte anerkennend, »da sind Sie besser informiert als ich.«

»Ich guck ab und zu mal ins Internet und lese Zeitung.«

»Haben Sie mit Ihrem Vater auch darüber diskutiert?«

Nina schüttelte den Kopf. »Nein. Mit dem kann man nicht mehr reden. Seit Mama auf dem Friedhof liegt, hat er sich verändert.«

»Wie meinen Sie das?«

»Er ist total verbohrt. Lässt keinen mehr an sich ran. Aber er ist bestimmt kein Mörder.«

Thea seufzte. »Ich glaube Ihnen.« Sie beschloss, Nina endgültig aus dem Kreis der Verdächtigen auszuschließen. Dann wandte sie sich doch noch mal an sie. »Eine Frage hätte ich noch: Wenn Sie so dringend hier wegwollten, warum brauchten Sie dazu eigentlich Olaf Kubelka? Sie sind doch eine plietsche junge Frau und hätten das auch allein geschafft.«

Die Wirtstochter antwortete nicht darauf. Sie stellte die frisch gezapften Biere nacheinander auf ein Tablett. »Olaf wollte auch weg. So einfach ist das. Er war so … unkompliziert.«

»Meinen Ofen von ihm genehmigen zu lassen war alles andere als unkompliziert«, polterte Thea, »und er hat mir ständig die Hölle heißgemacht. Auch wegen dem Unkraut in meinem Garten.«

Ninas Mund verzog sich zu einem spöttischen Grinsen. »Krass. Sie haben eine Gartenlaube? So mit Gartenzwerg und Girlanden und so? Olaf hat nie von Ihnen erzählt.«

»Mein Gartenzwerg hat eine eingebaute Selbstschussanlage. Daran wird es liegen.«

Nina lachte laut auf und erinnerte Thea wieder an die junge Frau, die sie und die Flintenweiber am Freitag im größten Stress freundlich bedient hatte. Aber es hielt nicht lange an. Ninas Miene verschloss sich schnell wieder, und sie verschwand mit den Getränken zu den Jägern.

»Was halten Sie eigentlich von Bernd Sielmann?«, fragte Thea, als die junge Frau wieder hinter der Theke stand, um frische Biere zu zapfen, »der war doch mit Kubelka befreundet. Mit Ihnen auch?«

Nina schüttelte den Kopf. »Befreundet? Der hat sich an Olaf rangehängt wie eine Klette.«

»Ich dachte, Sie drei wären unzertrennlich. Zumindest hat Sielmann so was angedeutet.«

»Bernd ist ein ziemlich aufdringlicher Typ.«

»Ja. Da haben Sie wohl recht«, stimmte Thea ihr zu und trank den Rest Tee, der schon fast kalt geworden war. Dann wühlte sie in ihrer Jackentasche nach dem Portemonnaie.

»Geht aufs Haus«, sagte Nina.

Thea bedankte sich und rutschte vom Barhocker. Aus dem Saal erschollen lautes Gelächter und Klatschen.

»Ist das Rehragout für die Jäger fertig?«, rief Nina nach hinten in die Küche. »Papa kommt gleich raus, dann können wir servieren.«

»Alles bereit!«, antwortete der Koch.

»Ich muss jetzt los. Nebenan sitzt der ganze Hegering«, sagte Nina und rieb sich die Hände an einem Handtuch ab, »außer Eugen. Der hat kurzfristig abgesagt.«

»Warum?«

»Keine Ahnung. Dienst oder so.«

Das war eine erfreuliche Neuigkeit für Thea. Diese Gelegenheit durfte sie auf keinen Fall verpassen. »Ich geh da mal kurz rein«, rief sie Nina zu, die zusammen mit dem Koch dampfende Schüsseln auf einen Rollwagen stellte. Bevor sie jemand zurückhalten konnte, war sie aus der Gaststube verschwunden.

Im Flur blieb sie kurz stehen und horchte. Der wilde Willi gab eine Zugabe. Sie wollte gerade die Tür zum Clubraum öffnen, da fasste sie jemand am Ärmel.

»Sie können da nicht reingehen und die Leute belästigen. Mein Vater reißt mir den Kopf ab!« Es war Nina. Sie stand mit dem vollen Rollwagen hinter Thea. Aus den Schüsseln dampfte und duftete es. Der Koch im »Wilden Eber« beherrschte seine Kunst.

»Ich habe nur ein paar Fragen. Ich bin gleich wieder verschwunden.«

Nina funkelte sie böse an. »Wissen Sie eigentlich, dass Sie eine totale Nervensäge sind?«

»Ja. Das haben mir schon viele gesagt.«

In diesem Moment öffnete sich die Tür, und Willi Kieske kam heraus. Er trug wieder das alberne Kostüm. Schweißperlen standen ihm auf der Stirn. Er wischte sie mit dem Handrücken weg. Als er Thea entdeckte, blieb er stehen. »Was machen Sie denn noch hier? Die Flintenweiber sind abgereist.«

»Ich weiß«, sagte Thea, »ich –«

Nina fiel ihr ins Wort. »Die will da rein und rumschnüffeln. Fragen stellen.«

Willi Kieske richtete sich auf und fixierte Thea. Sein vom Auftritt erhitztes Gesicht wurde noch dunkler. Sie roch seinen Schweiß und trat einen Schritt zurück.

»Du kannst servieren«, sagte er knapp, und Nina verschwand mit dem Rollwagen im Clubzimmer.

Thea sah sich nach einem Fluchtweg um. Die Küchentür stand offen. Der Koch hielt den Sahnebeutel, mit dem er gerade das Dessert kunstvoll dekorierte, und blickte erschrocken zu ihnen hinüber. Immerhin wird es einen Zeugen geben, wenn der Wirt mir in seiner Wut etwas antun sollte, dachte sie.

Thea hob in einer entschuldigenden Geste die Hände. »Es tut

mir leid. Ich will wirklich nicht stören, aber ich habe noch ein, zwei klitzekleine Fragen. Geht auch ganz schnell.«

»Nix da. Raus hier oder ich rufe die Polizei!«, schrie Kieske sie an.

Thea sah hilfesuchend zum Koch, aber der griff nach seiner Zigarettenschachtel und verschwand durch die Hintertür der Küche in den Hof. Feigling!, dachte sie und wandte sich wieder dem Wirt zu. »Ich bin hier im Auftrag von Wilma Menkens. Sie wissen schon, die Kommissarin aus Wittmund. Ich bin ihre Assis–«

Bevor Thea das Wort zu Ende sprechen konnte, hatte Kieske sie am Arm gepackt und drehte ihn nach hinten. Ein höllischer Schmerz fuhr ihr durch die Schulter. »He! Sie kugeln mir das Gelenk aus«, keuchte sie.

Kieske hörte nicht darauf. Er schob Thea vor sich her zum Ausgang, öffnete die Tür und gab ihr einen Schubs. Thea stolperte nach draußen und fiel in den Dreck. Sie hörte, wie die Tür krachend ins Schloss fiel.

Langsam rappelte sie sich hoch und rieb sich den Arm.

»Ich zeig dich an!«, schrie sie außer sich. So etwas war ihr noch nie passiert. Am liebsten wäre sie jetzt wieder in den Gasthof hineingestürmt, um dem Wirt die Meinung zu geigen, aber er hatte eine Menge Kumpel im Clubraum sitzen.

Wütend trat sie gegen die Eingangstür. Es knallte ganz ordentlich. Kieske kam trotzdem nicht zu ihr hinaus. Beruhige dich, beschwichtigte der vernünftige Teil in ihr, der andere wollte Blut sehen. Sie rannte zu ihrem Fahrrad und wieder zurück. Das tat sie mehrmals. Dann kam ihr ein Gedanke. Sie ging um das Haus herum.

Am Hintereingang, direkt neben dem Hundezwinger, stand der Koch und rauchte.

»Moin«, begrüßte Thea ihn.

Der Koch sah überrascht auf und ließ die Zigarette sinken. »Moin.« Er blickte fragend zu Thea hin.

»Sie sind der Koch vom ›Eber‹?«

»Jo.«

»Wir haben uns schon mal gesehen.«

»Kann sein.«

»Sind Sie der einzige Koch hier?«

Er drehte sich einmal um die eigene Achse. »Sehn Se noch einen?«

Thea war nicht zum Scherzen aufgelegt. »Antworten Sie mir ordentlich, oder ich nehme Sie mit auf die Wache!«, fuhr sie den Koch an.

Der trat in gespieltem Entsetzen einen Schritt zurück. »Oh, da hab ich aber Angst. Was hab ich gemacht? Hab ich Ihre Suppe versalzen?«

»Ich will nur wissen: Kochen Sie ganz allein hier?«

»Blöde Frage.«

»Ich würde mich freuen, wenn Sie sie beantworten.«

»Nina hilft mal aus. Oder Gudrun. Die is aus dem Ort und geht mir auch schon mal zur Hand, wenn der Laden voll is. Aber kochen tu ich allein.«

Thea rieb sich den schmerzenden Arm. »Ganz schön viel Arbeit hier, was?«

»Nur inner Saison. Sonst is ruhig.«

»Das Rehragout für die Jäger da drinnen riecht lecker.«

Der Koch grinste zufrieden. »Isses auch.«

»Woher kommt denn das Fleisch?«

»Willi besorgt das. Is alles frisch. Und regional. Ich nehm die Viecher selbst aus. Oder Willi, je nachdem.«

»Am Freitagabend wurde auch ein Reh angeliefert?«

Der Koch inhalierte tief. »Warum ist das wichtig?«

»Ach, nur so. Fragen gehört zu meinem Job.«

»Wegen dem toten Kubelka im Maisfeld, oder?«

Thea nickte, und der Koch rauchte schweigend weiter. Die Glut hatte den Filter fast erreicht, da warf er den Stummel auf den Boden und drückte ihn mit der Schuhspitze aus.

»Gestern hing ein frisches Viech im Kühlhaus. Gehäutet und ausgenommen. Muss der Chef in der Nacht zum Samstag wohl selbst gemacht haben. Ich krieg nicht immer mit, wer die Viecher anschleppt.«

»Wissen Sie zufällig, wer hier in der Umgebung einen weißen Kastenwagen fährt?«

Die Antwort kam wie aus der Pistole geschossen. »Ne. Der Chef jedenfalls nicht. Muss jetzt weiterarbeiten.« Er wandte sich um und verschwand grußlos in der Küche.

Durch die Fensterscheibe konnte Thea sehen, dass der Wirt ebenfalls in der Küche stand. Er hatte Thea den Rücken zugewandt und aß stehend. Am liebsten hätte sie ihn in den Hof gezerrt, um ihm zu sagen, was sie von ihm und seinen lauwarmen Witzen hielt. Sie entschloss sich, stattdessen einen letzten Versuch zu unternehmen, ungesehen ins Clubzimmer zu gelangen.

Sie wartete noch eine Weile, dann schlich sie in das Wirtshaus zurück und eilte den Flur entlang. Die Saaltür stand offen, dahinter herrschte Gewusel, nicht wenige waren unterwegs zu den Toiletten. Thea gelangte tatsächlich, ohne Aufsehen zu erregen, in den Clubraum. Die Jäger waren mit dem Hauptgang fertig, und Nina war damit beschäftigt, die Dessertteller zu verteilen. Keiner achtete auf Thea.

Sie drückte sich in eine Ecke, in der mehrere Gäste herumstanden und Fotos betrachteten, die auf einem Tisch ausgebreitet lagen. Sie zeigten Szenen der Jagd. Thea stellte sich mit dem Rücken zur Tür und sah sich interessiert die Schnappschüsse an. Die Jäger posierten vor ihrer Beute, die sie in Reih und Glied vor sich hingelegt hatten. Fasane, Hasen, Rehe und Wildschweine.

Sie erschrak, als ein Jäger sie ansprach. »Zu wem gehören Sie denn?«, fragte er freundlich und reichte ihr die Hand. »Ich bin Sieber Bünnemann, Bauer in Bruchbäke. Mir gehört das Maisfeld, in dem die Sache passiert ist. Schöner Mist.«

Thea musterte ihn. Er musste die siebzig bereits überschritten haben, machte aber einen rüstigen Eindruck. Sie lächelte. »Thea Thading. Ich komme aus Oldenburg, und ich bin allein hier.«

»Jägerin oder Presse?«

»Nichts von beidem. Ich ermittle wegen des Mordfalls.«

Der Bauer wurde ernst, aber nicht unfreundlich. »Ich dachte, das macht Eugen?«

»Macht er auch. Ich bin nur … die Praktikantin.«

Der Bauer lachte. »So was gibt's bei der Polizei auch?«

»Klar. Alle müssen sparen.«

»Und was macht so eine Praktikantin hier?«

»Fragen stellen.«

»Ach so. Dafür schicken die wohl keinen echten Kommissar mehr?«

»So in der Art.«

»Na, dann schießen Sie mal los.«

Thea räusperte sich. Sie war so überrascht, dass ihr im ersten Moment nicht mehr einfiel, was sie fragen wollte. »Also«, begann sie dann, »zuerst würde ich gern wissen, ob es üblich ist, den Abschluss einer Jagd so groß zu feiern.«

Bünnemann lachte. »Willi hat uns eingeladen. Ihr habt ihn ja wieder freigelassen. Grund genug, zu feiern, oder?«

»Aber er feiert nicht mit, sondern arbeitet hinter der Theke.«

»Vielleicht macht's ihm ja Spaß?«

Thea zeigte auf das Foto, das sie gerade betrachtet hatte. »Ganz schön viel Beute. Vier Wildschweine?«

»Das waren im letzten Jahr mehr.«

»Und dann die ganzen Rehe!«

Bünnemann zuckte nur mit den Schultern.

»Was passiert mit dem Fleisch?«

»Das kommt auf den Teller. Besseres Fleisch gibt es nicht. Alles bio.«

»Alles für die Jäger?«

»Nein. Gaststätten wie diese hier nehmen was ab. Manche Bauern haben einen kleinen Hofladen, so wie ich. Oder es wandert eben in die eigene Kühltruhe.«

»Hat Willi auch was abbekommen? Ich meine, der darf doch nicht jagen, wegen dieser Ponygeschichte.«

»Das nehme ich doch stark an. Er wird schon was abgekriegt haben.«

»Fährt von Ihnen jemand einen Kastenwagen?«

Der Mann überlegte kurz. Dann schüttelte er den Kopf. »Ne. Von uns nicht. Die meisten fahren hier was Geländegängiges.«

»Und Sie?«

»Na, was soll so ein alter Bauer wie ich schon fahren? Ganz traditionell einen alten Benz. Damit kann ich sogar über den Acker. Das macht dem nichts aus. Früher war das noch Wertarbeit. Die neuen haben so viel Elektronik, da kann man nicht mal mehr 'ne Birne selber wechseln. Ich –«

»Ja, das ist wirklich blöd«, unterbrach ihn Thea, »ich würde trotzdem gern noch mal auf den Kastenwagen zurückkommen. Was ist mit Zweitwagen?«

Der Mann sah sie skeptisch an. »Ist das ein Verhör? Dann ruf ich wohl besser meinen Anwalt.«

»Nein.« Sie versuchte sich an einem Lächeln. »Ist alles völlig harmlos. Ist nur eine Übung, wissen Sie. Fürs Praktikum.«

Bünnemann blieb trotzdem misstrauisch. »Ich würde jetzt gern meinen Nachtisch essen.«

»Klar. Nur noch eine Frage. Hat Willi Kieske mal seine Jagdwaffe verliehen? Also, diese Baikal?««

Bünnemann dachte nach, dann schüttelte er den Kopf. »Ne. Nicht dass ich wüsste. Ich kann mir nicht vorstellen, dass jemand freiwillig mit so einer russischen Flak auf Jagd geht.«

»Probleme?«, mischte sich ein anderer Jäger ein.

»Die Dame hier behauptet, sie sei Praktikantin bei der Polizei. Sie fragt mich Löcher in den Bauch. Wegen dieser Mordgeschichte.«

»Praktikantin?«

Thea nickte, aber sie sah ihm an, dass er ihr kein Wort glaubte.

»Sind Sie für ein Praktikum nicht zu alt?«

»Heutzutage ist niemand zu alt dafür.«

»Ich ruf Eugen an.« Er zückte sein Handy und wählte die Nummer.

Thea blieb nicht viel Zeit. Sie entschloss sich, wie so oft, wenn es brenzlig wurde, zu einer radikalen Lösung und sprang auf einen freien Tisch, der an der Wand stand. »Alle mal herhören!«, rief sie. »Ich ermittle im Mordfall Kubelka und habe zwei Fragen an Sie.«

Alle Gespräche verstummten augenblicklich, und die Jäger wandten sich ihr zu.

»Wer von Ihnen fährt einen Kastenwagen oder kennt jemanden, der einen fährt?« Thea sah in die Runde, überall wurden nur Köpfe geschüttelt. »Gut. Zweite Frage: Hat jemand am Freitag ein erlegtes Reh hier abgeliefert oder hat Herr Kieske eines abgeholt?«

Wieder verneinten alle Anwesenden, aber dann trat Sieber Bünnemann vor.

»Was den Kastenwagen angeht«, rief er, »dazu fällt mir tatsächlich noch was ein. Hier waren letztes Jahr Wilderer unterwegs. Die hatten so einen Kastenwagen. Vielleicht sollten Sie mal in diese Richtung ermitteln und nicht bei uns.« Er wandte sich seinem Kollegen zu, der immer noch telefonierte. »Das hast du doch auch gesehen, Jochen. Vom Hochsitz aus. Die sind abgehauen, und wir konnten dann der Schweißfährte folgen und das Wundbett suchen.«

Jochen nickte und winkte ab, er telefonierte noch immer.

»Wie bitte?« Thea hatte kein Wort verstanden.

»Die blenden das Wild und schießen dann aus dem Auto mit ihren Spielzeugwaffen. Meistens schweißen die nur an, und die Tiere verenden qualvoll.«

»Was schweißen die an?«, wollte Thea wissen.

Einige der umstehenden Jäger lachten. Sie hatte anscheinend etwas Blödes gesagt und fragte lieber nicht weiter nach, sondern stieg vom Tisch herunter.

»Das heißt, die verletzen die Tiere nur. Die können ja nicht mal schießen«, klärte Bünnemann sie auf.

»Aha. Und Sie glauben, diese Wilderer sind hier in Bruchbäke unterwegs? Ist Ihnen da etwas aufgefallen?«

»Letztes Jahr schon. Aber das hörte dann auf.«

»Ist das denn lukrativ? Ich meine, wenn die zum Beispiel so ein gewildertes Reh verkaufen würden?«

»Eigentlich nicht. Bei uns kostet ein Reh vielleicht fünfzig Euro. Die Wilderer müssen da noch drunter bleiben. Da kann man nicht reich bei werden. Das ist wohl eher der Kick, der diese Typen dazu treibt. So 'n bisschen Wildwest spielen und so.«

»Wildwest?« Thea kam nicht dazu, weiter darüber nachzudenken, denn Jochen steckte sein Smartphone weg. Er zeigte auf Thea und rief laut: »Ihr sagt jetzt nichts mehr! Die hier ist nämlich nicht von der Polizei.«

Zeit für einen geordneten Rückzug, dachte Thea, sprang vom Tisch und drängelte sich in Richtung Ausgang.

»He! Warten Sie!«, rief der Typ ihr nach, aber Thea hatte die Tür schon erreicht.

Sie knallte sie hinter sich zu und spurtete den Flur entlang. Sie hörte noch, wie die Saaltür wieder aufflog. Thea hetzte zum Ausgang, die Verfolger waren dicht hinter ihr. Sie streckte schon die Hand aus, um nach der Klinke zu greifen, da wurde es plötzlich dunkel vor ihr, und sie rannte in jemanden hinein. Willi Kieske war aus der Gaststube gestürmt und hatte sich vor sie gestellt.

Huntemann war keine Viertelstunde später mit Schandau im Schlepptau erschienen. Jetzt saßen sie wieder in Kieskes Büro, und diesmal nahmen Sie Thea in die Mangel.

»Sagen Sie mal, Frau Thading, was denken Sie sich eigentlich dabei, der Polizei alle naslang ins Handwerk zu pfuschen?«, fragte er gerade und schaute sie traurig an, ganz so, als hätte Thea ihn persönlich damit beleidigt.

»Ich bin privat hier, oder ist es verboten, in ein Gasthaus zu gehen?«, antwortete sie bockig.

»Das ist nicht ganz richtig. Sie haben die Gesellschaft nebenan mit blödsinnigen Verdächtigungen gestört.«

»Verdächtigungen? Ich habe nur höflich gefragt. Das wird man doch noch dürfen.«

Huntemann schüttelte den Kopf. »Willi Kieske hat Ihnen Hausverbot erteilt, und dann sind Sie so dreist und kommen einfach wieder hierher. Herr Kieske wird Anzeige gegen Sie erstatten. Wegen Nötigung, Erregung öffentlichen Ärgernisses und was da sonst noch so alles zusammenkommt. Und soll ich Ihnen etwas sagen? Er hat vollkommen recht. Zu guter Letzt ist das nämlich Amtsmissbrauch, was Sie hier treiben. Sie haben behauptet, von der Polizei zu sein.«

»Hab ich nicht. Jedenfalls nicht direkt.«

»Ich hab Sie doch gefragt, ob Sie von der Polizei sind!«, schimpfte Sieber Bünnemann, der der Befragung von Thea beiwohnte.

»Und was hab ich geantwortet?«

Der Mann dachte nach. »Keine Ahnung. Irgendwas mit Praktikum.«

»Na schön«, lenkte Huntemann ein, »bleibt das öffentliche Ärgernis. Und so weiter. Ich muss Sie mitnehmen, Frau Thading.«

»Nein, das glaube ich nicht. Es sei denn, Sie möchten, dass ich das hier öffentlich mache«, sagte Thea und lächelte zuckersüß.

Sie zog den Umschlag mit dem Foto aus der Jackentasche, den sie in weiser Voraussicht eingesteckt hatte, und reichte ihn Huntemann.

Der nahm ihn an sich und warf einen Blick hinein. Jegliche Farbe wich aus seinem Gesicht.

Thea riss den Umschlag wieder an sich, bevor Huntemann etwas damit anstellen konnte. Eine Weile war es still im Büro.

»Was hat das zu bedeuten, Eugen?«, fragte Kieske.

Huntemann schwieg lange. Dann erhob er sich, ohne auf den erstaunten Schandau zu achten. »Gut«, sagte er, »das wirft natürlich ein ganz anderes Licht auf die Sache.«

»Was denn für ein Licht?«, wollte Kieske wissen.

»Das erklär ich dir später.« Er wandte sich zum Gehen.

»Was ist nun, Chef? Nehmen wir sie doch nicht mit?«

»Nein.«

»Was ist in dem Umschlag?«

»Das hat alles seine Richtigkeit«, antwortete Huntemann unwirsch. »Geheimsache.«

»Was?« Schandau starrte seinen Chef an. »Wir sind hier doch nicht bei James Bond!«

»Jetzt stell bitte keine weiteren Fragen und komm mit, Frank! Wir haben Wichtigeres zu tun.« Huntemann wandte sich Thea zu. »Ihnen kann ich nur raten, sich hier so schnell nicht mehr blicken zu lassen.«

Er strebte dem Ausgang zu und wirkte dabei im höchsten

Maße angespannt, denn er verabschiedete sich nicht einmal von Willi Kieske, der ihm verdattert nachstarrte.

Schandau, der ihm nachlief, warf dem Wirt einen »Ich weiß nicht, was los ist«-Blick zu.

Thea folgte den beiden nach draußen. Sie nahm ihr Fahrrad, aber bevor sie aufsteigen konnte, hielt Huntemann sie am Lenker fest.

»Das hat ein Nachspiel, mach dich darauf gefasst, Thading. Fühl dich nur nicht zu sicher.«

»Duzen wir uns jetzt wieder?«, fragte Thea und blickte ihn herausfordernd an.

Huntemann ließ den Lenker los und stiefelte wortlos zum Polizeiwagen. Schandau saß schon am Steuer. Huntemann stieg ein und knallte die Tür zu. »Fahr los!«, blaffte er seinen Assistenten an.

19

Es war stockduster. Thea konnte die Hand vor den Augen kaum sehen. Ein unangenehm kalter Ostwind war aufgekommen, der durch Mark und Bein drang. Zumindest regnete es ausnahmsweise einmal nicht. Theas Taschenlampe tanzte über den Weg. Es strengte sie an, einhändig das Rad um die Schlaglöcher zu lenken. Sie war müde und unkonzentriert. Mehrmals stieg sie ab, um zu schieben, einmal übersah sie ein Schlagloch und stürzte. Schlammbesudelt stand sie wieder auf und fuhr weiter. Sie wollte nur noch in ihre Hütte an den warmen Ofen und verfluchte sich dafür, dass sie neulich ihren Wein mit Sielmann geteilt hatte.

Wieder holperte sie durch ein Schlagloch und konnte gerade noch abspringen. Die Taschenlampe fiel ihr dabei aus der Hand und erlosch beim Aufprall. Thea hob sie wieder auf und drehte den Lampenkopf, aber es blieb dunkel. Wahrscheinlich war die Birne kaputt.

Der Weg zog sich endlos. Hier müsste gleich ein Bauernhof kommen, vielleicht brannte da noch Licht und sie konnte um Hilfe bitten. Sie ging mutig weiter. Nach einer Weile blieb sie stehen und sah sich um. Weit und breit war kein Hof in Sicht, nur Felder und Wald. Sie fummelte ihr Handy aus der Jackentasche, um nach der Uhrzeit zu sehen. Es war kurz vor zehn. Das Display meldete, dass der Akku fast leer war. Thea schaltete das Handy ab.

Links und rechts erstreckten sich Maisfelder, und vor ihr riss der Wald sein dunkles Maul zu einem furchteinflößenden Gähnen auf. Irgendwie sah alles fremd aus. Der Wald lag außerdem auf der falschen Seite. Und wo waren die einzelnen Häuser abgeblieben, an denen sie normalerweise vorbeifuhr? Ein mulmiges Gefühl beschlich sie. Thea blieb stehen und horchte. Die Autobahn brummte wie gewohnt, was sie ein wenig beruhigte. Sie konnte nicht weit abgekommen sein vom Weg. Sie nahm die Taschenlampe wieder zur Hand und klopfte sie am Hosenbein ab. Tatsächlich flackerte das Licht kurz auf. Anscheinend hatte sie einen Wackelkontakt. Thea drehte den Lampenkopf mehrmals hin und her, bis sie wieder konstant leuchtete, wenn auch matter als vorher. Erleichtert stieg sie auf ihr Rad und fuhr weiter, bis der Weg urplötzlich einfach aufhörte.

»Scheiße!« Thea sprang ab und ließ das Rad in den Matsch fallen. Sie sah sich ratlos um. Dann lief sie den Weg ein Stück zurück und hielt Ausschau nach einem Licht, einer Straße oder irgendetwas anderem, das nach Zivilisation aussah, aber es war vergeblich. So wird das nichts, dachte sie und hob ihr Rad wieder auf. Wohin jetzt? Thea wusste es nicht. So weit sie sehen konnte, waren nur Felder, Wald und Weiden. Ich muss zum »Eber« zurück, das kann doch nicht so schwer sein, schoss es ihr durch den Kopf.

Sie wendete und fuhr zurück, nur um an der nächsten Kreuzung festzustellen, dass sie nun vollends die Orientierung verloren hatte. Ruhig bleiben, mahnte die Kommissarin in ihr, wenn du jetzt in Panik verfällst, ist alles aus.

Ihr wurde kalt. Sie hatte das Tier, das in ihr schlummerte, beim Namen genannt. Ihr brach der Schweiß aus, denn ihr Herz flatterte wie ein Vogel in den Fängen einer Katze, und sie bekam kaum Luft. »Scheiße, Scheiße, Scheiße!«, keuchte Thea und stieg wieder vom Rad.

»Der Mond ist aufgegangen«, begann sie zu deklamieren. Es war eine Möglichkeit, der Panikattacke, die sich einen Weg an die Oberfläche bahnte, Herr zu werden. Eine andere wäre ein Kaugummi gewesen, aber sie hatte keinen dabei.

»Die gold'nen Sternlein prangen am Himmel hell und klar.«

Thea war schwindlig. Sie schloss die Augen und konzentrierte sich auf das Gedicht.

»Der Wald steht schwarz und schweiget«, flüsterte sie und wusste nicht weiter.

Das Tier hielt inne. Langsam beruhigte es sich, und dann fiel ihr auch die nächste Zeile ein: »Und aus den Wiesen steiget der weiße Neger Wumbaba. Oder so ähnlich.«

Das Tier kroch zurück in seinen Käfig, und Thea wischte sich den Schweiß von der Stirn. Sie rappelte sich hoch.

»Ich bin so was von am Arsch«, flüsterte sie und spürte, wie ihr die Tränen in die Augen schossen. Warum zum Henker war sie eigentlich hier? Sie sah sich ein weiteres Mal um. Auf der Autobahn raste ein Krankenwagen vorbei, sie sah das grelle Licht und hörte das Martinshorn. Irgendwo in dieser Gegend werden doch Leute wohnen, dachte sie und setzte sich in Bewegung.

Als sie ein weiteres Mal vor der schwarzen Mauer aus Bäumen stand, wusste sie, dass sie im Kreis gefahren war und keinen blassen Schimmer mehr hatte, in welche Richtung sie sich bewegen musste, um in die Stadt zurückzukommen. Ratlos starrte sie in das Meer aus dunklen Stämmen. Wie es aussah, würde sie hier übernachten müssen. Oder sollte sie jemanden anrufen? Die Polizei? Sielmann? Wilma? Egal. Sie würde jetzt sogar eine Ausnüchterungszelle in Kauf nehmen. Sie schaltete das Handy an. Der Akku blinkte rot. Aber was noch schlimmer war: Hier gab es keinen einzigen Balken Empfang.

»Verdammter Mist! Hier müssen doch irgendwo Leute sein!«, schrie sie in den Wald hinein, aber sie bekam keine Antwort. Verzweifelt nahm sie wieder ihr Fahrrad auf, das sie erneut auf den Boden geschmissen hatte, und schob es neben sich her.

Sie war keine hundert Meter weit gekommen, da sah sie in der Ferne ein Licht, und ein leises Motorengeräusch näherte sich. Ein Auto kam den Weg entlanggefahren. Thea war so erleichtert, dass sie laut aufschrie: »Hier bin ich!« Sie winkte.

Der Wagen kam quälend langsam den Weg heraufgekrochen, immer am Waldrand entlang. Dann blieb er einige hundert Meter entfernt stehen. Thea konnte nicht erkennen, was es für ein Auto war, denn die Scheinwerfer blendeten. Sie meinte, ein leises Pfeifen zu hören, aber sie mochte sich getäuscht haben. In der Dunkelheit klangen Geräusche anders.

Das Fahrzeug setzte sich wieder in Bewegung. Thea legte die Hand vor die Augen, um sich vor dem grellen Scheinwerfer zu schützen. Warum blendete der nicht ab? Instinktiv klammerte sie sich an den Lenker.

Dann plötzlich verstand sie, was das für ein Wagen war. So

schnell sie konnte, zog Thea das Rad in den Wald hinein, legte es auf dem Boden ab und versteckte sich hinter einem Baum. Der glatten Rinde nach zu urteilen, war es eine Buche. Sie beobachtete, wie der Wagen im Schritttempo herankam.

Etwa fünfzig Meter von ihr entfernt stoppte er. Im Scheinwerferlicht zeichneten sich die Konturen eines Rehs ab, das wie gebannt im Lichtkegel verharrte. Ein Geräusch ließ sie auffahren, und plötzlich wusste sie, was die Vorsitzende vom Kegelclub mit Pfitschen und Pfatschen gemeint hatte.

Das Tier stolperte und floh in ihre Richtung. Thea drückte sich fest an den Stamm der Buche. Der Wagen fuhr weiter, bis er auf ihrer Höhe angekommen war. Neben sich hörte sie ein Rascheln und Keuchen, es war das Tier, es wankte ganz nah an ihr vorbei. Anscheinend war es verletzt. Thea wagte nicht, sich zu rühren. Sie drückte sich mit dem Rücken an den Baum und hatte nur noch den Wunsch, mit dem Stamm zu verschmelzen. Die Scheinwerfer hatten ihr Versteck erfasst. Sie betete, dass die Wilderer sie nicht entdeckten.

Direkt vor ihr, im Lichtkegel, stand das Reh und sah sie mit vor Schreck geweiteten Augen an. Es blutete an der Flanke. Wieder pfiff es mehrmals durch die Bäume, und das Reh brach zusammen. Im gleichen Moment spürte Thea einen brennenden Schmerz im Oberschenkel. Sie rutschte am Baumstamm hinunter und griff nach ihrem Bein. Warme Flüssigkeit rann durch ihre Finger. Sie konnte ihr eigenes Blut riechen. Ihr wurde schlecht. Wenn die Wilderer sie hier entdeckten, würden sie sie erschießen, wie sie es mit Kubelka getan hatten, da war sie sich sicher. Autotüren klappten, und Schritte näherten sich, während der Motor im Leerlauf brummte. Sie hörte Laub rascheln, ganz nah. Hoffentlich sehen sie mein Fahrrad nicht, schoss es ihr durch den Kopf.

Es waren zwei. Sie hoben das Reh auf und trugen es zum Auto, ohne sich weiter umzusehen. Keiner der beiden redete, und sie sahen sich auch nicht nach ihr um. Dann klappten wieder Autotüren.

Thea kroch hinter dem Baum hervor und sah gerade noch, wie

der Wagen abfuhr. Von hinten konnte sie sehen, dass es ein heller Kastenwagen war. Das Nummernschild war gut zu erkennen, es brannte sich in ihr Gedächtnis ein.

Als der Wagen außer Sichtweite war, lehnte sie sich keuchend an den Stamm. Ihr Herz klopfte wild. Aus der Wunde sickerte das Blut, das Hosenbein war schon ganz feucht. Mit zitternden Fingern nahm sie ihr Handy und schaltete es erneut ein. Im Licht des Displays sah sie ihre blutbesudelten Hände. Wenn die Scheißkerle die Hauptschlagader getroffen hatten, würde sie hier im Wald verenden wie das Reh. Sie wählte die erstbeste Nummer, die sie in ihrem Telefonbuch fand. Es war die von Wilma. Wunderbarerweise hörte sie ein Freizeichen. »Nimm ab! Nimm ab!«, keuchte sie und begann, haltlos zu zittern.

Endlich meldete sich eine verschlafene Stimme am anderen Ende der Leitung. »Wer stört meinen Schönheitsschlaf?«

»Merk dir folgendes Nummernschild«, keuchte Thea ohne Einleitung. Ihr Handy piepte in regelmäßigen Abständen, der Akku war jede Sekunde leer.

»Was? Wer ist da?«

»Hör einfach zu, verdammt!« Thea nannte das Nummernschild. »Hast du das?«

»Ja. Was ist mit dir, Thea? Du klingst so komisch.«

»Die Wilderer haben auf mich geschossen. Ich hab mir das Nummernschild gemerkt.«

»Wo bist du?«

»Ich weiß nicht. Irgendwo im Wald in Bruchbäke.«

»Bleib dran, ich ruf Hilfe!«

Thea hörte ein Rumpeln und Geräusche im Hintergrund, die darauf schließen ließen, dass Wilma aus dem Bett gesprungen war. Dann piepte Theas Handy ein letztes Mal, und das Display wurde schwarz.

20

Als sie erwachte, lag sie in einem Bett. Die Geräusche um sie herum klangen gedämpft, sie fühlte sich schwer, und ihr war kalt. Sie versuchte, die Augen zu öffnen, aber es gelang ihr nicht. Jemand rüttelte sie leicht an der Schulter.

»Thea?«

Sie schüttelte unwirsch den Kopf und versuchte, die Hand wegzuwischen.

»Thea Thading. Ich weiß, dass du wach bist.«

Endlich gelang es ihr, die Augen aufzuschlagen. Über sie gebeugt stand …

»Wilma.« Thea stemmte sich hoch, fiel aber sofort in die Kissen zurück, denn ihr war schwindlig, und ein heißer Schmerz im Bein hielt sie davon ab, sich mehr als nötig zu bewegen. Außerdem steckte ein Schlauch in ihrer Hand. »Was soll das alles hier?«, fragte sie. Ihr Hals fühlte sich an, als hätte sie Schmirgelpapier verschluckt. »Gibt es in diesem Scheißladen was zu trinken?«

Wilma lächelte und stellte das Kopfteil von Theas Bett hoch. »Wenn du so weitermachst, schaffst du es noch, mich auf der nach unten offenen Unfreundlichkeitsskala zu überholen.« Sie reichte Thea einen Becher mit Trinkaufsatz.

»Bin ich hier im Altersheim?«

»Nein. Du bist im Krankenhaus. Nun trink schön.«

Thea knurrte ungehalten. Dann setzte sie den Schnabel an den Mund und trank in langen Schlucken. Eine lauwarme Flüssigkeit rann ihr die Kehle hinunter. Sie schmeckte bitter, aber die Übelkeit ließ sofort nach.

»Was war das?«, fragte sie, als sie Wilma die Tasse zurückgab.

»Blutbildender Tee. Hab ich unten in der Apotheke besorgt. Schwester Agnes hat zwar ziemlich rumgezickt, als ich sie bat, ihn für dich aufzubrühen, aber sie hat es am Ende doch getan, die gute Seele.« Der letzte Teil klang ein wenig sarkastisch. Wilma hob eine Thermoskanne hoch. »Das musst du alles austrinken.«

»Ist das hier etwa …?«

Wilma grinste breit. »Ja! Du bist in meinem Zimmer. Du hättest mich auch einfach so besuchen können, ohne dich gleich einliefern zu lassen. Na ja, ich habe dafür gesorgt, dass du hierherkommst. War dir doch recht, oder?«

»Klar.« Thea rieb sich die Stirn. Sie konnte sich nur dunkel daran erinnern, was geschehen war. Da war ein Wald gewesen und ein helles Licht. Und etwas war mit ihrem Bein passiert. Thea hob die Bettdecke an. Der linke Oberschenkel war dick verbunden, aber sie konnte ihn vorsichtig bewegen. Anscheinend war der Knochen in Ordnung. Sie untersuchte auch ihre übrigen Körperteile. Der Rest schien bis auf einige Schrammen und Kratzer intakt zu sein.

»Wie und wo haben die mich gefunden?«

»Du hast mich angerufen, erinnerst du dich?«

»Vage.«

»Ich hab dann gleich einen Suchtrupp losgeschickt, und sie haben dich in der Nähe vom ›Eber‹ im Wald aufgesammelt. Wir sind jetzt beide durchlöchert. Glatter Durchschuss, Kleinkaliber. Scheint richtig in Mode zu kommen.« Wilma wurde ernst. »War knapp. Du hast ziemlich viel Blut verloren. Fünf Minuten später, und du wärst bei den Engeln gewesen. Die haben schon ein paar Liter in dich reingepumpt.«

»Ich hab Null negativ. Hast du denen das gesagt?«

»Klar.«

»Danke.«

Wilma setzte sich auf ihr Bett. »Du hast mir das Kennzeichen von dem Wagen durchgegeben, erinnerst du dich?«

Thea schüttelte den Kopf.

»Von den Wilderern. Die mit dem Kastenwagen.«

Sie rieb sich die Stirn. »Ach ja! Die sind da plötzlich aufgetaucht und haben angefangen, um sich zu ballern.« Sie blickte Wilma an. »Und? Wer ist es?«

»Der Wagen ist auf einen gewissen Kurt Sielmann zugelassen.«

»Kurt Sielmann? Nicht Bernd?«

Wilma schüttelte den Kopf. »Du denkst an deinen Nachbarn, nicht war?«

Thea nickte und versuchte, sich in eine bequemere Stellung zu bringen. »Vielleicht sind die ja verwandt? Ich glaube, er hat mal was von einem Bruder erwähnt, aber ich kann es nicht beschwören.«

»Das kann man nachprüfen. Der Name ist allerdings auch nicht gerade selten in dieser Gegend. Am besten rufe ich gleich mal meinen Chef an, der hat das ganz schnell raus.«

»Weiß Huntemann schon davon?«, fragte Thea.

Wilma machte ein erstauntes Gesicht. »Muss der mich interessieren?«

Thea schüttelte den Kopf.

»Hier war er jedenfalls noch nicht, und nach dir gefragt hat er auch nicht«, sagte Wilma. »Warum sollte ich ihn also informieren?«

Erst jetzt bemerkte Thea, dass Wilma nicht im Jogginganzug, sondern fertig angezogen auf dem Bett saß. Die Reisetasche, die Thea ihr vor einigen Tagen aus dem »Eber« gebracht hatte, stand gepackt neben der Tür. »Du fährst nach Hause?«, fragte sie und spürte, wie sich ihr die Kehle zuschnürte.

»Ich bin entlassen worden.«

»Du kannst mich nicht einfach alleinlassen.«

Wilma lächelte mitleidig. »Ich weiß, wie du dich gerade fühlst. Mir ging es ebenso, als ich hier aufgewacht bin. Aber es ist gar nicht mal so übel, wenn man sich daran gewöhnt hat. Du musst dich nur von Schwester Agnes fernhalten. Die ist ein Biest. Aus Kostengründen wärmt die dir den Tee vom Vortag in der Mikrowelle auf.«

»Ich will keinen Tee von gestern. Ich will überhaupt keinen Tee! Ich komme jetzt gleich mit dir.« Thea warf die Bettdecke beiseite und versuchte, die Beine aus dem Bett zu schwingen.

Aber Wilma drückte sie auf die Matratze zurück. »Du wirst schön hier bleiben, bis der Onkel Doktor dir erlaubt aufzustehen, verstanden?«

Thea ließ sich in die Kissen zurückfallen. Ihr war elend zumute. »Ich bin nicht mal krankenversichert«, jammerte sie, »ich kann das hier gar nicht bezahlen.«

»Mach dir keine Sorgen. Da springt schon irgendein Amt ein.«

»Bist du dir sicher?«

Wilma warf ihr einen Blick zu, der Thea zu verstehen gab, dass sie es nicht war. Die beiden Frauen brüteten eine Weile schweigend vor sich hin.

»Aber ich war so nah dran«, seufzte Thea, »die beiden haben keinen Meter von mir entfernt gestanden.«

»Ich weiß.« Wilma tätschelte Theas Arm. »Die gehen uns jetzt ins Netz, ganz bestimmt.«

»Uns?«

Wilma hob entschuldigend die Schultern. »Ich ruf dich heute Abend an. Versprochen.«

»Mein Handy ist leer.«

Wilma hob die Reisetasche hoch. »Dann ruf ich eben auf der Station an. Ich werd dich schon an die Strippe kriegen, wozu bin ich denn bei der Polizei?«

Thea lachte unglücklich auf, und Wilma ging zur Tür, öffnete sie, hielt aber noch einmal inne. »Da ist noch was. Sie mussten deine Hose aufschneiden, und da war was in der Tasche drin.«

»Meine Hose ist kaputt? Und was soll ich jetzt anziehen? Ich kann doch nicht in diesem Hemdchen hier rumlaufen!« Thea war kurz davor, in Tränen auszubrechen.

»Du sollst ja auch nicht rumlaufen.«

»Und wenn ich hier abwaschen muss, weil ich nicht versichert bin?«

Wilma lachte auf. Sie stellte die Reisetasche auf das Bett, öffnete sie und wühlte darin herum. Schließlich zog sie eine grüne Schlafanzughose heraus und gab sie Thea. »Hier. Die wird dir zwar drei Kilometer zu groß sein, aber fürs Erste wird's reichen. Ich muss noch schnell mit meinem Chef unten telefonieren. In einer Stunde fährt mein Zug.«

Thea ging nicht darauf ein. Sie hob die Hose in die Luft und besah sie skeptisch von allen Seiten. »Was war denn nun in meiner Hosentasche drin?«

Wilma grinste süffisant. »Guck mal in dein Nachtschränkchen. Da hab ich's reingelegt. Das wird dich ganz sicher trösten. Du könntest es auch verkaufen. Kriegst bestimmt eine Stange Geld dafür.« Sie hob die Hand. »Bis bald. Ich muss jetzt wirklich los.« Sie riss sich von Thea los und schloss die Tür hinter sich.

Thea ließ sich in die Kissen zurückfallen. Sie blinzelte die Tränen weg. Warum geriet sie nur immer wieder in solche beschissenen Situationen? Sie öffnete die Schublade. Drinnen lag der Umschlag mit Huntemanns Foto.

Sie erwischte Wilma gerade noch rechtzeitig, bevor die ins Taxi stieg. Thea hatte sich in null Komma nichts selbst entlassen, hatte empörte Schwestern und einen hilflosen Assistenzarzt einfach stehen lassen und war Wilma nachgeeilt. Unterwegs hatte sie sich einen Rollator geschnappt, die standen hier massenweise herum. Darauf gestützt kam sie gut voran, obwohl ihr Oberschenkel heftig puckerte und sie von Schwindelanfällen geschüttelt wurde. Wilmas Hose schlotterte um ihre Hüften und drohte ihr jederzeit auf die Knie zu rutschen. Immer wieder musste sie den Bund hochziehen.

»Sag mal, spinnst du jetzt komplett, Thading?«, fuhr Wilma sie an, als sie sich mit letzter Kraft an die offene Autotür klammerte.

Vor ihren Augen tanzten Sterne. »Und wenn schon. Lass uns schnell von hier abhauen. Die lassen mich bei Wasser und Brot verhungern.«

Wilma schüttelte den Kopf. »Das glaub ich einfach nicht.«

»Wo soll's denn nun hingehen, die Damen?«, fragte der Taxifahrer.

»Ja, wo soll's denn hingehen, Schatz«, keuchte Thea, »fahren wir zu dir oder zu mir?« Sie stieß den Rollator von sich und ließ sich auf den Rücksitz fallen.

»Ach so is dat«, bemerkte der Taxifahrer und legte demonstrativ den ersten Gang ein. »Also, wat is nu? Ich hab noch wat anneres zu tun.«

»Ich bring dich jetzt erst mal nach Hause«, bestimmte Wilma.

»Wolltest du nicht zum Zug? Ich fahr auch mit dir nach Wittmund. Hauptsache, ich komm hier weg.«

»Quatsch. Ich kann auch einen Zug später nehmen.« Wilma nannte dem Fahrer Theas Adresse. »Mein Chef hat mir übrigens gerade etwas sehr Interessantes am Telefon gesagt«, meinte sie, als das Taxi abfuhr.

»Mach's nicht so spannend.«

»Bernd Sielmann hat tatsächlich einen Bruder. Und jetzt rate mal, wie der heißt.«

Thea sah auf. »Doch nicht etwa Kurt?«

21

Es war noch nicht einmal Mittag, als Thea und Wilma im Kleingartenverein ankamen. Die Sonne hatte sich wie in den vergangenen Tagen schon hinter meterdicken Wolkenwänden verbarrikadiert. Sielmann schien noch zu schlafen oder war nicht da, denn bei ihm brannte kein Licht. Vielleicht hatte er auch nur den Strom nicht bezahlt.

»Seit wann hat der so ein Geweih über der Tür hängen?«, fragte Wilma.

»Seit ein paar Tagen. Er behauptet, er hat es bei eBay ersteigert.«

»Das lässt sich auch nachprüfen.«

Thea wühlte in der Jackentasche nach ihrem Schlüsselbund. »Wo ist eigentlich mein Fahrrad abgeblieben?«, fragte sie, während sie mit dem Schlüssel in dem altersschwachen Türschloss herumstocherte.

Wilma hob die Schultern. »Von einem Fahrrad weiß ich nichts.«

»Dann liegt das bestimmt noch im Wald. Jemand muss es holen, ich brauche es hier.«

»Mit dem Bein kannst du doch sowieso nicht fahren.«

»Hab's ja noch nicht ausprobiert.«

Endlich ließ sich die Tür öffnen, und sie traten ein. Drinnen war es eiskalt, denn die Glut im Ofen war längst erloschen. Thea ließ sich in ihren geliebten Sessel fallen und streckte das Bein aus. Sie atmete schwer, fühlte sich wie gerädert. Das Bein schmerzte heftig, und auf dem Verband bildete sich ein roter Fleck.

»Du hättest im Krankenhaus bleiben sollen«, schimpfte Wilma. »Du legst dich jetzt sofort hin und schläfst. Ich gehe allein zu Sielmann rüber.«

Thea war hundemüde, aber sie wusste, sie würde kein Auge zutun. Sie musste Gewissheit haben, ob ihr Nachbar der nächtliche Wilderer war, der auf sie geschossen hatte. Also riss sie sich zusammen und lächelte. »Mir geht's gut. Ich komme mit.«

Thea sah zu dem Geweih empor, als sie vor der Ponderosa standen. Wilma hatte mit der Faust einige Male kräftig gegen die Tür geschlagen und gerufen: »Machen Sie auf, hier ist die Polizei!«

Drinnen hörte Thea es rumoren. Dann wurde die Tür geöffnet, und ein verpennter Sielmann blinzelte ihnen entgegen. Er hatte sich in eine Decke gewickelt. »Ach du bist das, Thea.« Er lachte eine Spur zu laut. Offenbar wusste er nicht, was er von dem unerwarteten Besuch halten sollte. »Tut mir leid, Madels, aber ich habe nicht aufgeräumt, sonst würde ich euch auf einen Kaffee einladen.«

»Ist Huntemann schon bei dir gewesen?«, fragte Thea.

Sielmann runzelte die Stirn. »Nein. Wieso sollte der mich besuchen?«

»Um Sie festzunehmen.« Wilma zückte ihren Dienstausweis und hielt ihn Sielmann unter die Nase.

Der trat erschrocken einen Schritt zurück. »Dann sind Sie von der Polizei?«, fragte er völlig verdutzt.

»Korrekt. Können wir jetzt reinkommen?«

Sielmann reagierte nicht. Er blieb wie angewurzelt in der Tür stehen, aber Wilma schob ihn kurzerhand beiseite und ging an ihm vorbei. Thea humpelte hinterher.

»Hier müsste mal gelüftet werden.« Wilma rümpfte die Nase und riss ein Fenster auf.

Sielmann ließ die Decke los und hechtete nackt an Wilma vorbei, um es wieder zu schließen. »He! Sind Sie verrückt? Wissen Sie, wie lange es dauert, mit so einer Campingheizung die Bude einigermaßen warm zu kriegen?« Völlig ungeniert sammelte er im Adamskostüm seine Hose samt Pullover und anderen Kleidungsstücken vom Boden auf und begann sich anzuziehen. »Wenn ihr euch bedienen wollt: Bier wär noch da. Oder Wasser. Aus dem Wasserhahn. Kaffee muss ich erst kochen.«

»Danke«, sagte Thea und wandte den Blick ab. »Kein Bedarf.«

Sielmann zog sich ein Sweatshirt über den Kopf und fischte eine Tasse aus dem Geschirrstapel, der wie der Turm von Babel aus seiner Spüle herauswuchs, viel höher als der von Thea. Wie er es schaffte, die Tasse auszuspülen, ohne dass der Turm zusammenbrach, war ihr ein Rätsel. Auch Wilma sah ihm interessiert dabei zu.

Sielmann trank das Wasser in einem Zug aus. Dann langte er nach einem Kamm und fuhr sich damit durch die Haare. »So, jetzt bin ich salonfähig. Was kann ich für euch tun?«

»Sie können Thea erst mal einen Stuhl anbieten«, sagte Wilma.

Sielmann hob die Schultern und zeigte auf das einsame Sitzmöbel an seinem Tisch. Seine Einrichtung war mehr als spartanisch. »Bitte schön.«

Thea ließ sich auf dem Stuhl nieder und streckte ihr Bein aus, während Wilma stehen blieb.

»Was ist eigentlich mit dir passiert?«, fragte Sielmann und starrte den Blutfleck auf Theas Hose an.

»Sie ist verletzt«, bemerkte Wilma knapp.

»Warum?«

»Genau das wollen wir herausfinden. Herr Sielmann, wo waren Sie gestern Abend gegen zweiundzwanzig Uhr?«

»Was?« Sielmann wischte völlig sinnlos einige Krümel vom Tisch und fing sie mit der anderen Hand auf, um sie danach auf den Boden fallen zu lassen. »Warum wollen Sie das wissen?«

»Beantworten Sie einfach die Frage.«

»Ich war … hier. Ich gehe immer früh ins Bett.«

Thea lachte lustlos. »Witzig.«

»Also noch mal: Wo waren Sie?«

»Hier!«

»Und dafür gibt es Zeugen?«

»Nein, natürlich nicht. Was soll diese Fragerei überhaupt?« Sielmann lehnte sich an die Spüle und verschränkte die Arme vor der Brust. Der Geschirrstapel hinter ihm wackelte gefährlich, aber ihn schien das nicht zu interessieren. Er blickte herausfordernd in die Runde.

»Ich hab mich gestern Abend total verfranzt in Bruchbäke«, begann Thea zu erzählen. »Dann bin ich irgendwie im Wald gelandet. Und wie ich da so stehe und versuche, mich zu orientieren, kommt ein Auto. Ich denke noch: Toll, Rettung naht, aber die beiden Kerle – also, ich nehme mal an, dass es Kerle waren – fangen an, auf ein Reh zu schießen. Ich versteck mich hinter einem Baum, und plötzlich steht dieses Reh neben mir, blutend, und es guckt mich mit großen Augen an. Und dann spüre ich nur noch einen brennenden Schmerz im Bein, und als ich aufwache, liege ich im Krankenhaus. Kommt dir an dieser Geschichte irgendwas bekannt vor?«

Sielmann rührte sich nicht. Er stand da wie versteinert.

»Übrigens, einer der Männer hatte die gleiche Statur wie du, Bernd. Hager wie 'ne Vogelscheuche. Ist doch wirklich seltsam.«

»Was willst du mir damit eigentlich sagen, Thea?« Sielmann stieß sich betont lässig von der Spüle ab, durchmaß den Raum mit seinen langen Schritten und blieb am Fenster stehen. Die Tasse, aus der er eben getrunken hatte, löste sich aus dem Turm und schepperte auf den Boden, dort zersprang sie in tausend Teile. Sielmann sah nicht einmal hin, sondern nach draußen. »Du willst mir doch nicht etwa unterstellen, dass ich etwas mit dieser Geschichte zu tun habe.« Seine Stimme zitterte.

»Sie wäre fast verblutet«, mischte Wilma sich ein. »Wir kommen direkt vom Krankenhaus.«

Sielmann drehte sich um. Er sah betroffen zu Thea hin. »Das ist wirklich schrecklich. Aber wie kommst du darauf, dass ich dabei war?«

»Weil ich mir das Kennzeichen gemerkt habe, Bernd. Der Wagen gehört einem gewissen Kurt Sielmann.«

Er schüttelte den Kopf. »Sielmanns gibt's 'ne ganze Menge hier im Oldenburger Raum.«

»Wir wissen, dass dieser Kurt Ihr Bruder ist«, sagte Wilma.

»Na und? Ich hab schon lange nichts mehr mit dem zu tun. Bin nicht sein Kindermädchen. Außerdem: Der leiht seinen Wagen öfter mal aus.«

»Woher weißt du das, wenn du schon lange nichts mehr mit ihm zu tun hattest?«, hakte Thea nach.

Bernd Sielmann rang nach Luft. »Weil … ich das gehört habe.«

»Von wem?«

»Von Olaf Kubelka.«

Thea lachte auf. »Gute Geschichte. Der kann sich ja nicht mehr wehren.«

»Das ist doch Zeitverschwendung«, mischte Wilma sich ein. »Wir werden den Wagen untersuchen lassen, und dann wird sich herausstellen, wer damit gefahren ist. Wohnt Ihr Bruder immer noch in Munderloh?«

Sielmann schlug mit der Faust auf die Fensterbank. »Wenn Sie das alles wissen, warum fragen Sie so blöd? Haben Sie überhaupt das Recht, hier rumzuschnüffeln? Soviel ich weiß, kommen Sie aus Wittmund.«

»Darüber zerbrechen Sie sich mal nicht den Kopf. So was nennt man Amtshilfe. Und wo wir hier so angenehm plaudern, verraten Sie mir doch bitte noch, wo Sie das schöne Geweih über der Tür herhaben.«

»War 'n Schnäppchen bei eBay. Das hab ich Thea schon gesagt.«

»Ach wirklich? Könnte es nicht viel eher so sein, dass Sie und Ihr Bruder den Hirsch, zu dem das Geweih gehörte, gewildert haben?«

»Was?«

»Sie leugnen, dass Sie in Ihrer Freizeit illegal auf Wildtiere schießen?«

Sielmann lief jetzt wie ein Tiger im Käfig auf und ab. Immer wieder sah er zu Wilma herüber, die sich vor der Tür aufgebaut hatte wie ein Bodyguard und somit den einzigen Fluchtweg versperrte. Er wandte sich im Gehen Thea zu. »Du kennst mich. Du bist meine Nachbarin, Thea. Traust du mir zu, dass ich auf dich schieße?«

Thea beobachtete ihn eine Weile, wie er da hin und her lief. Sie wusste, dass er log. »Sag uns einfach die Wahrheit, Bernd. Das erleichtert, glaub mir. Sonst machst du es nur noch schlimmer. Sag uns vor allem, ob du Olaf erschossen hast. War ja vielleicht ein Versehen.«

Sielmann blieb stehen. Er hob die Arme, fast so, als ob er Thea umarmen wollte, ließ sie aber wieder sinken. »Olaf?« Seine Stimme hatte sich um eine ganze Oktave nach oben geschraubt. »Ihr glaubt tatsächlich, ich hätte Olaf auf dem Gewissen?«

Thea schwieg und bedeutete Wilma mit einer Handbewegung, dass sie es ebenfalls tun sollte. Die Stille dauerte an und lastete immer schwerer. Eine ganze Weile waren nur Sielmanns Schritte zu hören, wie er hin und her lief. Das Schweigen türmte sich auf wie der Geschirrstapel in seiner Spüle.

Schließlich brach Sielmann zusammen. Er hielt inne, lehnte sich mit dem Rücken an die Wand. Dann rutschte er daran herunter, blieb auf dem Boden hocken und vergrub das Gesicht in den Händen. »Okay, ich gebe es zu. Wir haben ein bisschen im Wald rumgeballert, der Kurt und ich. 'n kleines Taschengeld dazuverdient. Ich mein, die Jäger, die tun das auch, obwohl die alle schon 'n Job haben.« Er sah auf. »Das ist doch ungerecht, oder? Ich hab nix mehr.«

»Wildern ist illegal«, sagte Wilma ruhig.

Sielmann warf ihr einen wilden Blick zu. »Ich scheiß auf eure Gesetze!«, schrie er. »Ich meine, warum steck ich bis zum Hals in Schulden und hab alles verloren? *Warum*, frag ich euch?«

»Wir wissen es nicht.«

»Wegen euren Scheißgesetzen! Den Reichen wird alles in den Hintern geblasen, und wir Kleinen müssen den Kopf hinhalten.«

»Geht's ein bisschen konkreter?«, fragte Wilma, die gelangweilt an der Tür lehnte.

Thea verstand sie. Diese Litanei hatte sie in ihrer Zeit als Kommissarin fast jeden Tag zu hören bekommen. Typen wie Sielmann hielten sich allesamt für Opfer der Gesellschaft, und immer waren die anderen schuld an ihrem Unglück.

»Ich wollte doch nur meinen verdammten Laden retten«, jammerte er und raufte sich die Haare. »Ich hab die Bilanzen ein bisschen frisiert, okay, damit die Bank mir noch einen Kredit gibt. Insolvenzverschleppung nennt man das. Dafür bin ich jetzt vorbestraft.«

»Und dann begehen Sie gleich die nächste Straftat?«

»Das ist doch auch nur wieder so ein verdammter Mist. Wird ein Jäger dafür bestraft, wenn er ein Reh schießt und verkauft?«

»Nein. Der macht aber vorher einen Schein.«

»Wissen Sie, was das kostet?«

Wilma trat einen Schritt auf Sielmann zu, der sogar im Sitzen zurückwich. »Ihr Gejammer geht mir so dermaßen auf die Nerven«, fuhr sie ihn an. »Ich will wissen, was gestern Abend passiert ist, basta!«

Sielmann rappelte sich hoch und blieb vor Wilma stehen. Er vergrub sein Gesicht in den Händen. »Ich bin kein Verbrecher«, greinte er, »ich wusste doch nicht, dass du da zwischen den Bäumen sitzt, Thea. Hab's auch erst von Schandau erfahren.«

»War der etwa dabei?«

»Nein. Ich hab ihn spät noch im ›Eber‹ getroffen, als schon alles gelaufen war. Ich kam gerade von meinem Bruder.«

»Was habt ihr mit dem Reh gemacht?«

»Das hat Kieske uns abgekauft. Das davor auch. Seit er nicht mehr jagen darf, nimmt er uns öfter mal was ab, weil wir billiger sind. Vierzig Euro kriegen wir für so ein Tier.«

»Haben Sie am Freitagabend auch gewildert?«, wollte Wilma wissen.

Sielmann hob den Kopf und ließ ihn wieder sinken. »Wir wollten aus Spaß Wildschweine aufscheuchen. Aber sonst war nichts.«

»Haben Sie sich den Spaß erlaubt, nachdem Sie das Reh zu Kieske gebracht haben oder davor?«

Sielmann ließ die Schultern hängen. »Danach. Wenn ihr schon alles wisst, warum nehmt ihr mich dann nicht fest?« Er streckte Wilma die Handgelenke hin.

»Immer der Reihe nach. Wo waren Sie an dem Nachmittag, an dem Kubelka starb, zwischen sechzehn und siebzehn Uhr?«

»Zu Hause.«

»Zeugen?«

»Nein. Aber wir haben niemanden getötet! Das mit Olaf, das waren wir nicht. Wir haben nur ein bisschen in der Gegend rumgeballert.«

Wilma sah ihn mitleidig an. »Olaf Kubelka wurde, nachdem er schon tot dalag, noch mal am Bein getroffen, und zwar mit einem Kleinkalibergewehr. Ich denke, das waren Sie.« Sie seufzte. »Da kommt einiges auf Sie und Ihren Bruder zu. Gefährliche Körperverletzung, Leichenschändung, Wilderei …«

»Was?« Sielmann rang die Hände. Er war kreidebleich, soweit man das im schummrigen Licht seiner Hütte erkennen konnte, aber er brachte kein Wort heraus.

»Wo sind Ihre Gewehre jetzt?«

»Die hat Kurti. Der bewahrt die auf. Ganz ordentlich im Waffenschrank.«

»Vorbildlich.«

»Eine letzte Frage hätte ich da noch«, schaltete Thea sich wieder ein, »wer von euch beiden hat gestern Abend auf mich geschossen?«

Sielmann sah sie mit weit aufgerissenen Augen an. »Wir … haben beide geschossen. Kurti und ich. Wir haben dich doch nicht gesehen. Wenn du dich zu erkennen gegeben hättest …«

Thea schnaubte. »Dann wäre ich jetzt so tot wie Kubelka.«

»Quatsch. Wir sind doch keine Mörder!«

»Gut«, beendete Wilma das Gespräch, »das reicht fürs Erste. Den Rest sollen Huntemann und Schandau erledigen.«

»Huntemann«, giftete Thea, »da könnte genauso gut mein Hamster ermitteln.«

»Du hast gar keinen Hamster«, bemerkte Wilma und zückte ihr Handy.

Sielmann gab einen panischen Laut von sich. »Ich will aber nicht ins Gefängnis.«

»Das entscheidet der Richter. Je besser Sie kooperieren, desto milder wird die Strafe.«

»Das sagt sich so einfach. Was wisst ihr schon!«, schrie er die Frauen an, und ohne Vorwarnung stürzte er sich wie ein Stier auf Wilma und rammte ihr den Kopf in den Bauch.

Wilma gab einen erstickten Laut von sich und fiel hintenüber. Bevor Thea vom Stuhl hochkam, war Sielmann zur Tür gehechtet, hatte sie aufgerissen und war verschwunden. Thea humpelte ihm nach, musste aber nach wenigen Schritten aufgeben. »Bleib doch stehen, du Mistkerl!«, schrie sie ihm hinterher, aber Sielmann reagierte nicht. Seine Schritte waren bald verklungen.

Thea drehte sich um und kam langsam zur Hütte zurück, wo Wilma immer noch auf dem Boden saß und sich den Bauch hielt. »Verdammt, hat der einen harten Schädel«, keuchte sie hustend. »Ruf Huntemann an. Mach ihm Dampf. Der soll endlich seine Hausaufgaben machen und sofort eine Fahndung nach den Sielmann-Brüdern anordnen.«

»Na, der wird ganz schön im Dreieck springen, wenn er mitbekommt, dass wir ihm wieder in die Suppe gespuckt haben«, knurrte Thea.

»Ich hätte große Lust, Sie beide auf der Stelle einzusperren«, blaffte Huntemann Thea und Wilma an, nachdem er zwanzig Minuten später mit Schandau im Schlepptau angekommen war. »Warum zum Kuckuck haben Sie mir das mit dem Kennzeichen nicht erzählt, Frau Thading?«

»Ich war ohne Bewusstsein, als man mich gefunden hat.«

»Aber Ihrer Freundin konnten Sie das noch mitteilen?«

»Ich war verletzt! Ich habe in der Eile nur Wilmas Nummer gefunden, außerdem war mein Akku fast leer.«

»Haben Sie schon mal von der 110 gehört?«

Thea schwieg betreten, und Huntemann schäumte weiter.

»Wenn Sie nicht schon suspendiert wären, würde ich das jetzt in die Wege leiten. Das hat ein Nachspiel, Frau Thading, das verspreche ich. Und für Sie auch, werte Kollegin.« Er warf Wilma einen wütenden Blick zu.

Die stand da und betrachtete ihre Fingernägel. »Haben Sie die Fahndung schon eingeleitet?«, fragte sie.

»Was?«

»Sie haben von uns die Adresse von Kurt Sielmann. Warum ermitteln Sie da nicht weiter?«

»Was glauben Sie denn, was wir gerade tun? Ich habe einen Einsatzwagen hingeschickt, aber die Brüder werden schon über alle Berge sein. Dank Ihrer einsamen Aktion sind sie ja nun gewarnt. Das gibt eine saftige Beschwerde direkt ans Polizeipräsidium, da können Sie Gift drauf nehmen!«

Wilma Menkens lächelte breit. »Ich hab gedacht, ich nehme Ihnen ein bisschen Arbeit ab.«

»Was bilden Sie sich eigentlich ein?«

»Bisher haben Sie es vorgezogen, sich mit den Flintenweibern zu vergnügen, statt zu ermitteln. Kann ich verstehen, wir sind ja auch eine lustige Truppe. Aber jetzt, wo alle wieder zu Hause sind, könnten Sie ruhig mal in die Puschen kommen.«

Huntemann schnappte nach Luft, aber Wilma ließ ihn nicht zu Wort kommen.

»Wer hat denn herausgefunden, wer auf mich geschossen hat?«, fragte sie. »Oder auf den toten Kubelka? Sie nicht. Das war Frau Thading. Ich habe ihr ein bisschen unter die Arme gegriffen, weil ich zufällig hier bin, mehr nicht. Ich bin der Meinung, Sie sollten mit Beschwerden an höherer Stelle ganz vorsichtig sein.« Wilma sah zu, wie Huntemann um Worte rang.

»Sie wollen also behaupten, ich würde meine Arbeit nicht tun?«, brachte er schließlich hervor.

»So in der Art. Mit der Ansicht bin ich übrigens nicht allein. In Fachkreisen nennt man Sie ›den schönen Poirot‹, wussten Sie das? Und wie ich aus gut unterrichteter Quelle weiß, gibt es da ein gewisses Foto …«

Huntemann verschlug es nun endgültig die Sprache, und Schandau schaute betreten zu Boden. Thea entging nicht das Zucken in seinen Mundwinkeln. Er versuchte sichtbar, nicht zu lachen.

»Jetzt reißen Sie sich mal zusammen, Schandau«, fuhr der Kommissar ihn an.

»Entschuldigung, Chef«, kicherte Schandau.

Zu Theas Überraschung fing Huntemann sich schnell. Er setzte ein Lächeln auf, als wäre nichts gewesen. »Nachdem wir uns nun alle wieder eingekriegt haben, sollten wir etwas klären, meine Damen.«

»Was denn?«, fragte Wilma neugierig.

»Moment.« Huntemann wandte sich an Schandau. »Gehen Sie mal kurz vor die Tür, eine rauchen. Das hier ist privat.«

»Ich rauche nicht.«

»Heute schon.«

Schandau warf den Frauen einen hilflosen Blick zu, dann verschwand er kopfschüttelnd nach draußen.

»Und?«, fragte Thea angriffslustig. »Was nun?«

»Ich will das Foto.«

»Was bieten Sie mir dafür?«

Huntemann lächelte breit. »Einen Tag mit mir im Wald. Inklusive Picknick auf dem Ansitz. Ich verspreche ein prickelndes Naturerlebnis. Fragen Sie die Schützendamen. Die waren alle begeistert.«

Thea lachte auf. »Humor haben Sie, das muss man Ihnen lassen.«

»Sie nehmen an?«

Wilma und Thea sahen sich schweigend an, dann sagte Thea: »Auf keinen Fall.« Allerdings musste sie sich insgeheim eingestehen, dass sie Huntemanns Vorschlag kurz ins Grübeln gebracht hatte.

»Was wollen Sie denn? Geld?«

»Freie Hand als Privatermittlerin und vielleicht hin und wieder die eine oder andere interne Info. Vertraulich, versteht sich.«

Wilma nickte zur Bestätigung.

Huntemann ging zum Fenster und schaute schweigend hinaus. Draußen stand Schandau und trat von einem Fuß auf den anderen. Die Hände hatte er tief in den Hosentaschen vergraben. Er fror. Huntemann wandte sich um. »Also gut. Ich bin einverstanden. Allerdings möchte ich die Zusicherung, dass dieses Gespräch niemals stattgefunden hat.«

Thea reichte ihm die Hand, Huntemann schlug zögernd ein.

Nachdem das erledigt war, zog sie den Umschlag aus der Jackentasche. Huntemann riss ihn an sich. Er warf einen Blick hinein und steckte ihn ein. Die Erleichterung war ihm ins Gesicht geschrieben.

»Eine Sache wäre da noch«, sagte Wilma. »Ich wüsste gern, ob es Neuigkeiten im Mordfall Kubelka gibt.«

Huntemann seufzte tief. »Die Ermittlungen laufen auf Hochtouren, aber es hat sich bisher keine neue Spur ergeben. Leider. Wir tappen da, wie man so schön sagt, im Dunkeln. Ich hoffe, die Sielmann-Spur führt uns auch zum Täter von Kubelka. Vermutlich waren sie es sogar selbst.«

»Es muss doch rauszubekommen sein, wer die Waffe aus Kieskes Schrank genommen hat«, fuhr Thea Huntemann an. »Schicken Sie die Spusi da rein. Die sollen jeden Fussel untersuchen.«

»Wenn das Profis waren, und davon ist auszugehen, nützt uns auch das nichts. Kubelka hat sich mit Drogenhändlern eingelassen. Die sind zu allem fähig.«

Thea verkniff sich den Kommentar, der ihr auf der Zunge lag. Sie fühlte sich schrecklich. Ihr Bein schmerzte, und sie hatte das unwiderstehliche Bedürfnis, zu schlafen. »Ich geh rüber und leg mich ein bisschen hin«, stöhnte sie.

Wilma half ihr auf. »Wird auch Zeit. Du siehst aus wie der wandelnde Tod.«

Huntemann öffnete den Frauen die Tür. »Gute Besserung«, wünschte er Thea.

»Danke.«

»Und Sie, Frau Menkens? Werden Sie noch bleiben?«

»Nein, ich glaube nicht. Die beiden Sielmänner werden Ihnen schon ins Netz gehen.«

»Wir tun unser Bestes.«

»Könntest du mir einen Gefallen tun und den Ofen noch schnell anschüren, bevor du gehst?«, fragte Thea, nachdem sie wieder in ihrer Hütte waren.

»Kein Problem.«

Thea bettete ihr Bein auf einem Kissen. Sie saß in ihrem Bett, während Wilma das Feuer anfachte.

Als sie damit fertig war, setzte sie sich zu Thea auf die Matratze. »Du solltest damit zum Arzt gehen«, sagte sie.

Thea schüttelte den Kopf. »Ich hasse Ärzte.«

»Ohne Sie wärst du nicht mehr am Leben.«

»Ja, ja. Ich freue mich schon auf die dicke Rechnung.«

»Wenn ich dir da irgendwie unter die Arme greifen kann, dann sag es.«

Thea ging nicht weiter darauf ein. Das Thema war ihr ohnehin mehr als peinlich. »Willst du eigentlich deine Hose wiederhaben?«, fragte sie stattdessen.

»Das eilt nicht. Ruh dich erst mal aus.« Wilma warf ihr einen besorgten Blick zu. »Kommst du allein zurecht?«

»Klar.« Thea schloss für einen Moment die Augen. »Schade eigentlich, dass wir das Foto nicht mehr haben, ich glaube nicht, dass er sich an die Abmachung hält.«

»Ich auch nicht.« Wilma lächelte.

»Was soll das heißen?«, fragte Thea, die etwas ahnte.

Tatsächlich zog Wilma mehrere Papiere aus der Hosentasche. Sie entfaltete eines davon und zeigte es Thea.

Die begann zu lachen. »Du hast es kopiert?«

»Im Büro vom Oberarzt. Er war gerade mit dir beschäftigt. Ich musste eines für mich haben. Das hänge ich mir über den Schreibtisch. Und da habe ich gleich ein paar mehr gemacht.«

»Du bist klasse«, murmelte Thea, die sich in die Kissen zurücksinken ließ. Die Müdigkeit überwältigte sie. »Außerdem musst du zum Zug«, flüsterte sie.

»Ja.«

»Schade. Immer wenn wir uns treffen, gibt es Tote.« Thea gähnte. »Jetzt bleibt mir nur noch der Hundekotfall, aber mein Klient ist über alle Berge.«

»Es wird sich schon noch was ergeben. Du bist gut. So was spricht sich rum in dem Gewerbe. Gib dir ein bisschen Zeit.«

»Wie viel Zeit hat man, bis man verhungert?«

Wilma kramte ihr Portemonnaie hervor und legte einen Hundert-Euro-Schein neben die Tastatur.

»He!«, protestierte Thea matt, »das kann ich niemals zurückzahlen.«

»Ich schenke ihn dir. Zum Geburtstag.«

»Der war schon im September.«

»Hatte ich doch glatt vergessen. Ist ein nachträgliches Geschenk.«

22

Als Thea erwachte, dämmerte es, und sie fragte sich, ob es früher Morgen oder Abend war. Sie rappelte sich mühsam auf und bemerkte, dass sie immer noch Wilmas viel zu große Hose trug. Langsam kehrte auch die Erinnerung zurück. Sie musste eingeschlafen sein, bevor Wilma gegangen war. Der Schein lag noch neben der Tastatur. Sie sah auf das Handydisplay, um sich zu vergewissern, welcher Tag es war und welche Stunde, aber das Handy machte keinen Mucks. Sie hatte es noch immer nicht aufgeladen.

Vorsichtig erhob sie sich. Der Schwindel, den sie beim Aufstehen verspürte, war schnell verflogen. Erleichtert stellte sie fest, dass es ihr bis auf einen Mordshunger und Durst erheblich besser ging, allerdings brauchte sie dringend eine Dusche. Sie humpelte in ihr Waschkabuff, ein notdürftiger Verschlag gleich neben der Küchenzeile, und schaltete den Warmwasserboiler an. Es würde einige Minuten dauern, bis das Wasser warm genug war für eine ausgiebige Dusche. Sie ließ die Tür offen, damit die Wärme vom Wohnraum einziehen konnte, denn im Kabuff war es wie immer eisig.

Sie schlüpfte aus Wilmas Hose und stellte fest, dass das Bein nicht mehr allzu sehr schmerzte, außer, wenn sie den Muskel dehnte. Ich sollte den Verband wechseln, dachte sie und überlegte, wo sie den Verbandskasten hingetan hatte. Dann fiel es ihr wieder ein, und sie bückte sich unter das Bett. Der graue Kunststoffkasten lag zwischen Staub und Spinnenweben. Sie zog ihn hervor und fragte sich, ob Verbandszeug verderben konnte. Der Kasten stammte aus ihrem ersten und wohl auch letzten Auto, das sie 1998 gekauft hatte, zu Beginn ihrer Karriere als Kommissarin. Sie öffnete den Deckel. Das Innenleben sah noch gut aus, und sie beschloss, dass es damit gehen würde.

Unter der Dusche weichte sie den Verband auf, der wegen des geronnenen Blutes festklebte. Das warme Wasser tat ihr gut. Sie stand einige Minuten nur so da und ließ es über ihre Haut laufen, bis sie sich einseifte und den Dreck der letzten Tage abwusch. Als sie sich abgetrocknet hatte, untersuchte sie den verletzten Oberschenkel – die Wunde sah nicht schlimm aus, die Ärzte hatten sie gut zusammengeflickt. Thea legte je eine Kompresse auf die beiden kreisrunden Löcher vorne und hinten. Umständlich wickelte sie eine frische Mullbinde drum herum und wünschte sich fluchend eine dritte Hand, aber irgendwie gelang es ihr. Danach konnte sie sich angenehmeren Dingen zuwenden, nämlich dem Frühstück. Sie kramte in ihrem Küchenschrank nach Essbarem und fand hinter dem Brotkasten das Aufladegerät ihres Handys. Sie schloss es an, und sofort piepte es. Fünf Anrufe in Abwesenheit meldete das Display, vier davon waren von Wilma, eine Nummer kannte sie nicht. Sie stellte fest, dass es kurz nach neun Uhr am nächsten Morgen war, also Dienstag. Sie hatte fast zwanzig Stunden geschlafen. Was war in der Zwischenzeit passiert? Hatte der Kommissar die Sielmann-Brüder erwischt? Sicher hätte Wilma ihr das mitgeteilt, aber vielleicht hatte sie sie nicht erreicht. Thea blickte noch einmal auf die Anrufliste, legte das Handy dann aber beiseite, um sich ein Frühstück zu bereiten. Sie briet sich die restlichen Eier.

Endlich war sie bereit, sich den Anrufen zu widmen. Wilma hatte zweimal wieder aufgelegt und die anderen beiden Male auf die Mailbox gesprochen. Zweimal fragte sie, wie es Thea gehe. Thea drückte auf Rückruf, aber nun hatte Wilma ihr Handy ausgeschaltet. Thea beschloss, es später noch einmal zu versuchen, denn die fremde Nummer weckte ihr Interesse. Der Anrufer hatte keine Nachricht hinterlassen, also rief sie auch hier zurück.

»Ja?«, meldete sich eine atemlose Männerstimme am anderen Ende.

Thea wusste sofort, wen Sie in der Leitung hatte. Im Hintergrund waren Geräusche wie aus einem Fitnessraum zu hören. Leise Musik plätscherte vor sich hin, Pedale wurden getreten, und Metall klackte auf Metall wie von Gewichten, die aufeinanderschlugen. Sie räusperte sich. »Herr Huntemann?«

»Wer will das wissen?«

»Hier ist Thea Thading. Störe ich?«

»Ja. Ich trainiere gerade. Heute ist mein Sporttag. Ich muss schließlich fit blieben. Für den Job.«

Thea ging nicht darauf ein. »Sie haben bei mir angerufen?«

»Habe ich das?«

»Ihre Nummer war auf meinem Display.«

»Stell den Cocktail auf den Tisch, Darling.«

»Wie bitte?«

»Ich meinte nicht Sie, Frau Thading, sondern die reizende Bedienung.«

»Ich dachte, Sie trainieren, um für den Job fit zu bleiben. Oder gehört Darling zu Ihrem Fitnessprogramm dazu?«

»Das eine schließt das andere ja nicht aus.«

»Alkohol und Dienst einander schon. Zumindest habe ich das damals so gelernt.«

Huntemann lachte auf. »Das ist ein Eiweißcocktail. Für den Muskelaufbau und zur Regeneration der Zellen, ein total tolles Anti-Aging-Mittel. Sollten Sie auch mal versuchen.«

»Charmant. Deswegen haben Sie mich angerufen? Um mir zu sagen, dass ich alt aussehe?«

»Nein! Es ist, weil …«

»Ja?«

»Ich komme später zu dir, Schatz.«

»Also … entschuldigen Sie mal!« Thea hörte ein Schmatzen, wie wenn Huntemann sie durch den Hörer küsste.

»Tschüss, tschüss!« Noch ein Schmatz.

Thea war kurz davor, aufzulegen, da sagte Huntemann: »Verzeihen Sie die Unterbrechung, Frau Thading, ich musste nur kurz eine von meinen ältesten Freundinnen verabschieden.«

»Macht die auch berufliches Anti-Aging?«

»Nein«, sagte Huntemann kühl und kam dann endlich zur Sache. »Ich wollte mich bei Ihnen entschuldigen.«

»Wie bitte? Weswegen?«

»Nun ja, ich war in den letzten Tagen manchmal ein bisschen grob. Wegen Ihrer eigenmächtigen Ermittlungen.«

Thea nahm das Handy vom Ohr und betrachtete es skeptisch. Hatte sie richtig gehört?

»Thea? Sind Sie noch dran?«, hörte sie Huntemann sagen.
»Ja. Ähm.« Sie räusperte sich. »Na ja, so ein bisschen hatten Sie ja recht. Das war nicht mein Fall.«
Huntemann atmete laut und rhythmisch. Anscheinend fuhr er jetzt Rad. »Ihre Hartnäckigkeit hat mir sehr imponiert«, sagte er und geriet langsam außer Atem. »Wir sollten uns über eine zukünftige Zusammenarbeit unterhalten. Was halten Sie davon, wenn ich Sie nachher abhole und wir machen uns einen schönen Nachmittag auf dem Hochsitz, um in Ruhe alles zu besprechen? Also vorausgesetzt, Sie kommen schon wieder eine Leiter hoch.«
»Kein Problem«, hörte Thea sich sagen.
»Dann habe ich Sie überzeugt?«
»Nein. Aber ich komme mit auf den Hochsitz. Bin gespannt, was Sie mir zu sagen haben.«
Huntemann keuchte laut. »Wunderbar. Ich freue mich, dass wir uns ein bisschen näher kennenlernen. Das ist alles.«
»Wirklich?«
»Ich könnte mir vorstellen, dass Sie mir im einen oder anderen Fall ein bisschen unter die Arme greifen könnten. Sie sind ja eine durchaus fähige Ermittlerin.«
»Wie oft denn noch? Ich bin suspendiert.«
Er lachte. »Wir sind doch keine Unmenschen bei der Polizei. Ich könnte mir vorstellen, dass ein Werkvertrag für Sie rausspringen könnte.«
»Werkvertrag?« Thea lachte auf. »Seit wann gibt es bei der Polizei Werkverträge? Recherchieren demnächst freie Mitarbeiter bei euch, wie bei der Lokalzeitung?«
»Sehen Sie, das möchte ich gern ganz in Ruhe mit Ihnen besprechen.«
»Warum auf dem Hochsitz?«
Huntemann schnaufte jetzt wie eine Dampflokomotive. Den Geräuschen nach zu urteilen, nahm er an einer Bergetappe der Tour de France teil. »Im Wald stört uns niemand, und in der freien Natur kommen einem immer die besten Gedanken, finden Sie nicht?«
»Kann schon sein«, antwortete Thea vorsichtig und hörte, wie

Huntemann das Tempo noch einmal steigerte. Sie wunderte sich, dass er es trotzdem schaffte, mit ihr zu telefonieren.

»Es ist ganz wunderbar da oben«, schwärmte Huntemann kurzatmig, »ich verspreche Ihnen herrliche Naturbeobachtungen. Wildtiere in freier Bahn. Füchse beim Schnüren. Oder, wenn wir Glück haben, beim Jagen, mit klagendem Hasen im Maul. Rehe und Wildschweine, ganz friedlich beim Äsen, und vielleicht sogar einen Hirsch …«

»Ich dachte, das soll so eine Art Vorstellungsgespräch werden«, sagte Thea skeptisch.

»An einem angenehmen Ort redet es sich doch viel entspannter.«

Thea überlegte. Es klang beunruhigend verlockend. »Können Sie mein Rad einladen nach dieser … Naturbeobachtung? Und es mir nach Hause bringen? Ich würde ja selbst fahren, aber mit dem Bein geht es gerade nicht.«

»Ihr Rad? Wie kommt das in den Wald?«

»Es liegt da, seit ich angeschossen wurde.«

Huntemann hörte auf zu treten und schnaufte. Thea hörte ihn etwas trinken. Er schluckte und gab einen wohligen Laut von sich. »Ja, natürlich kann ich das«, antwortete er schließlich. »Wäre es Ihnen recht, wenn ich Sie in – sagen wir mal – zwei Stunden abhole? Wir hätten noch den halben Tag vor uns, bevor es dunkel wird. Ich sorge für heißen Punsch und ein paar Schnittchen. Ziehen Sie sich warm an.«

Sie auch, dachte Thea und beendete das Gespräch.

Sie legte das Handy beiseite und räumte nachdenklich die Reste des Frühstücks weg. Was wollte Huntemann von ihr? Diese seltsame Einladung auf den Hochsitz, die kam doch nicht von ungefähr.

Thea setzte sich in den Sessel. Huntemann gehörte zu den wenigen Menschen, die sie nur schwer durchschaute. Sie fand ihn attraktiv, ein wenig schlicht im Kopf, aber auch berechnend. Dieses Gerede von Werkverträgen und »Unter-die-Arme-Greifen« hatte einen bestimmten Zweck, da war sie sich sicher. Es müsste sich schon einiges geändert haben bei der Polizei, wenn sie nun schon Ermittlungen an freie Mitarbeiter vergaben.

Sie rieb sich das Bein. Dann gehe ich eben hin und hör mir Huntemanns Quatsch an, dachte sie, und trotzdem war ihr mulmig zumute. Zum ersten Mal seit langer Zeit sehnte sie sich nach einer Dienstwaffe. Andererseits: Was sollte schon passieren, außer dass Huntemann versuchte, ihr an die Wäsche zu gehen? Eben, dachte Thea, hievte sich aus dem Sessel und riss die Besteckschublade auf. Das einzige halbwegs gefährliche Werkzeug darin war eine Fonduegabel. Sie nahm sie heraus und legte sie in den Rucksack.

Huntemann klopfte pünktlich an der Tür.

»Kommen Sie rein, ich muss nur noch schnell die Gummistiefel anziehen!«, rief Thea. Sie stand mit dem Rücken an der Wand und versuchte, den Fuß ihres verletzten Beines in den Stiefel zu bekommen, ohne das Knie allzu sehr beugen zu müssen.

»Kann ich Ihnen helfen?«, fragte Huntemann, der in olivgrüner Jacke und Hose in der Tür stand. Auf dem Weg vor der Parzelle parkte ein Geländewagen.

»Mein Bein«, stöhnte Thea, »ich komm mit dem Fuß nicht rein.«

Huntemann bückte sich und half ihr. Er umfasste vorsichtig ihre Wade und zog den Stiefel über den Fuß. Das Bein ließ er danach nicht mehr los.

Das fängt ja gut an, dachte Thea und wollte ihm schon die Meinung sagen, da bemerkte sie seinen Blick. Er klebte an einer Stelle über ihrem Bett. Sie sah ebenfalls dorthin und wünschte sich augenblicklich eine Falltür herbei, in der sie schnell verschwinden konnte. Dort, an die Wand gepinnt, in der Nähe von ihrem Kopfkissen, hing eine Kopie von Huntemanns pikantem Geheimnis. Wilma musste es zum Spaß befestigt haben, bevor sie gegangen war. Und das war nicht alles: Sie hatte mit Edding unter das Bild geschrieben: »Zur Erinnerung an den schönen Poirot, den Hengst von Bruchbäke.«

»Also, das … war ich nicht«, sagte Thea und zog ihr Bein zurück.

Huntemann ließ sie los und erhob sich.

Thea humpelte schnell zu ihrem Bett, riss die Kopie ab, zerknüllte sie und warf sie in den Ofen.

»Gibt es noch mehr davon?«, fragte Huntemann.

»Nein. Ich schwöre. Suchen Sie die Hütte ab. Das ist wirklich das allerallerletzte Foto. War nur so ein blöder Spaß zum Abschied.«

Thea wurde rot, denn sie log. Sie wusste nicht, ob Wilma weitere Kopien hier deponiert hatte, und wenn ja, wo. Sie wusste nur, dass es weitere gab, und sie hoffte inständig, dass Huntemann ihr glaubte.

Sie fuhren aus der Stadt in Richtung Bruchbäke und hielten an einem Waldstück, das Thea vage bekannt vorkam. Die ganze Fahrt über hatten sie geschwiegen.

Auf dem Rücksitz lag Huntemanns Rucksack. Er stand offen. Thea entdeckte in ihm eine Thermoskanne und eine Tüte mit dem Logo einer Bäckerei. Er hatte sich Mühe gegeben. Sie schämte sich.

»Dahinten haben die Sielmann-Brüder Sie angeschossen.« Huntemann zeigte nach vorn und parkte nach weiteren fünfzig Metern am Waldrand. »Hier ist es.«

»Es tut mir wirklich leid«, sagte sie, als er die Fahrertür öffnete, um ihr herauszuhelfen. »Das mit dem Foto.«

»Ach. Schwamm drüber.« Er lächelte und holte sein Gewehr aus dem Kofferraum. Er hängte es sich über die Schulter. »Es ist nicht weit. Können Sie allein gehen?«

Thea nickte. Sie hatte einen Wanderstock mitgenommen, den sie noch von einem Familienurlaub in Berchtesgaden besaß. Wie gut, dass sie ihn nie entsorgt hatte. »Ich würde gern zuerst mein Fahrrad suchen. Es muss hier in der Nähe am Waldrand liegen«, bat sie.

»Jetzt sofort?« Huntemann schien keine große Lust zu haben.

»Es würde mich beruhigen, wenn ich es wiederhätte.«

»Na schön«, seufzte er und schaute sich um. »Können Sie sich wenigstens erinnern, wo Sie es abgelegt haben?«

»Nicht genau.«

Huntemann entfernte sich, und Thea sah sich in der nahen Umgebung um.

»Ist es das?«, rief er nach einer Weile und schob ein Rad vor sich her. Laub klebte an den Speichen, und am Gepäckträger hatte sich ein Ast verfangen.

Thea humpelte, auf den Wanderstock gestützt, zu ihm hin. »Gott sei Dank! Das ist es, das gute Stück.«

»Gutes Stück? Wenn Sie mich fragen, ist es ein Wrack.«

»Es fährt.«

Er hob den Zeigefinger in gespielter Empörung. »Lassen Sie sich nicht von der Polizei damit erwischen.«

Thea lachte matt. »Ich weiß. Ich muss endlich mal das Licht reparieren lassen.«

»Nur das?« Huntemann schüttelte den Kopf und lehnte das Rad achtlos an einen Baum. »Lassen Sie uns jetzt zum gemütlichen Teil übergehen. Der Hochsitz ist ganz in der Nähe.« Er atmete tief durch. Sein Gesichtsausdruck bekam etwas Entrücktes. »Hören Sie das?«, flüsterte er.

Thea lauschte, aber sie vernahm nichts Ungewöhnliches. »Was meinen Sie?«

»Hören Sie hin!«

Thea tat es. »Meinen Sie die A 28?«

»Die müssen Sie sich wegdenken.«

Thea fragte sich, wie sie das machen sollte, schwieg aber, und Huntemann fuhr fort: »Die Natur ist hier trotz allem intakt. Zivilisation und Idylle gehen Hand in Hand. Ist das nicht toll?«

»Ja. Super«, bemerkte Thea wenig begeistert. »Wollen wir das Rad eben schnell einladen?«

Huntemann machte eine wegwerfende Geste. »Das klaut doch keiner. Lassen Sie es stehen, wir nehmen es auf dem Rückweg mit. Kommen Sie!«

Thea gab sich einen Ruck. »Also schön. Gehen Sie voran.« Sie folgte ihm, so gut es ging. »Wie weit ist es noch?«, fragte sie nach wenigen Minuten. Die kurze Wanderung strengte sie mehr an, als sie gedacht hatte.

Huntemann blieb stehen. »Nicht mehr weit. Kommen Sie.«

Tatsächlich erreichten Sie schon bald eine Lichtung, an dessen Rand ein Hochsitz stand. Es war ein recht komfortabler Bau mit geräumiger Holzkabine, Thea schätzte sie auf ungefähr zwei mal zwei Meter. Eine Metallleiter führte hinauf.

»Nach Ihnen«, sagte Huntemann und ließ ihr den Vortritt.

Stufe für Stufe kletterte sie die Sprossen hoch, wobei sie das linke Bein nachzog. Den Stock hielt sie fest in der einen Hand, während sie sich mit der anderen hochzog. Schließlich war sie oben. Die Leiter endete an einer Plattform. Thea zog sich hinauf und hielt sich am Geländer fest. Die Tür zur Kabine war mit einem Vorhängeschloss verriegelt. Sie trat zur Seite, um Huntemann vorzulassen, der das Schloss öffnete.

»Nur herein in die gute Stube«, sagte er und ließ Thea eintreten.

Im Inneren sah es gemütlich aus, fast wie in einer Berghütte, nur viel enger. Mit den Flintenweibern war es sicherlich sehr kuschelig hier oben gewesen. An den Wänden waren Bänke angebracht, auf denen dicke Schaffelle und Decken lagerten. Nach vornehin gab es einen Fensterladen, den Huntemann gerade hochklappte. Thea setzte sich. Sie war völlig außer Atem.

Huntemann reichte ihr einen Flachmann. »Hier. Trinken Sie einen Schluck. Das bringt Sie wieder auf die Beine.«

»Was ist das?«

»Kräuterlikör.«

Thea lehnte dankend ab, aber Huntemann nahm einen tiefen Zug.

»Müssen Sie eigentlich gar nicht arbeiten?«, fragte Thea.

»Das tue ich doch.« Er ließ sich auf einer der Bänke ihr gegenüber nieder und musterte sie. »Ich kannte übrigens Ihren Bruder.«

Thea war mit einem Schlag hellwach. »Friedjof?«

»Ja. Ich hab damals undercover in diesen Kreisen ermittelt. Na ja, so lange ist das noch nicht her. Fünf Jahre?«

»Sieben.«

Huntemann holte tief Luft und sah auf die Lichtung hinab.

»Die Zeit vergeht im Flug. Wissen Sie, was ich mich damals gefragt habe?«

»Nein.«

»Wie kann es sein, dass zwei so unterschiedliche Menschen Geschwister sind? Ich meine, Ihr Bruder, der war von Anfang an eine Niete. Aber Sie? Sie hatten alle Chancen auf eine glänzende Karriere. Und jetzt sind Sie genauso weit unten, wie er es auch war.«

Thea hörte mit wachsendem Befremden zu. »Was wollen Sie mir damit sagen?«

»Wissen Sie, ich denke viel nach, zum Beispiel über die Gründe, warum jemand auf die schiefe Bahn gerät.«

»Meinem Bruder ist das passiert, weil er schlechten Menschen mit üblen Ansichten begegnet ist. Er war schwach und ist ins rechtsradikale Milieu abgerutscht. Erst da ist er zum Mörder geworden.«

Huntemann lachte auf. »Sie verteidigen ihn?«

»Nein. Keinesfalls. Der Mord an dem Imbissbudenbesitzer war entsetzlich. Trotzdem war er mein Bruder.«

»Er hatte es von Anfang an in sich. Das ist bei den meisten so. Ich frage mich nur: Ist ein Mensch, der mordet, automatisch ein schlechter Mensch? Was meinen Sie?«

»Ich weiß nicht. Ich bin keine Psychologin«, wich sie aus.

Thea hatte plötzlich das Gefühl, sich auf ganz dünnem Eis zu bewegen. Huntemann öffnete indes seinen Rucksack und entnahm Thermoskanne samt Edelstahlbechern. Er goss sie voll, und in der Kabine breitete sich ein würziger Duft nach Glühwein aus.

»Hier. Trinken Sie. Das wärmt durch. Wir wollen uns doch nicht streiten in dieser herrlichen Umgebung.«

Sie nahm den Becher in beide Hände. Der Ostwind pfiff durch die Ritzen. Dafür riss hin und wieder die Wolkendecke auf, und die Sonne brachte die Wassertropfen an den unzähligen Spinnweben zwischen den Bäumen zum Leuchten. Es war tatsächlich sehr schön hier.

»Ich dachte, Sie wollten mit mir über einen Werkvertrag reden und nicht über meinen Bruder«, sagte Thea.

Huntemann pustete in die Dampfwölkchen, die vom Glühwein aufstiegen, und sah sie an. Seine veilchenblauen Augen hatten einen seltsamen Glanz. Er nippte vorsichtig am Becher. »Trinken Sie!«, forderte er sie auf. »Nougatringe hab ich auch eingekauft. Ich liebe Nougatringe. Sie hoffentlich auch?«

»Nein.«

»Oh, das tut mir leid.« Er fischte sich ein mit Schokolade überzogenes Teilchen aus der Tüte und biss davon ab. »Sie müssen entschuldigen«, nuschelte er mit vollem Mund, »ich hätte Sie vorher fragen sollen.«

»Kein Problem.«

Eine Weile saßen sie beide schweigend einander gegenüber und sahen auf die Lichtung hinunter. Thea trank in kleinen Schlucken. Der Glühwein war viel zu stark und schmeckte hauptsächlich nach Rum, aber er wärmte. Sie warf Huntemann einen verstohlenen Blick zu.

Er musste es bemerkt haben, denn er sah sie an. »Ich habe mich zwar in den letzten Tagen sehr über Ihre Eigenmächtigkeiten geärgert. Aber dann hab ich mir gedacht, es ist eine Schande, dass Ihre Talente so brachliegen.« Er lächelte und sah hinreißend aus, es hatte etwas Hypnotisches. Er sah hinunter auf die Lichtung, die vor ihnen lag.

Thea folgte seinem Blick. Im feuchten Gras saß ein Hase und mümmelte irgendwelches Grünzeug. »Was heißt das genau?«

Huntemann hob langsam die Hand an den Mund. »Pssst! Nicht bewegen«, flüsterte er. Er streckte sich, um besser hinuntersehen zu können. Der Hase sprang auf und rannte davon. Etwas knackte im Unterholz.

Jetzt sah Thea es auch. Zwischen den Bäumen brach ein riesiges Wildschwein hervor. Es blieb am Rand der Lichtung stehen und schubberte sich an einem Baumstamm.

»Wow!«, flüsterte Thea.

»Das ist er. Sehen Sie hin! Sein Gewaff ist tödlich. Der hat im letzten Jahr einem Kollegen die halbe Arschbacke aufgeschlitzt, als der seiner Schweißfährte folgte.«

Der Keiler hob den Kopf, als hätte er Huntemanns Flüstern

gehört. Der Kommissar hob langsam sein Gewehr, das er an die Wand gelehnt hatte.

»Sie wollen das arme Tier doch nicht erschießen?«, fragte Thea entsetzt.

Das Wildschwein hob ruckartig den Kopf und sah zu ihnen hoch. Dann galoppierte es in den Wald, bevor Huntemann anlegen konnte.

»Verdammt, Thea!«, fuhr er sie an. »Was sollte das?«

»Was hab ich denn getan?«

»Sie haben mir den Keiler verjagt!«

»Ich dachte, Sie wollten mir die schöne Seite der Natur zeigen.«

»Der Tod gehört dazu.«

»Aber er ist hässlich.«

»Ich bin anderer Meinung.« Huntemann murmelte etwas in seinen Bart. Er lud die Büchse durch und legte sie schussbereit neben sich. Mürrisch schweigend trank er seinen Becher leer.

Das mulmige Gefühl in Theas Magen wurde stärker. Da sie sich im Allgemeinen auf ihre Intuition verlassen konnte, griff sie wie nebenbei nach ihrem Rucksack, aber Huntemann beobachtete sie scharf. »Suchen Sie etwas?«

Thea zog die Nase hoch. »Ein Papiertaschentuch.« Sie stellte den Rucksack auf ihren Schoß und öffnete den Verschluss. Die Fonduegabel steckte griffbereit an der Seite. Sie nahm die Packung Papiertaschentücher, die obenauf lag, heraus und fummelte eines heraus.

Nachdem sie sich geschnäuzt hatte, fragte sie: »Wir wär's, wenn wir endlich zur Sache kommen? Sie wollten mit mir über einen Werkvertrag reden.«

Huntemann goss sich Glühwein nach. »Ja. Lassen Sie uns zur Sache kommen. Was würden Sie davon halten, wenn ich Sie ganz privat als meine persönliche Assistentin einstellen würde?«

»Wie stellen Sie sich das vor?«

»Sie recherchieren für mich, und ich bezahle Sie dafür. Es müsste natürlich unter uns bleiben.«

»Und was ist mit Schandau?«

»Schandau.« Huntemann lachte spöttisch. »Der hat das kriminalistische Gespür eines Regenwurms.«

Wenn du ihn da mal nicht unterschätzt, dachte Thea. Huntemanns Rasierwasser stieg ihr in die Nase. Er hatte sich zu ihr vorgebeugt und sah ihr direkt in die Augen. Sie wich zurück und griff nach der Fonduegabel in ihrem Rucksack.

»Sie meinen, während Sie im Fitnesscenter Eiweißcocktails schlürfen, mache ich Ihre Arbeit?«, fragte sie.

»So in etwa.« Huntemann lehnte sich wieder zurück und blickte angestrengt auf die Lichtung. Er schien wieder etwas gehört zu haben.

Zwischen den Bäumen brach eine Sekunde später wieder der Keiler hervor.

»Da! Da ist er wieder«, flüsterte Huntemann und hob die geladene Büchse.

Der Keiler stand am Waldrand und schnüffelte. Huntemann legte an.

Thea wollte rufen, aber es war zu spät, der Schuss krachte, und der Keiler machte einen Bocksprung. Dann kippte er um. Er warf seinen Kopf hin und her und gab furchtbare Töne von sich. Aus dem Maul blubberte schäumendes Blut. Seine Läufe zuckten noch eine ganze Weile, bis er endlich liegen blieb.

Huntemann hatte den langen Todeskampf durch das Fernrohr beobachtet und war dabei rot angelaufen. Angewidert stellte Thea fest, dass es ihn zu erregen schien. »Endlich!«, keuchte er.

»Das war aber kein sauberer Schuss«, sagte Thea.

Huntemann wandte sich ihr zu. »Na und? Das Biest ist tot. Da ist es doch egal, dass der schöne Poirot schießt wie ein Güllestreuer. Am Ende trifft er doch. Der Huntemann ist auch ein schlampiger Ermittler, aber letztendlich kriegt er den Täter. Der Huntemann ist im Grunde eine Niete, außer bei den Frauen, bei denen hat er ein Stein im Brett. Das denkt ihr doch alle, oder?«

Er hatte so gesprochen wie immer. Mit seinem Bass, väterlich und warm, als sei das, was er sagte, ganz normal. Er ist verrückt, schoss es Thea durch den Kopf. Sie lehnte sich, so gut es ging, zurück.

»Ich weiß nicht«, sagte sie.

»Doch, Sie wissen! Alle wissen das.«

Thea rutschte langsam zur Tür, aber der Kommissar war schneller. Er warf sich auf sie und drückte seine Lippen auf ihren Mund. Thea wehrte sich, schob ihn mit der Linken von sich. Mit der anderen Hand wühlte sie hastig in ihrem Rucksack herum und bekam endlich die Fonduegabel zu fassen. Der Rucksack fiel zu Boden, und Huntemann ließ so schnell von ihr ab, dass sie ebenfalls fast von der Bank gefallen wäre.

Sie wischte sich über den Mund. »Warum machen Sie das?«, keuchte sie.

»Ich hab gemerkt, wie du mich immer von der Seite angestarrt hast«, sagte er. »Ist das nicht ein Zeichen dafür, dass du mich magst?«

Thea versteckte die Hand mit der Fonduegabel schnell hinter ihrem Rücken.

Huntemann packte sie am Arm und zog sie auf seinen Schoß. Er war durchtrainiert und kräftig. »Ich gefall dir doch, oder?«, keuchte er, und seine Hände glitten über ihren Körper. »Hattest ja sogar mein Bild über dem Bett hängen.« Er drückte sein Gesicht an ihre Brust. »Dieses alberne Bild. Du magst mich, oder? Wie du mich immer angesehen hast …«

»Ich hab das da nicht hingehängt«, stieß Thea hervor.

»Scheißegal«, keuchte Huntemann und packte ihr Gesicht mit beiden Händen.

»Lass mich los«, schrie Thea, aber Huntemann zwang seine Zunge in Theas Mund.

Ihr wurde übel. Sie holte aus und stach mit der Gabel zu. Thea hatte vorgehabt, sein Bein zu treffen, aber er machte im letzten Moment eine Bewegung, ließ sie los und sah überrascht an sich hinunter. Die Fonduegabel steckte im Saum seiner Lodenjacke. Sie hatte ihn nicht einmal gekratzt.

Er lachte auf. »Netter Versuch, Thea. Ich dachte, du bist Kommissarin.« Er riss die Gabel aus dem Stoff und warf sie vom Hochsitz.

Thea nutzte den Moment und drückte sich in eine Ecke,

möglichst weit weg von Huntemann, aber in der engen Kabine war kein Entkommen. Es blieb nur eine Möglichkeit. Sie packte Huntemanns Jagdwaffe, die an der Wand lehnte, und legte auf ihn an. »Bleib weg, oder ich knall dich ab wie du das Wildschwein!«, keuchte sie.

Huntemann reagierte mit einem spöttischen Grinsen. »Thea, Thea«, er schnalzte mit der Zunge, »was bist du nur für ein dummes Mädchen. Und ich dachte, du bist schlau. Das ist zwar eine Doppelbüchse, aber die war nur mit einer Patrone geladen. Die wiederum steckt in dem Keiler da unten.«

»Du lügst!«

»Dann schieß doch.« Er hob die Hände.

Thea schloss die Augen und drückte den Abzug bis kurz vor den Anschlag. Schweiß rann ihr den Rücken hinab. Sie begann zu zittern.

»Du musst es wollen«, flüsterte Huntemann.

Thea ließ die Waffe sinken. Ihr Atem ging stoßweise. Er hatte recht, sie konnte es nicht tun.

Huntemann lehnte sich entspannt zurück und musterte sie.

Es macht ihm Spaß, mich in der Falle zu sehen, schoss es Thea durch den Kopf. Sei cool. Zeig keine Angst. Bring ihn aus der Fassung. Sie zwang sich zu einem Lächeln und legte sich die Waffe über die Knie. In Huntemanns Augen blitzte Überraschung auf.

»Mir fällt ein, ich habe Ihre Frage noch nicht beantwortet«, sagte sie kühl.

»Welche? Es gibt so viele.«

»Sie haben die Frage gestellt, ob ein Mörder automatisch ein schlechter Mensch ist.«

»Ach ja. Das ist eine interessante Frage.«

Thea bemerkte eine leichte Unsicherheit in seiner Stimme. »Ich denke, es gibt zwei Kategorien von Mördern. Diejenigen, die aus Affekt handeln, weil ihr eigenes Leben oder das eines geliebten Menschen bedroht ist. Und dann gibt es diejenigen, die gezielt vorgehen und einen Mord kaltblütig planen, einfach, weil sie es wollen. Erstere sind zu bedauern, die Zweiten halte ich für böse. Und Sie, Herr Huntemann, sind böse. Und dumm dazu. Allerdings können Sie das ganz gut verstecken.«

»Du bist ja doch ein schlaues Mädchen.«

»Nein. Ich wäre nicht auf Sie reingefallen, wenn ich mehr Grips hätte. Wilma Menkens, die ist schlau.«

Huntemann verzog das Gesicht. »Aber hässlich.«

»Falsch. Sie sind hässlich. Sie widern mich an.«

In Huntemanns Augen flammte etwas auf, aber Thea ließ sich nicht beirren.

»Haben Sie Kubelka auch stundenlang vollgelabert, bevor Sie ihm den Schädel weggepustet haben?«

»Nein.«

»Ich frage mich nur, wie Sie an Kieskes Waffe gekommen sind. Den Schlüssel trug er doch immer bei sich, oder?«

Huntemann machte eine wegwerfende Geste. »Du denkst zu kompliziert, Thea Thading. Du bist eine von denen, die alles zehnmal hin- und herwenden müssen, bis alles bis zur Unkenntlichkeit verwässert ist. Denk einfach geradeaus!«

Thea hielt inne, und zum ersten Mal sah sie sich Huntemanns Büchse genauer an. »Sie haben auch eine Baikal?«, fragte sie überrascht.

»Na endlich fällt der Groschen.« Er sah sie wohlwollend an, ganz so, als sei er stolz auf ihre Leistung.

Langsam dämmerte es Thea. »Sie haben Kubelka mit dieser Waffe erschossen?«

Huntemann nickte. »Respekt, Frau Thading!«

»Aber die KTU hat doch eindeutig festgestellt, dass die Patrone aus Kieskes Waffe stammte. Ich verstehe das nicht.«

»Es ist doch ganz einfach. Denk nach, Thea. Es hat damit zu tun, dass ich Kommissar bin.«

Thea starrte ihn an. Dann dämmerte es ihr. »Sie haben Kieskes Waffe aus der KTU geholt und eine Patrone von Ihrer Munition damit abgefeuert, dann haben Sie die Patrone aus Kubelkas Schädel mit der gefakten vertauscht.«

Huntemann lachte schallend. »Gut! Sehr gut, Thea. Aber leider falsch.«

»Dann klären Sie Ihre zukünftige Assistentin auf, Herr Huntemann.«

»Kieske hat gelogen. Er hat die Patrone, die er im Hof abgefeuert hat, nicht im Klo weggespült. Er wollte nur nicht, dass wir in seinem Hinterhof danach suchen, dann wären wir nämlich dahintergekommen, dass er gewilderte Tiere aufkaufte. Ich habe danach gesucht und sie gefunden, diese hübsche kleine Patrone. Ich musste sie nur vertauschen.« Er hob lächelnd die Arme. »So einfach war das. Jammerschade, dass niemand mehr davon erfährt, weil ich dich jetzt auch erschießen muss. Das mit dem Werkvertrag hätte ich mir wirklich durch den Kopf gehen lassen.«

»Dann müssen Sie mich doch gar nicht erschießen«, sagte Thea und spürte, wie Panik in ihr aufstieg. »Ich wäre gern Ihre Assistentin«, log sie, um Zeit zu gewinnen. »Tot nütze ich Ihnen doch nichts.«

Huntemann wiegte den Kopf hin und her. »Ja, vielleicht hast du recht. Am Anfang fand ich es auch reizend, wie du dich eingebracht hast, so ganz selbstlos. Aber dann hast du alles durcheinandergebracht. Kieske sollte der Sündenbock sein. Ich hatte das alles so schön eingefädelt, aber du hast immer weitergeschnüffelt.« Er redete sich in Rage. »Und dann die Sache mit dem Foto. Du hast dein Todesurteil selbst unterschrieben, das musst du doch einsehen.«

»Und Wilma?«, stieß Thea hervor. »Wollen Sie die auch noch aus dem Weg schaffen?«

Huntemann seufzte. »Vielleicht. Aber bei dir macht das viel mehr Spaß.« Er machte eine theatralische Geste. »Die aufrechte Thea Thading hat in mir ihren Meister gefunden.«

»Wie wollen Sie es dieses Mal vertuschen?«, fragte Thea und schluckte.

»Heute hat Willi kein Alibi. Er ist zu Hause. Allein. Die haben Ruhetag, und Nina ist unterwegs. Schwarze Klamotten kaufen für Kubelkas Beerdigung. Ich hab mit ihr gesprochen. Diesmal ist Kieske dran.«

»Was hat er Ihnen getan?«

»Nichts.«

»Und Kubelka?«

»Der war einfach überflüssig. Nutzlos und kriminell.« Er lächelte maliziös. »Ich hab gern die Dinge in der Hand. Deshalb bin ich Polizist geworden.«

»Sie sind wie der Feuerwehrmann, der selbst Feuer legt.«

»Korrekt. Bringen wir es hinter uns. Du siehst doch ein, dass es sein muss?«

Theas schüttelte den Kopf. »Dass was sein muss?«

Huntemanns Lächeln verschwand, während sich Theas Gedanken überschlugen. Sie klammerte sich verzweifelt an die Baikal, als Huntemann den Lauf der Waffe packte. Seine Halsschlagader pulsierte, und sein schönes Gesicht verzerrte sich zu einer Fratze. »Schluss jetzt!«, fuhr er sie an. »Lass das Ding los! Bete oder guck noch mal in den Wald. Es geht ganz schnell. Dann bist du wieder mit deinem Bruder vereint.«

Thea sah Huntemann in die Augen. Warum war ihr nie aufgefallen, wie kalt sie in Wahrheit waren? Denk geradeaus, schoss es ihr durch den Kopf, und dann kam ihr eine vage Idee, wie sie ihr Leben doch noch retten konnte. Es war so einfach, so simpel.

Sie drehte den Kopf ein wenig, sah auf die Lichtung hinunter und machte: »Pssst!«

Huntemann hörte auf, am Lauf zu ziehen, und Thea zeigte nach unten.

»Ein Hirsch«, flüsterte sie.

Seine eiskalten Augen weiteten sich. Er wandte den Blick einen winzigen Moment von ihr ab. Darauf hatte sie gewartet. Sie riss die Baikal hoch und rammte ihm den Lauf in den Unterkiefer. Er stöhnte auf und ließ die Waffe los. Thea drehte sie herum und zog ihm den hölzernen Griff über den Schädel. Der Kommissar griff sich an den Kopf und betrachtete die blutbesudelte Hand. Dann sackte er mit einem Stöhnen zusammen.

Thea stürzte zur Tür, aber sie war verschlossen. Wann hatte Huntemann das getan? Panisch wühlte sie in seinen Taschen nach dem Schlüssel. Ein dünnes Rinnsal Blut sickerte ihm aus dem Mundwinkel. Er stöhnte und bewegte sich. In der Innentasche seiner Jacke fand Thea endlich den Schlüssel. Mit zitternden

Fingern öffnete sie das Schloss. Sie hatte gerade den Fuß auf die erste Sprosse gestellt, da fiel ihr die Baikal ein. Sie nahm sie an sich und kletterte die Stufen hinunter, so schnell sie das mit ihrem verletzten Bein schaffte.

Sie war noch keine drei Stufen weit, da packte sie jemand an der Schulter und zog sie wieder hinauf. Sie sah hoch und blickte in Huntemanns wahnverzerrtes Gesicht.

Sie ließ die Waffe fallen, die unter ihr im Laub landete.

Huntemann schrie wütend und ließ Theas Schulter los. Sie rutschte die Leiter hinunter, kam hart unten auf und spürte einen stechenden Schmerz im Oberschenkel, aber jetzt war keine Zeit, darauf zu achten. Sie rappelte sich hoch und schaffte es nicht mehr, nach der Baikal am Boden zu greifen. Sie humpelte zwischen die Bäume, keine Sekunde zu früh, denn Huntemann war die Leiter heruntergesprungen, er fand die Waffe schnell. Ein ohrenbetäubender Schuss krachte. Die Kugel pfiff dicht an Theas Kopf vorbei. Sie schlug in einen Baum direkt vor ihr ins Holz. Ein Splitter bohrte sich in ihre Wange.

Thea keuchte. Sie drückte sich gegen einen Baumstamm, aber sie konnte hier nicht bleiben. Huntemann war ihr auf den Fersen. Wie lange brauchte er zum Nachladen? Geschätzte fünf Sekunden, wenn er schnell ist, überlegte sie und spurtete los. In Gedanken zählte sie: einundzwanzig, zweiundzwanzig … Bei vierundzwanzig knallte der nächste Schuss und gleich danach noch einer, aber auch die gingen daneben.

Thea schickte ein Stoßgebet zum Himmel und bedankte sich bei wem auch immer, dass Huntemann ein lausiger Schütze war.

Sie lief weiter, von Baum zu Baum. Immer im Zickzack, abwechselnd zählend und Schutz suchend. In kurzen Abständen krachten die Schüsse in die Stämme. Eine Patrone flog so nah an ihrem Arm vorbei, dass sie den Luftzug spürte. Verflucht, wie viele hatte der dabei?

Ihr Fahrrad war jetzt ganz nah. Sie erreichte es, packte es am Lenker und stürzte damit auf den Feldweg. Hier hatte sie keine Deckung, aber Huntemann hatte auch keinen weiteren Schuss abgegeben. Vielleicht waren die Patronen endlich verschossen.

Sie stieg auf und trat so heftig in die Pedale, dass das Kugellager auseinanderzubrechen drohte. Ihr Bein brannte wie Feuer, aber sie achtete nicht darauf. Wenn sie es bis zum Maisfeld schaffte, hatte sie eine Chance. Konzentrier dich auf den Weg, dachte sie und versuchte mit aller Kraft, den bohrenden Schmerz und den sich schnell ausbreitenden Blutfleck zu ignorieren. Reflexartig warf sie einen Blick hinter sich, und ihr sank das Herz in die Knie. Huntemann stieg gerade in seinen Wagen. Zwischen ihnen lagen höchstens fünfhundert Meter!

Sie hörte, wie er den Motor anließ und mit quietschenden Reifen anfuhr. Gute Nacht, Thea, dachte sie und war versucht aufzugeben. Aber dann bog vor ihr ein anderer Wagen auf den Weg, fuhr ihr direkt entgegen. Er war ungefähr gleich weit entfernt wie Huntemann und fuhr genauso schnell.

Thea wurde es heiß und kalt gleichzeitig. Die Wagen beschleunigten. Wollten sie sie zerquetschen? Gehörte das zu Huntemanns Plan? Wenn die beiden dieses Tempo beibehielten, würde es hier in wenigen Sekunden ganz gewaltig krachen, und sie wäre mittendrin. Theas Gedanken überschlugen sich. Was konnte sie tun? Sie sah sich nach allen Seiten um. Die Autos kamen schneller näher, als ihr lieb war. Ihr blieb nur eine Chance, und die war verschwindend gering. In letzter Sekunde sprang sie vom Rad und rollte sich in den Graben ab. Eine stinkende Brühe schwappte über ihr zusammen. Sie schloss die Augen und wartete auf den Knall, der eine Ewigkeit nicht kam. Doch dann krachte es so ohrenbetäubend laut, dass sie auf der Stelle taub wurde. Etwas flog über sie hinweg. Irgendwo jaulte eine Hupe im Dauerton, aber das war vielleicht nur ein Traum.

23

Sie hockte gefühlt schon seit Stunden in dem Graben, als endlich ein Mensch zu ihr hinunterstieg. Sie wollte weder reden noch herauskommen, denn da draußen lauerte ein Verrückter auf sie. Doch obwohl sie sich wehrte, zogen sie starke Arme aus dem Schlamm und setzten sie auf den Grünstreifen.

Thea rollte sich zusammen. Die Person, die sie herausgezogen hatte, ließ sich neben sie ins Gras fallen und atmete schwer. Eine ganze Weile passierte nichts.

Dann wandte Thea den Blick. »Bernd Sielmann?«

Er verzog die dünnen Lippen zu einem spitzen Lächeln. Aus einer Platzwunde an der Stirn sickerte Blut. »Immer zur Stelle«, flüsterte er und verlor das Bewusstsein.

Keine zehn Minuten später wimmelte es von Polizei und Rettungswagen. Der weiße Kastenwagen war Schrott. Bernd hatte das Lenkrad offenbar kurz vor dem Aufprall herumgerissen, aber Huntemanns Fahrzeug hatte ihn an der Beifahrerseite erwischt und in den Graben geschoben. Jetzt lag das Auto mit der Schnauze nach unten im Dreck.

Sielmann selbst war nach dem Unfall wie durch ein Wunder fast unverletzt durch die Hecktür herausgeklettert. Er hatte Prellungen, Schnittwunden und eine leichte Gehirnerschütterung erlitten, aber sonst schien ihm nichts zu fehlen, ganz im Gegensatz zum Kommissar. Seinen Geländewagen hatte es auf die gegenüberliegende Weide katapultiert. Das Auto lag dort auf dem Dach, die Räder nach oben. Der schwere Wagen war ins Schleudern geraten, über den Graben, in dem Thea saß, hinweggeflogen und hatte sich auf der Weide mehrmals überschlagen. Huntemann, der sich nicht angeschnallt hatte, war dabei durch die Scheibe geflogen. Er lag fünfzig Meter entfernt am Boden. Anscheinend lebte er noch, denn ein ganzer Stab von Rettungssanitätern kümmerte sich um ihn. Ein Hubschrauber war im Anflug. Einige Beamte maßen die Unfallstelle aus und machten Fotos.

»Wo hast du dich rumgetrieben, und warum bist du überhaupt hier?«, keuchte Thea unter Schmerzen. Sie saß jetzt neben ihm im Krankenwagen, eine Decke über der Schulter.

Sielmann hatte einige Pflaster im Gesicht und an den Armen, er hielt sich einen Kühlbeutel an die Stirn und sah zu, wie ein Sanitäter Thea einen frischen Pressverband am Oberschenkel anlegte. Die blutende Wange hatte er bereits verarztet.

Sielmann holte tief Luft. »Gut. Ich fange vorne an«, begann er. »Ich bin bei Kurti untergekrochen, nachdem ich abgehauen bin.«

»Bei deinem Bruder? Du hattest keine Angst, dass die Polizei als Erstes da auftaucht, um nach dir zu suchen?«

»Bei mir ist ’ne Sicherung durchgebrannt. Wo sollte ich denn hin? Schandau kam erst heute zu uns, und ich hab ihm alles gesagt.«

»Erst heute?«, fragte Thea überrascht. »Aber Huntemann wusste doch schon seit zwei Tagen, dass ihr die Wilderer seid.«

»Huntemann. Der ist doch nicht zurechnungsfähig.«

»Du wusstest das?«

Sielmann nickte. »Aber wer glaubt schon einem Kriminellen?«

»Wer hat dir gesagt, wo er mich hinschleppt?«

»Tja, das ist eine lange Geschichte.«

»Fang einfach mit ›Es war einmal‹ an.«

Sielmann seufzte tief. »Na gut. Es war einmal ein völlig durchgeknallter Kommissar, der die Frauen betörte. Der wollte eines Tages einen kleinen Ganoven, der aber ein gutes Herz hatte, umbringen.«

»Sprichst du von dir?«

»Ja, natürlich.«

Thea lachte bitter auf. »Du und dein Bruder, ihr seid Tierquäler. Und einer von euch beiden hat mich fast umgebracht.« Sie rückte ein Stück von ihm weg.

»Dann haben wir ja eines gemeinsam. Huntemann wollte mich nämlich auch umbringen.«

»Jetzt sag nicht wegen der Fotos.«

»Exakt. Er hat gesagt, wenn ich sie ihm nicht aushändige, knallt er mich ab. Dabei war das doch nur ein Spaß. Ich wusste ja selbst nicht mehr, dass ich die noch gespeichert hatte. Ich hab vor seinen Augen die Datei gelöscht, aber dann sind immer neue Kopien aufgetaucht. Irgendjemand hat sie ausgedruckt und vervielfältigt. Das hat ihn richtig wütend gemacht.«

Thea schaute schuldbewusst auf ihre Füße. Die Schuhe waren hinüber, wie alle ihre Klamotten. Aber jetzt hatte sie andere Sorgen.

»Das erklärt noch nicht, warum du hier in letzter Minute aufgekreuzt bist«, sagte sie.

»Ich hab doch gesagt, dass Schandau heute Morgen bei Kurti vor der Tür stand. Ich hab gedacht, nun ist es endlich vorbei, und mein Bruder und ich haben gesungen wie die Vögelchen. Na ja, Wilderei und Körperverletzung. Ein paar Jährchen wird das wohl einbringen. Weil ich doch schon vorbestraft bin. Der Kurti auch.«

»Du hast den Mordversuch vergessen.«

»Aber wir wollten dich doch gar nicht umbringen.«

»Da bin ich ja beruhigt. Und was war nun mit Schandau?«

»Der kam und war irgendwie aufgewühlt, hat gefragt, ob ich deine Handynummer hab und so. Hatte ich aber nicht. Und dann hat er so ganz nebenbei fallen lassen, dass Huntemann gegen Mittag zum Hochsitz wollte, weil er sich da mit dir und Kieske verabredet hätte, wegen dieser Wilderergeschichte. Er hätte noch was zu klären.«

»So ein gerissener Hund!«, sagte Thea. »Er wollte mich erschießen und das Ganze Kieske in die Schuhe schieben. Schandau hätte das auch noch bezeugt. Wo ist der Wirt?«

»Ich hab ihn vorgewarnt. Er ist gar nicht erst aufgekreuzt. Stattdessen bin ich gekommen, um dich zu retten. Willst du mich heiraten?«

»Nein. Wo ist Schandau jetzt?«

Sielmann verzog das Gesicht. »Na ja. Der pennt bei Kurti auf dem Sofa gerade seinen Rausch aus. Verrat ihn nicht.«

Thea sprang auf und merkte im gleichen Moment, dass sie das lieber nicht getan hätte. Der Schmerz im Bein war höllisch. Sie stützte sich keuchend auf Schandaus Schulter ab. »Wieso ist der besoffen? Das gibt's doch nicht!«

»Na ja. Is er eben mal. Hat sich bei uns ausgeheult wegen seinem Chef.«

»Ausgerechnet bei euch. Ich fass es nicht!«

»Da kommt er doch schon.« Sielmann reckte den Hals. »Kurti bringt ihn.«

Thea sah in die Richtung, in die Sielmann zeigte. »Aber da kommt ein Polizeiwagen.«

Sielmann nickte schuldbewusst.

Als der Wagen vor ihnen hielt, sah Thea, dass Schandau auf dem Beifahrersitz schlief, während ein Mann auf der Fahrerseite ausstieg, der unverkennbar Sielmanns älterer Bruder war. Er reichte Thea grinsend die Schlüssel. »Ich wollte schon immer mal 'ne Bullenwanne fahren«, sagte er. »Is cool.«

24

Sie hatte den Wagen unfallfrei bis in eine Seitenstraße in der Nähe ihrer Siedlung gesteuert, während Schandau vor sich hin schnarchte. Keinem Beamten war das glücklicherweise aufgefallen. Er war mit nichts zu bewegen, aus dem Auto zu steigen. Also hatte sie seinen Sitz nach hinten gestellt, damit er es bequem hatte, und ihn mit einer Rettungsdecke zugedeckt, die im Kofferraum des Polizeiwagens gelegen hatte, so wie sich das gehörte. Es war schließlich kalt draußen. Die Schlüssel hatte sie einfach stecken lassen. Er würde schon irgendwann aufwachen und nach Hause fahren.

Jetzt saß sie in ihrer Hütte und ließ die Ereignisse Revue passieren. Es dämmerte bereits. Thea hatte noch keine Lust gehabt, mit Wilma über den Ausgang des Falls zu reden. Die Freundin würde ihr Vorwürfe machen, dass sie so blauäugig mit Huntemann mitgegangen war und so weiter und so weiter. Sie wusste, dass Wilma recht hatte, aber heute konnte sie ihre Vorhaltungen noch nicht ertragen. Stattdessen hatte sie es sich, so gut es ging, gemütlich gemacht. Im Ofen bollerte das Feuer, und auf der Platte stand eine Kanne mit frischem Tee. Sie saß schon seit einer Stunde im Sessel, obwohl jede Faser in ihrem Leib schrie, sie solle doch endlich ins Bett gehen. Dagegen sprach, dass sie im Kopf immer noch hellwach war. Das waren die Nachwirkungen des Adrenalins, von dem ihr Körper heute eine Überdosis produziert hatte. Immerhin war sie knapp dem Tode entronnen.

Am meisten machte ihr jedoch zu schaffen, dass sie sich eingestehen musste, für Huntemanns Reize ebenso zugänglich gewesen zu sein wie die Flintenweiber.

»Ich werde alt«, seufzte sie und erhob sich mühsam, um zum hundertsten Mal durch ihre Hütte zu humpeln. Irgendwie musste sie wieder runterkommen, sie fühlte sich wie auf Speed. Ein Spaziergang an der frischen Luft wäre vielleicht nicht übel, dachte sie, aber machte ihr Bein das mit? »Ach, scheiß drauf!« Das Bein hatte in den letzten beiden Tagen viel mitgemacht und war noch gut zu gebrauchen. Sie zog sich stöhnend vor Schmerzen die Stiefel über und schlüpfte in ihre Jacke. Automatisch griff sie zur Taschenlampe, dann ging sie vor die Tür.

Es hatte zu schneien begonnen. Die Temperaturen waren unter den Gefrierpunkt gerutscht, der Schnee würde also liegen bleiben. Thea griff nach dem Wanderstock, den ihr ein Beamter aus dem Wald gerettet hatte. Zum ersten Mal an diesem Tag betrachtete sie ihn näher. Bunte Blechplaketten waren darauf genagelt, sie zeigten Bergmotive. Einige Plaketten waren bereits abgefallen, andere lose. Aber die schönste und am mühsamsten errungene saß noch fest im Holz. Es war die vom Watzmann.

»Watzmann, Watzmann, Schicksalsberg«, sang sie leise den Anfang eines albernen Liedes, das ihr dazu spontan in den Sinn kam. Ihre Eltern waren mit ihnen dort hochgestiegen. Thea konnte sich gut erinnern, wie anstrengend der Weg gewesen war und dass er kein Ende nehmen wollte. Aber sie hatte sich weiter vorwärtsgekämpft, im Gegensatz zu Friedjof, der irgendwann aufgegeben und mit der Mutter auf halber Strecke in einem Gasthof zurückgeblieben war. Möglicherweise hatte er an diesem Tag die Rolle des Verlierers angenommen.

Thea nahm den Stock und stieß ihn in den Boden und probierte ein paar Schritte, es ging gut, also wanderte sie los.

Als sie an Sielmanns Hütte vorbeiging, ließ sie automatisch den Blick am Zaun entlangstreifen. Da war kein neuer Hundehaufen zu sehen, aber die Sache hatte sich ohnehin erledigt, denn Bernd Sielmann würde für einige Zeit in den Knast gehen. »Eigentlich schade«, murmelte sie, wo sie gerade angefangen hatte, ihn weniger zu verachten, ja vielleicht ein ganz klein wenig zu mögen. Immerhin hatte er ihr gerade spektakulär das Leben gerettet.

Sie ging weiter, und ihr fiel Schandau ein. Ob er noch im Wagen war und schlief? Sie blieb stehen. Während ihrer Laufbahn hatte sie einige erfrorene Schnapsleichen gesehen, meist waren es Obdachlose. Es hieß, es sei ein schöner Tod, aber sie wollte nicht daran schuld sein, wenn der letzte fähige Polizist von Bruchbäke das Zeitliche segnete. Sie schlug also die Richtung zu Schandaus

Wagen ein. Als sie an die Stelle kam, wo sie ihn geparkt hatte, sah sie, dass er weggefahren war. Erleichtert machte sie sich wieder auf den Heimweg, denn langsam brach nun doch die Erschöpfung durch.

Als ihre Parzelle in Sicht kam, stand vor dem Bonanzazaun eine Gestalt. Ein Hund hockte davor im Schnee und kackte. Hab ich dich endlich, dachte Thea und humpelte schneller. Die Gestalt drehte ihr den Rücken zu.

Thea versuchte, möglichst leise zu sein, aber das war mit ihrer Verletzung kaum möglich. Die Gestalt redete jedoch auf den Hund ein, der offenbar Schwierigkeiten hatte, sein Geschäft zu erledigen. Thea dachte sofort an das Foto mit dem Durchfall.

Als sie auf zehn Meter herangekommen war, rief sie: »He! Sie da! Was machen Sie da?«

Die Gestalt drehte sich um, und Thea leuchtete ihr ins Gesicht. »Schandau?« Sie ließ überrascht die Taschenlampe sinken.

»Störtebeker! Nun mach doch endlich!«, schrie Schandau den Hund an, der winselnd mit dem Schwanz wedelte und dünne Kleckse in den Schnee fallen ließ.

»Vielleicht solltest du mal das Futter wechseln«, bemerkte Thea.

»Das hab ich zu meiner Frau auch schon gesagt. Immer wenn er dieses Zeug kriegt, läuft es nur so durch.«

»Schon wieder mit dem Hund unterwegs? Ich dachte, du bist besoffen.«

Schandau sah etwas betreten zu Boden. »Meine Frau hat mich losgeschickt. Zur Ausnüchterung.«

Thea stellte fest, dass seine Stimme immer noch schleppend klang.

»Danke. Dass du mich nicht verraten hast.«

»Warum hast du dir überhaupt mitten in der Woche die Kante gegeben? Und dann auch noch zusammen mit Tatverdächtigen?«

Schandau kratzte sich verlegen am Kopf. »Das war ein Ausrutscher. Ich wusste nicht, was ich tun sollte. Huntemanns Verhalten kam mir schon lange komisch vor. Und dann war da diese Sache mit der Einladung auf den Hochsitz.« Er warf Thea einen verzweifelten Blick zu. »Was sollte ich denn machen? Die Kollegen hätten mir kein Wort geglaubt.«

»Und da hast du dir Mut angetrunken und die Sielmann-Brüder zu meiner Rettung engagiert?«

»So in der Art.«

Thea legte ihm die Hand auf die Schulter. »Dein Ausrutscher hat mir das Leben gerettet. Huntemann wollte mich abknallen. Wie Kubelka.«

Schandau grinste schief. »Ich hab schon immer geahnt, dass mit Eugen was nicht stimmt, aber dass es so schlimm ist …«

»Man kann in die Menschen nicht reingucken«, wiederholte Thea eine Küchenweisheit ihrer Mutter. In diesem Fall traf sie zu. Sie zeigte auf die braunen Spuren, die Störtebeker hinterlassen hatte. »Das da, Schandau, machst du weg.«

»Was meinst du?«

»Störtebekers Durchfall. Als Privatermittlerin habe ich von Sielmann den Auftrag bekommen, herauszufinden, wer ständig seinen Hund an diesen Zaun kacken lässt. Und nun habe ich euch beide auf frischer Tat ertappt.«

Schandau lachte auf. »Das ist nicht dein Ernst, oder? Dass ich im Dienst gesoffen hab, lässt du durchgehen, aber dass mein Hund hier mal hingemacht hat, willst du anzeigen? Meistens hab ich ja diese Beutel dabei.«

»Ich will dich nicht anzeigen.«

»Was dann?«

»Sind Sie mit einem Verwarnungsgeld in Höhe von zwanzig Euro einverstanden?«

»Wieso zwanzig Euro?«, empörte sich Schandau.

»Das ist das Honorar, das Sielmann mir noch schuldet, aber der ist ja nun im Knast.«

Schandau atmete erleichtert aus. »Sitz, Störtebeker!« Der Hund schien taub auf dem Ohr, denn er wedelte Schandau freundlich an, ohne sich zu setzen. Leicht verzweifelt gab Schandau Thea die Leine. »Hier, halt mal eben.« Er begann, in seiner Jacke nach dem Portemonnaie zu suchen, während Störtebeker an Theas Schritt schnüffelte.

»He! Dein Köter ist sexistisch.«

Schandau nickte und wühlte weiter, während Thea versuchte, der Hundeschnauze auszuweichen. »Da isser doch!«, rief er endlich und fummelte einen Zwanzig-Euro-Schein heraus. Er gab ihn Thea.

»Danke, Frank. Jetzt sind endlich alle Fälle gelöst.«

Schandau zwinkerte. »Nach dem Fall ist vor dem Fall, oder?«

Sie verabschiedeten sich, und Thea ging zurück in ihre Hütte. Schandaus Worte bewogen sie, auf ihrer Facebook-Seite nach Nachrichten zu schauen. Ihr Herz schlug schneller, als sie eine winzige rote Eins über dem Symbol für Benachrichtigungen fand. Außerdem hatte jemand ihre Seite geliked.

Sie öffnete die Nachricht.

Rezepte

Wildgulasch mit frischen Pfifferlingen und Kräuterseitlingen

Für vier Personen

600 g Hirschkeule, in Würfel geschnitten
100 g Zwiebeln, fein gehackt
100 g frische Pfifferlinge
100 g Kräuterseitlinge (dürfen auch Champignons sein)
30 g Tomatenmark (nach dem Anbraten, zur Farbgebung)
100 ml Burgunder-Rotwein, trocken
50 g Preiselbeeren (als Kompott oder Gelee)
1 Spritzer Balsamico-Essig
2 Wacholderbeeren und 1 Lorbeerblatt im Tee-Ei
Salz, gemahlener Pfeffer, 1 Teelöffel guter Senf, etwas Zucker

Fleischwürfel scharf anbraten, ebenso Zwiebeln und Pilze, separat in Butter. Zum Fleisch zunächst das Tomatenmark geben und bei mäßiger Hitze karamellisieren lassen. Das Tomatenmark »färbt« sich im Topf braun und gibt dem Gulasch seine Farbe, es darf aber nicht schwarz werden!

Drei Mal mit Wasser ablöschen (je 100 ml), immer, bis der Bratenansatz vom Boden gelöst und das Wasser wieder verkocht ist, das gibt mehr Farbe und Röstgeschmack im Gulasch. Jetzt mit dem Burgunder ablöschen, bis auch er fast verkocht ist. Nun Preiselbeeren und Senf zugeben und gut vermischen, die Hitze im Topf bleibt zunächst mäßig und kontrollierbar. Dann die angebratenen Zwiebeln und Pilze zugeben, ruhig mit dem Saft aus der Bratpfanne. Wir geben etwas Salz und Pfeffer sowie Zucker hinzu (gern auch braunen Zucker wegen des milderen Geschmacks) und den Spritzer Balsamico. Sollte kein Fond zur Hand sein, darf auch mit Wasser angegossen werden. Wichtig: Das Fleisch sollte gerade bedeckt sein, eher noch aus dem Fond herausschauen. Das Tee-Ei mit Wacholder und Lorbeer, hier gern auch etwas Kardamom, hineingeben.

Nun das Ganze bei kleiner Hitze köcheln lassen.
Durch das Köcheln wird das Fleisch mürbe und rutscht beim Einstechen von der Gabel, der Fond wird leicht eingekocht und erhält seine gebundene Konsistenz und seinen Glanz. Bei Bedarf das Gulasch mit etwas Mondamin abbinden. Als geschmacklichen Kick empfehle ich, am Schluss einen kleinen Zweig Zitronenthymian auf das fertige Gericht zu legen. Natürlich darf auch etwas Sahne oder Schmand an das kräftige Gulasch, ganz, wie es beliebt. Als Beilage empfehle ich Apfelrotkohl und in der Pfanne gebratene Serviettenknödel.

Sauerbraten von der heimischen Wildsau

Für vier Personen

1200 g Wildschweinkeule am Knochen
(gern auch vom Frischling)
200 g Möhren
50 g Sellerie
100 g Tomaten
100 g Lauch
100 g Zwiebeln
500 ml Rotwein
200 ml Essig (5 %)
Salz, Pfeffer, 4 Wacholderbeeren, 1 Lorbeerblatt
jeweils 1 EL Tomatenmark, Zucker und Honig und Rosmarin

Das Gemüse und die Tomaten in grobe Stücke schneiden, mit dem Rotwein und dem Essig gut vermischen und über das Fleisch geben, sodass es bedeckt ist. Das Ganze drei bis vier Tage ziehen lassen.
Das Fleisch und das Gemüse aus dem Sud nehmen, diesen einmal aufkochen, damit das geronnene Eiweiß abgeschöpft werden kann, der Sud wird später weiterverwendet. Nun die Wildschweinkeule in Öl anbraten, das Gemüse hinzufügen und

mit anrösten. Als Nächstes bei mäßiger Hitze das Tomatenmark, den Zucker und den Honig zum Bratenansatz geben. Vorsicht mit der Hitze, der Zucker sollte schmelzen und leicht karamellisieren, ähnlich das Tomatenmark. Eine gehackte Knoblauchzehe (nur wenn man es mag) hinzufügen und kurz mit andünsten.
Jetzt alles mit dem Marinadesud ablöschen und ein bis zwei Stunden bei kleiner Hitze köcheln lassen. Ich verwende etwas frischen Rosmarin zum Wildschweinsauerbraten, aber Achtung, die Frischlingskeule ist schneller fertig! Das Fleisch herausnehmen und den Sud gern etwas einkochen lassen, je nach Geschmack. Der Sud wird durch ein Sieb passiert und bei Bedarf mit Soßenbinder abgebunden.

Alle Rezepte von Thomas Bötefür, Küchenchef im »Schützenhof«, Unter den Linden, Dötlingen

Danksagung

Bedanken möchte ich mich bei Friedrich Hollmann vom Hegering Dötlingen für ein informatives Gespräch zu den Themen »heimische Jagd« und »Wilderei«, bei Thomas Bötefür für zwei tolle Wildrezepte und bei meiner aufmerksamen Lektorin Lisa Bitzer für ein wachsames Auge und gute Tipps.

HELGA BÜRSTER
INSEL, WIND UND TOD
URLAUBSKRIMI
emons: